千里远景，如在尺寸之间。

This
Water:
Five
Tales

Beverley
Farmer

水
及
其
他
四
则

[澳] 贝弗利·法默 著

武海燕 译

中国工人出版社

图书在版编目（CIP）数据

水及其他四则 /（澳）贝弗利·法默著；武海燕译. -- 北京：中国工人出版社，2024.7. -- ISBN 978-7-5008-8492-7

Ⅰ.I611.45

中国国家版本馆CIP数据核字第2024BM2783号

著作权合同登记号　图字：01-2022-4126
THIS WATER: FIVE TALES
Copyright © Beverley Farmer Estate
First published in English by Giramondo Publishing Company, 2017
All rights reserved

水及其他四则

出 版 人	董 宽
责 任 编 辑	宋 杨　李 骁
责 任 校 对	张 彦
责 任 印 制	黄 丽
出 版 发 行	中国工人出版社
地　　　址	北京市东城区鼓楼外大街45号　邮编：100120
网　　　址	http://www.wp-china.com
电　　　话	（010）62005043（总编室）
	（010）62005039（印制管理中心）
	（010）62379038（社科文艺分社）
发 行 热 线	（010）82029051　62383056
经　　　销	各地书店
印　　　刷	宝蕾元仁浩（天津）印刷有限公司
开　　　本	787毫米×1092毫米　1/32
印　　　张	10.5
字　　　数	150千字
版　　　次	2024年10月第1版　2025年3月第2次印刷
定　　　价	52.00元

本书如有破损、缺页、装订错误，请与本社印制管理中心联系更换
版权所有　侵权必究

献给我的孙女

米娅·索菲娅·塔来马尼多

还有我的旅伴

潘妮·亨特

目录

金戒指	1
水	81
血色丝裙	111
血 舌	193
冰雪新娘	231
译后记	321

金戒指

每逢新月如钩,或皓月当空,高涨的海水总是疯狂地拍打着南海岸、前海滩和后海滩。尽管冬季已过,但它所孕育的超级海潮一直持续到九月,直到春分过后[1]。在那些狂风肆虐的黑暗日子里,风暴裹挟着巨浪冲破青石海堤,泛滥成灾。一夜间,整块的绝壁巨石就会滑落崖底,像饼干一样摔成两半。灯塔旁矮小的木码头在海浪的拍打中时隐时现,摇摇欲坠。就在前些天,巨浪还不停地吞噬着岸上的沙丘,形成流沙景象,并冲倒地桩和铁丝网,冲出滨草根。最终,天空开始明朗起来,太阳露出了笑脸。此时,海天一片寂静。一夜之间,一种撩人心弦的安宁笼罩着整个小镇。海雾悬浮在地平线上,充斥着海盐的味道。暴风雨过后,一切显得如此安宁。退潮后的海岬处,礁石露出了真容,湿滑的墨角藻交织在一起,海面雾气蒙蒙。更多腐烂的墨角藻沿着海岸线成堆排开。还有褐色的巨藻,它们的舌柄和基部韧性十足,固着器则牢牢地固定在礁石上。

1　　澳大利亚的冬季是6月到8月,春分是9月22日或23日。

和其他任何一个晴朗的日子一样,女人光着脚,行走在灯塔附近的海滩上。礁石架延展到除石灰岩地层外的沙滩深处。石灰岩造型随处可见,宛如精致的灰白浮雕。海面风平浪静的第一天,便赶上星期天。海滩上遛狗的当地人三三两两,有的牵着狗绳,有的任狗儿自由撒欢儿。还有一些城里人,也特意来到这里欢度周末。前方不远处的海岸边有一大片凸起的礁石,其间形成了几个大小不一的水塘。阳光下,几个黑影聚在一起,发出刺耳的叫声,其中一两个正弯腰整理狗绳。鳗鱼,女人仔细辨认着。是海鳗鱼!——不,确定是鳗鱼吗?随后,一对夫妇一边匆匆走过,一边大声喊道:"有只海豹,就在前面。"海豹?一只活着的海豹?看起来的确是海豹。

海豹!活着的海豹!此刻,女人也看清楚了。它油黑水亮,像海藻一样光滑,在坚硬的沙滩上特别显眼。它蹲坐在阳光下,不停地眨着眼睛,毫不在意围观的人群。海豹要返回大海时,人们不约而同地跟在它身后,费力地穿过浅水坑和崖缝间。海豹在海水中时隐时现,看上去犹如一块光滑的礁石。此时,女人心跳很快。她之前从未在海滩上亲眼见到过一只活的海豹。她睁大双眼,目送着海豹游回大海。

然而,海豹此时改变了主意。它转过身子,前鳍拍打着海水再次游回岸边，然后爬上海滩，后鳍卷曲，如狗尾巴似的。它蹲坐在那里，双目微闭，狭窄的鼻子上扬，长长的胡须在阳光下呈古铜色。每隔一会儿，它就会猛然抖动身体，身上的水花就会飞向围观的人群。人们向后退了几步，脸上露出尴尬的微笑，纷纷为自己的失态辩解。它肩上的水滴晶莹剔透，耳垂下的水珠则如深色乳头的汁液般垂垂欲滴。它听得到人们说话吗？女人的耳朵里充斥着自己急促的喘息声。人群越来越近，这种幽灵般的动物，谁能抵挡得了它的诱惑呢？"它想干什么？"一个孩子问道。但听到的只是咕噜咕噜的喃喃自语。"它受伤了吗？""我觉得应该没有。""它身上有血！""在哪里？啊，是在流血！""它是雄性的还是雌性的？""就体型来看，应该是雄性的。""没错，是只公海豹。""好大的体格啊！""看到它的鬃毛了吗？""它一直搁浅在这里，怎么回事？是生病了吗，妈妈？"海豹生病了吗？"看，它身上有血。""它会消失在海里吗？""为什么不会呢？"

海豹的臀部和腹部沾了一层白沙。它心不在焉地一边用后鳍蹭着后背，一边转动着尖尖的脑袋。有时，它的眼睛会睁开一小会儿，那是两个深黑色的球状体。它又一次抖动身体，沙子和水花飞向四周，在它身体周围形成一道光晕。随后，它开始在沙滩上颠簸而行，样子笨拙而费力,在沙滩上留下两行向上弯曲的类似乌龟的足迹,有点儿像坦克上的履带式轮胎。那几只被牵着的狗跟在海豹周围,鼻子不停地嗅来嗅去,颈毛倒竖。然而,当海豹转身时,它们却快速向后退去。它长着一身坚硬的毛发,犹如一只澳大利亚牛头犬,但大家都知道,这并不是一只游荡在海滩上的犬。

海豹体形庞大,曲线优美,胡须浓密。它蹲坐在那里,双眼微睁,不时地将身上的水珠抖落。每当屈身挠痒时,鳍状肢便会抖落更多的水花。女人发现,海豹古铜色的鳍状肢如同手臂,上面布满了锁子甲状鳞片,且长有较长的骨头。血到底是从哪儿来的?女人怎么也看不出来。她凝视着海豹身上一个珠子状的东西,或许就是水珠,隐藏在海豹皮肤深深的褶皱——或许是伤口——里,熠熠生辉。此刻,有两个胆大的女孩咯咯地笑着走近海豹,接着,是一个年轻的穿着潜水服的高个子冲浪者。围观的人们咧嘴笑着。"嗯,得把这个老家伙控制起来。"有人说道。人们的情绪变化如潮水涨落般明显,那敬畏之情是如何逐渐消失,并有可能演变为蔑视、不满和敌意的,每个人都能感受得到。女人紧张得下巴都要掉下来了,她觉得从现在开始,随时都会有人迈出第一步,向海豹的脸上扔沙子或石头,或者无故地松开狗绳。只要有一个人做出疯狂举动,后果就不堪设想。女人向前走了几步，她打算提醒大家，海豹是受保护的。

两个女孩中有个穿红裙子的，站在海豹的正前方。随着海豹的摆动，她适时地挪动着自己的身体，并不停地重复着这一挑逗动作，红裙慢摆，舞姿轻缓。她一直抬头盯着海豹的脸。海豹个头儿很大，比围观的任何人都高，包括那名冲浪者。在阳光的映衬下，红裙女孩肩膀上的头发有节奏地甩来甩去。即便如此，海豹依然没有注意到她。它摆动着脑袋，视线却固定在远处什么地方。另一个女孩壮着胆子靠上前，在她朋友的耳边嘀咕了几句，或许是为其壮胆，或许是提醒其小心，抑或只是单纯地发出一阵清脆的笑声。

海豹向后退了几步。此刻的它终于看清了自己的处境。一张张面孔如此之近，几乎都快吻到它了。当自己的目光与人群的目光相对时，海豹猛然张大嘴巴，露出宽阔的喉咙和金色的牙骨，像眼镜蛇一样警惕地摆动着身体，同时发出几近无声的咆哮。刹那间，人们呆若木鸡，口鼻中充斥着海豹呼出的酸臭气息。随后，还没等人们反应过来，海豹的身体猛然一抽，便以眼镜蛇般的速度迅速离开，几秒钟不到，黑褐色的身体便从沙滩上消失了。接着，它穿过浅滩，从一个水塘奋力冲向另一个水塘，然后迎着海浪一溜烟消失在出海口湍急的碎浪区，只留下围观的人们，个个惊得说不出话来。

　　这一切发生得非常突然，两名受惊的女孩都还没来得及躲回到人群里。围观的人们先是吓得目瞪口呆，而后又大笑起来，惊讶地连连摇头。接着，人们如释重负，开始热烈地讨论起来，并爆发出阵阵侥幸逃脱后的笑声。"哎呀，看它那逃跑的样子！""它短时间内不会再回来啦！""它根本就没受伤！"然后，人们带着狗儿沿海滩散开了。

　　在大家都惊得张大嘴巴的时候，女人却僵直地站在那里，眼前闪现着那个裸露的几乎发不出声的如三文鱼般鲜红的海豹喉咙的画面，耳旁则回响着人们惊恐的尖叫声。

　　女人的房子坐落在灯塔和教堂之间，她已在那里生活了大半辈子。灯塔下面是礁石水塘，夜间的灯室常常在海风的作用下不停地摆动，当过往的船只捕捉到灯塔发出的雾号声后便会用隆隆的汽笛声回应。教堂里有一个用来做礼拜的大钟，但平日里，每当墓地的草坪中开挖出新的墓坑，大钟也会作为丧钟来用。墓坑上方铺着木板，表层土壤下是如木屑般的黄褐色沙子。女人的房子是一座老旧木屋，墙壁很薄，除了后窗，所有的窗户都装有雨棚。暴风雨往往从后面袭来，天气恶劣的时候，风雨夹杂着海水形成一股洪流，疯狂地冲击着房屋的外墙。树枝则拍打着屋顶，发出嘎吱嘎吱的响声，把她从梦中惊醒。时不时地，进入屋内的并不是午后的阳光，而是从天花板或者后窗渗进的雨水。

这么多年来，女人一直住在母亲的房子里；当然，那也是她父亲的，不过在她很小的时候父亲便去世了。

女人一生中大部分时候都睡得很沉，但不知从何时起，养成了夏天睡觉浅的毛病，致使白天老打瞌睡；不过，她总能在冬天把缺的觉补回来。现在，她越来越适应炎热的天气了，尽管酷暑来到南部海岸的步伐很慢，且总是断断续续的。每年，来自南极冰盖的主风会盛行半年之久，常常折断大树的枝杈，撼动屋顶的铁质框架，到处都是翻腾的景象和怒号的声音，还有海盐的味道。在这个季节，风平浪静的日子是一种罕见的福祉，一种暂时的解放，是上苍显灵的结果。海面少有的平静，唤醒了大脑深处的记忆，好像做梦似的，一种不知从何而来的安宁不合时宜地降临。在寒冷的季节里，除了下大雨的时候，海水总是最清澈的，你能清楚地看到海豚闯入航道的景象，有时甚至会看到一两头鼻孔喷着水雾的鲸鱼。有些年份，即便在盛夏，犀利的南风有时也会连续光顾数周之久，此时的海水就会变得冰凉而混浊。南风赶走了夏热,撼动着屋顶,折断了树枝,将海水和泥沙吹上海堤,将木桩和小树从平地拔起。此时,整个小镇开启了自我防御的封闭模式,直到阳光让其复活,就像在春天第一个风平浪静的日子里女人在通往沙丘的台阶上遇到的那些蜥蜴一样。它们蜷缩在栅栏的某根木桩上,脚趾张开,浑身布满灰色螺状条纹,还长着一只红色的眼睛。蜥蜴像木头一样一动不动,直到最后一刻才迅速逃入灌木丛中。夏日,这里既能看到蜷缩在阴暗处的大蜥蜴,也能遇到在沙滩上盘旋的隐形蛇。一条蛇遇上自己蜕掉的旧皮时,是否会意识到那是曾属于它自己的呢?漫长的冬季里,沙丘上所有的野生动物都会蛰伏起来,它们身体僵硬,四肢麻木,反应迟缓,静待阳光回归。

最初,穿过茶树林的小路都是石头的,后来变成深褐色的绵软细沙——细沙来自沙丘后面,然后又变成浅灰色的粗糙树根,之后变成黄色,再后来是一条长长的可光脚行走的沙道。如今,有木质台阶一直通往坡顶。站在坡顶,你会眼前一亮,目光所及全是海水,有种跑步跳进其中或者顺着梯子爬下去的冲动,就像面对浴池的深水区一样。往前再走一两步,你就会看到海滩,海滩后面,便是表面呈弧形的大海。它与天际等高,如同一堵深蓝色的墙体横亘在眼前。海上的船只宛如玩具,处于弧形大海的最高处，像是要被抛向空中似的。海上的一切都被圈在这个耀眼的弧形中。在大海边缘的海滩上，一行行脚印延向远方，有时很深，崎岖不平，有时又很浅，难以辨别。下坡时，上一秒还是骄阳似火，炙热难耐，下一秒就会雷声大作，巨浪滔天。

对于游泳爱好者而言，沙丘脚下的冲浪区充满凶险，到处都是暗流、岩石和长长的黑色海草。被大人带到冲浪海滩游泳是女人童年时期的噩梦。尽管她一心要待在警示旗以内的安全区域，但暗流迟早会把跌跌撞撞的她拖到隐匿在海水之下的礁石区，再有一个海浪，就会让她失去重心，将她带到深水区，结果就会被大人训斥一番。有时，她会静静地坐在礁石上，双腿伸进水中，背对着远处的山脉。女人一直认为那山脉就是传说中的"月亮之山"，因为它很遥远，且看不到任何连通海洋的迹象。那是远方微光中一片应许之地，那里有一座沉没的石头迷宫城堡。"月亮之山"时而高大，时而隐没在潮水里——它总是最后一个被浪花隐没的景物，海浪退去时，它又最先映入眼帘。比起身旁的礁石架，浅金色的"月亮之山"看上去颜色更浅，表面更光滑，像是被特意雕琢过似的。她的思想有时会溜号，但她的眼睛从来不会，就像她游泳时一样，从来不会主动去深水区，那些布满礁石和巨藻的深暗水域可能潜伏着章鱼或黄貂鱼。儿时的她并不喜欢游泳,因为她并不信任大海,直到有一天借来一只面罩,潜入水下,看到生机盎然的海底,才对大海有了新的认识。一旦看到水下的真实情况,恐惧就自然消失了。她能够轻松地在礁石丛中找到通道,自如地在层层叠叠且来回漂动的海藻间穿梭。在光线的映衬下,比起那些处在高处且较为干燥的礁石,水下礁石的颜色更深一些。虽然戴上潜水面罩后不再对大海感到恐惧——她依然非常谨慎,但她从不认为戴面罩潜水有什么了不起。真正了不起的是没有面罩的盲潜。

第一次发生在你身上的事情会永远留下印记吗?为什么我们最早期的记忆持续的时间最长?与其他记忆不同,早期记忆似乎在大脑里印刻的时间更长一些。关于在学校学习游泳的情景,女人记忆犹新。乘坐棕色公交车来到泳池,教练吹着哨子,趾高气扬地指导着游泳动作。她仍然能够清晰地回想起自己那浸泡在水下的如大理石般光滑的胳膊和双腿,那一缕缕挂着水珠的头发,还有那套泡泡袖泳衣。与她的百褶裙和沙滩巾一样,那套泳衣也是亮丽的红色,如同一团湿漉漉的火焰,特别显眼,父母总是能一眼就从人群中认出她。从那以后,每当在浅滩游泳时，红色沙滩巾就成为她将衣服放在沙滩某个地方的显著标记，以防自己迷失方向，被水流沿着海滩冲到别处。泳衣很肥大，穿上下水后，她立刻就变成了体形硕大的女孩，像一个红色气球，就连胳膊和双腿也被裹进了这个有着斑点花纹的红色水袋里。即便如此，大人们也从不让她独自或者在比她自己深的水域游泳；只要脚趾能够触到地面，她就是安全的。然而水底的沙堤会随着潮汐的变化而变化，有时你会从温暖透明的浅水区一下子进入冰冷暗蓝的深水区。在十一岁那年的一天，她正游得起劲儿，突然发现一股红色的液体顺着新泳衣流了下来，仔细一看，双腿淌满了红色血液。母亲赶忙用毛巾帮她擦干身体，然后匆匆带她回家，直接进了浴室，好在并没有人发现。"这到底是怎么回事？"一路上，女孩不停地嘟囔道。

"不用担心，"妈妈喃喃道，"快点，跟上。"

"肯定是这件新泳衣的缘故！"

"不，和新泳衣没关系。你有没有感觉哪里疼？在水下撞到石头没有？"

女孩摇了摇头。她正在冲澡，浑身湿漉漉的。"我们来看看，"母亲说着，便把女孩的双腿分开，"哦，是来了例假。"

"例假？那是什么？"

"我一直想告诉你来着,但没想到它会来得这么早。例假让一个女孩变成了女人,可以生孩子的女人。"

"可我才十一岁。"她几乎要哭了。

"我说的是,等你结婚以后才会生孩子。"

"那例假到底是什么?"

"例假,这个比较复杂,一句两句也说不清楚。总之,上帝对夏娃下了诅咒:你生产儿女必多受苦楚。"

"上帝为什么要诅咒夏娃?"

"她偷吃了禁果。"

"生了我你是不是很后悔?"

"怎么会呢,傻孩子!生孩子是《圣经》里要求的,是上帝的旨意。必须忍受分娩的苦楚。"

"苦楚?"

"就是痛苦。一个意思。"

"所以我也要生孩子了!"

"现在当然不会!转过来,我给你把身子擦干。"

这只是正常的出血反应,它与其他生理反应一样,自有其作用。在这期间,她不能接触海水,否则就会生病。"为什么呢?""照做就是,乖孩子。""那得多长时间?""几天吧。"一连几天都不能游泳,她会听话吗?会去游泳吗?

但光这些还不够,还有流血带来的麻烦。由于疼得厉害,她看上去病恹恹的。那种疼痛,是一种剧烈撕扯的绞痛,类似分娩的痛苦。对,苦楚。一连五天,她不得不将母亲放在自己背包中的棉护垫夹在两腿间,并用松紧带固定好。如果护垫松动了,走路时还得夹紧双腿,步态僵硬。虽然护垫两端露了出来,但好在有校服遮掩。学校里,一些女孩往往相互致以神秘的微笑。有一次在操场上活动时,护垫意外掉落,变成几块红色的棉团,她挣扎着在篮球场上追赶那些被风吹走的棉团。其他孩子则站在那里看热闹,就连操场上那些男孩也沿着铁丝栅栏站成一排,发出戏谑的笑声。这种尴尬,她一辈子都忘不了。只要例假还在,大人就不让她洗澡,淋雨和盆浴都不行,就连用脸盆洗头发也不可以。这是为她好,只要她还生活在母亲的庇护下,就得照母亲说的做。女孩并没有把这事告诉父亲,她从未有过这种想法。

一次睡觉时,妈妈拿着一张传单走了进来,上面有两个卵巢的图片,她肚子里也有两个这样的小巢。小巢看上去像小灯泡,据说是用来储存卵子的。"卵子?""是的,卵子。卵子脱落排出时就会流血。别担心,"妈妈说,"这是自然规律,你在学校没学过吗?""没学过? 好吧,对我们所有哺乳动物来说,都是一样的，我们的生命始于母亲体内的一个卵子。"

一天夜里，生理期已过，她梦到自己在空中游起泳来。当时正在吃午餐，刚咬了一口蘸了酱汁的肉饼，她便面朝下轻快地飘浮到操场上空。那不是在高空飞行，而是在与肩同高的地方游泳。没有人看到她是怎样越过栅栏来到校长家的花园上空的。然后，她又以狗刨式的泳姿越过栅栏回到阳光下，直到手中的肉饼裂成两半，像一颗红皮鸡蛋似的溅到柏油路上。吃惊的人们猛地抬起头向她叫喊，想要知道她是怎么做到的。但她并不知道是怎么回事，她所做的只是向前滑行并飘浮在稀薄的空气中。她想，这有点儿像彼得·潘[1]飞行的样子，原来那种失重且毫不费力的自由飞行一直都是真的，是上帝的一种启示，太神奇啦。知道自己已经游得太远，她双手合拢，尝试着向上游去。就在此时，她突然醒来了。她躺在床上，沉浸在终生难忘的狂喜之中。

没过多久，例假第二次造访。

"哦，我告诉过你的！"妈妈说道。

"您没说过！"

---

[1] 彼得·潘（Peter Pan）：英国小说家及剧作家詹姆斯·马修·巴里（James Matthew Barrie，1860—1937）创作的长篇小说《彼得·潘》中的主人公。该小说讲述了一个会飞的淘气小男孩和他在梦幻岛的冒险故事。

"你知道的，它每个月都会来一次，就像满月一样。"

"我不知道。"

"那抱歉，你现在知道啦。"

"我还是不能下水吗?"

"你是个好孩子。"

"您为什么没有例假?"

"我也有,"她说,"所有女人都有。"

"那么——接下来会怎样? 生宝宝吗?"

母亲举起双手。"感谢上苍,"她说,"这是我们必须做的事。"

"所以就有了诅咒这种说法?"

母亲摇了摇头。"只是一种说法而已。生孩子是你自身的事，是一种身体机能。"

如果不是诅咒的话，那又是什么呢? 当例假来临时，她会感到腹胀和恶心。血量开始较大，后来慢慢渗流，把护垫染成暗红色，散发出连婴儿爽身粉都无法掩盖的臭味。无论母亲怎么说，这种味道同她曾在夏日午后玻璃上爬满忙碌碌苍蝇的教室里闻过的味道一样。就好像自己不说就意味着没有人能知道似的! 不过，据她所知，班里没有人知道还有谁来了例假，或者只是她不知道而已。即使奇痒难耐，浑身臭汗，她也不能奢望在浴盆里用肥皂水舒舒服服地洗个澡——但为什么简单冲洗一下都不可以呢？"怎么就不能游泳呢？"她恳求道，"是防止鲨鱼闻到血腥味吗？""它们又不是第一次这样干了！"

"你听过的。"

"宝宝也是从那里生出来吗？怎么会呢？"

"身体是有弹性的，"母亲说，"我妈妈曾说是从你的肚脐里生出来的。"

"谁说我要生孩子了？"

"你会的。等着瞧吧。"

后来，女孩长大后确实想要生个孩子。她找了一个丈夫，这是她的心愿，当然也是他的心愿。然而，尽管她几乎每个月都按时来例假，量大且浓稠，但年复一年，她从未怀上孩子。

而且下体和腋窝开始长出黑毛——她究竟会变成什么模样呢？但她要保守秘密，目前为止是这样。

日落或阳光被遮挡的时候，尽管海水的热量能够保持几个小时，但随着太阳的隐没，海水会从玻璃般透明变成暗淡色，黄褐色的海藻丛林也会变得更加深暗。在海浪汹涌的日子，冰雹夹杂着飞舞的海沙，让阳光很难穿透。即便是阳光明媚的日子，从外面或高处看大海，映入眼帘的也只是一片蓝色的不透明水体。然而，当你在水下时，情况就完全不一样了——礁石间的沟壑、赤褐色的沉淀物、橡胶般的海藻，还有旧玫瑰色或碧绿色的线团儿。在潮汐的作用下，细长的海草或转动，或摆动，或舒展。斑驳的礁石表面散落着扇子、葡萄、羽毛、卷纸、吸虫、苔藓、粘草、狐尾草、海绵动物，以及黑色和绿色贻贝，还有像褪色柳一样柔软的植物。有时会看到一群针鱼游过，还有礁石边缘眨着大眼睛的银板鱼，仿佛用绳子串起来似的。洞穴里潜藏着的鹦鹉鱼，对你时刻保持着警惕。还有一种身上长着黄色和灰色条纹的小鱼，直到你的手几乎可以触碰它时才会猛然逃走，就像装了弹簧似的。玻璃虾则像毛发一样悬停在水中。潮水来回摆动，或轻柔，或狂躁。有时，你会被突然"窜出"的身上长着杂草和贝壳的庞然大物吓到惊叫。然而，那不过是一块湿滑的礁石而已，它并未移动，移动的只是你自己。有时，你会看到其他游泳者，他们淡蓝色的四肢从远处缓缓划过，慢慢变大，然后在海平面的折射下变成碎片。当接近礁石水塘边缘湍急的区域时，你会感到海水突然变得冰凉。在混浊的光线下，除了沙子、气泡和附着在海藻上像云母一样微微发光的颗粒，你什么都看不见了。当然，你大多时候都停留在海水表面。潜得越深，海水就越平静，水压也会越大，在拥有海藻层的深水区，水压一定和同等体积的石头的重量相当。

当水塘里没有其他人时,只要屏住呼吸,紧紧抓住岩石,你就可以停留在海底,直到不得不松手上浮,与你自己的影像会合——包括双手和身体,然后呼着气泡露出脑袋,双手缓缓地拍打着水面,大口地喘着粗气。

不管天气多么炎热,你只能在水塘里待上一小会儿,否则就会被冻僵。海峡冰冷的海水在海浪的作用下通过名为瑞普的出海口不断涌入,没入水塘,并将大量泥沙带到港湾。

位于海湾回水区边上的小镇是个度假胜地,建在连接菲利普港湾和巴斯海峡的最后一片灌木丛中。夏季的小镇很受欢迎,因为这里有一连串的前海滩。前海滩处于两个岬角之间,北面是悬崖,南面是青石海堤。最高点位于最后一个岬角处,上面有一座古老的白色灯塔,它是小镇存在的首要原因,远处是沙丘和冲浪海滩。该岬角既是两片海域的交汇处,也是两种气候的界限。的确如此,因为海风在这里被阻断,当后海滩拐角处的海面风平浪静或微波荡漾时,这里可能会波涛汹涌。

海浪将各种各样的"奇珍异宝"冲到这里:烧焦的原木、板条箱、帆船桅杆、沾满油污的海鸟尸体、渔网碎片，还有从船上被随意丢弃的垃圾。心情不太糟糕时，女人会将垃圾捡起放入垃圾桶；心情不好时，她只是愤愤地走开。她会在成堆的海藻和茎秆中悠闲地淘拣着有用的东西。一次，夜幕降临时分，女人偶然发现一条被冲到海堤上的鲨鱼，在昏暗的光线下，它似乎还活着，灰色粗糙的身体，跟她差不多大小，据她判断，鲨鱼身上没有一丝伤痕。它很重，女人试着拉它的背鳍，却怎么也拉不动。微闭的白色眼睛和浮肿的嘴巴里沾满泥沙，没有牙齿，应该是一条星鲨。也许它真的死了？但怎么会没有任何伤痕呢？女人在海水里洗了洗手，回到家里又用肥皂一遍遍地洗，但仍然有一股鲨鱼背鳍的腥臭味。

在十一月炎热的一天，日落时分，在海滩持续冲浪后，女人来到阴凉处。阴影下的细沙如糖霜一样，每一粒都清晰可辨。那些几乎不比沙粒大的昆虫也是如此。它们躺在那里装死，直到用一片海藻叶子轻拂它们，它们才惊恐地摆动着身体。汀线处的玻璃瓶、水母或绿螺贝壳闪闪发光，看不清到底是什么。其中一处特别耀眼，让她头晕目眩，什么都看不见了，最后不得不转过身背对着太阳。此时，感觉就像进入水下，光线变成深蓝色。她的影子则被抛到很远的地方。

女人所在的地方位于前海滩前面，是一处私密海滩。此时暮色已浓，正值退潮时间。涨潮时被冲到海滩上的一张破旧渔网，随着海水的涨落张开又收缩。不远处一个闪着绿色光芒的东西引起了女人的注意，是一个新玻璃瓶，在悬崖脚下岩石的缝隙里，那是高水位线下的一个洞穴。女人养成了在路上捡拾玻璃瓶、罐头盒、塑料袋、网、鱼线碎片、诱饵袋和鱼钩等杂物的习惯。她蹲下身将手伸向那闪着绿光的瓶子时，却发现还有一个圆形的东西在更深处闪闪发光。女人以为是一个拉环，伸手将其拿出，结果出乎意料，竟然是一枚湿漉漉的金戒指。戒指上面没有刻字，只有一两处划痕，是一枚普通的婚戒。从尺寸上看，她觉得应该是男士戴的，因为作为一个女人，她的手指算是粗的了，但戴上它依然有点儿松。如今，许多已婚男士都戴戒指，但在女人年轻时，这种现象并不普遍。她的丈夫就从来不戴戒指，作为男人中的男人，他对此不屑一顾。他精明干练，去世多年，除非在梦中，她几乎都想不起他的模样。尽管戒指很松，但还是刺痛了她指关节松弛的皮肤，她徒劳地拉了几下，一种半是惊慌半是愤怒的情绪涌上心头。在她想到用肥皂水之前，指关节处的皮肤已经隆起，戒指沾满了鲜血，或许里面的沙子也沾了血。但戴上以后，就松动了很多。

第二天早上，女人乘公共汽车来到警局。值班的警

官告诉她,若戒指在三个月内无人认领,而且她有意愿的话,就可以拥有它。表格上是这么说的:

"我希望/不希望认领上述财物。"在财物描述那一栏的空白处,女人写下了"一枚金色戒指"。她点点头,画掉了"不希望"。在横线处签名后,警官又递给她一张粉色纸,她用黑色笔在上面写了"失物招领"通知,还画了一张戒指草图,然后贴在一家奶品店的窗户上。然而,一连几周过去了,招领启事始终待在原处,在阳光的照射下褪色成羊皮纸的样子,黑色笔迹也变成了青铜色。

这里的气温忽高忽低,就像起伏的海浪,并不稳定。然而,今年夏天的天气算是很不错的,风平浪静,一片安宁,有股热浪一直停留,就像风暴的中心。退潮时,女人小心翼翼地在水下礁石间的沙床里游动,越来越有种游泳者的存在感。她像鸟一样张开双臂,一次次地游弋在这片沙地和礁石之上,不愿停歇,而她的身影则呈绿色碎片状,在海底跟着她移动。

如同大海一样,女人的房子缓慢地吸收和释放着白天的热量。冬日的阳光一整天都能从窗户照射进来,但夏天的烈日只能透过树叶从一块玻璃转移到另一块玻璃上，时而在镜子上反射出刺眼的光芒，时而强度减弱，呈米黄色，时而又呈现出红色。晚上，女人大部分时间都不开灯，只为给房间的温度带来一点点变化，或许能低一度左右吧。昏暗中，锅底正在燃烧的燃气看上去像一圈滚烫的蓝色牙齿。如果有月光，她在睡觉前就不会拉上百叶窗。月亮或圆润或狭长，就像眼睛一样盯着她，让人感到一丝凉意，从而没有了黑暗带给她的闷热感。夏天，她的睡眠从来不好，常常在黎明或月出时就会醒来，看看电子挂钟上的红光，时间是2点28分，然后是3点42分，最后是5点整。她的床如同一张小木筏，一直停留在奶白色的海洋里。满月的时候，月光像流水一样从房子的每一个缝隙洒进屋里，酷热似乎也没有那么难耐了。凉爽的早晨，她会去游泳，下午晚些时候，还会去游泳，几乎每次都是在前海滩。冲浪海滩距离较远，需要走很长一段路，翻越几个沙丘，还要被困在炙热的阳光之下，仿佛就要迷失在那个炫目而茫然的世界中。此时，多么渴望水下的感觉！晚上，她有时也会在这里逗留，忘却了时间。在月亮和星星的光芒下，红色塔顶的灯光时断时续地亮起又熄灭，亮起又熄灭，好像有人在吸烟一样。夜里，梦境中的她顺着一条冒着乳白色气泡的线路往前游去，一只海豹在大海里持续地浮出又潜入，浮出又潜入，耳边传来粗重的喘息声，是海豹的，或是自己的，抑或是大海的。"我用一根银针把大海的里面和外面缝成了红色和白色。"她梦到，"我滚烫的脑袋里满是海水。"

这个夏天，一艘拖网渔船每周日都会来附近小港做生意。一个周日上午，出于好奇，女人想乘公共汽车去看看。潮水已经退去，当她沿着人行桥往内码头走时，一个影子突然闪了一下。女人用眼角的余光看到浅浅的海水下面有一股湍流，再往下，只看到海底绿色的水母。热浪让她突然感到一阵头晕目眩，于是向后退了几步。

女人买了一条全身为珍珠粉的小笛鲷鱼。此时，两三个家庭已经在人行桥的两侧排起队来，他们俯视着下方。"爸，妈，"一个男孩突然喊道，"瞧这里！"此刻，女人在绿色的浅滩里看到几团光润的黑色肉体。那是几条黄貂鱼[1]，正悄无声息地在几根黏糊糊的码头地桩和几艘停泊的渔船之间来回游动，彼此的距离很近。黄貂鱼在水下像猫一样来回游荡，等待拖网渔船向水中倾倒

---

[1] 黄貂鱼（stingray）：又称刺鳐，是软骨鱼类，身体扁平，尾巴细长，黄貂鱼一般体重有几十公斤，最高可达数百公斤。有些种类的黄貂鱼的尾巴上长着一条或几条边缘生出锯齿的毒刺。

银鱼。与鲨鱼完全不同，黄貂鱼既不急躁也不贪婪，尽管它们也是生命和死亡的主宰。它们平和而安静，成群出没，时而静静地晒着太阳，时而轻快地摆弄舞姿；它们浑身黑亮，体形巨大，是迄今为止女人见过的最大的黄貂鱼。几个孩子趴在桥面的木板上，探头观望，一边叫喊，一边用手指着，还试图数一数，家长们则紧张地用力按住他们，从这里掉下去的后果与被雷击没有两样。或许黄貂鱼也能感受到人们对它们的关注，透过波光粼粼的水面，它们能看到东西吗？据说它们背部的污迹和斑点之间还隐藏着别的眼睛。有时，它们猛然俯冲到木板下面，然后又冒出水面，随着翼尖轻轻一抖，水面上便形成一道白色的浪花。

  书本太小，你无法委身其中，但当你沉浸在书本的海洋里，又会觉得自己如此渺小；自此以后，无论何时，你都会一直这么认为。还是个小女孩的时候，女人就一直梦想着远行，去看看书中描绘的那些地方。然而，远行是年轻人的事，她在这里生活了很多年，离开对她来说已经太晚了。满月和新月的时候，这里的退潮有时会到达礁石架区域，让隐藏在水下的地方统统显现出来：细长的半岛、海湾、礁石、沙洲、洞穴、布满海藻的凹坑及崖石。这样的景象会持续一个多小时，然后再次沉没，就像死亡之岛或应许之地一样。对于灯塔背风处的这片广阔的浅滩以及寂静的礁石架区域，她总是有一些不着边际的想法：它要么是"世界的起点"，要么就是"世界的终点"。有一半时间，它都隐没在海水之下，如此安详，如此宁静；它遥不可及，又近在咫尺，就像将一只贝壳贴近耳朵，你会发现整个大海就在身边似的。日复一日，潮涨潮落。海水漫过河道，又从河道退去，有时候规模很小，几乎看不出来。海滩也在发生着变化，不过一般都很微小，若非熟记在心，根本觉察不到。像云朵一样松散的水塘，底部有时堆满了泥沙，有时又被冲刷得干干净净；礁石被冲刷得千疮百孔，甚至裂开、脱落；浮木和海藻被抛在高处，又被太阳晒干。若有一簇棕色海草搁浅在高处的礁石区，用不了一周，就会变成雄性海豹毛茸茸的鼻子般模样，然后腐烂，被海浪冲走。傍晚退潮时，灯塔顶部在礁石架的洼地和细流中的倒影就像一面破碎的镜子；在更深的水塘中，它与海星、海草、礁石和贝壳在绿色网格中进行"二次曝光"，倒影就变成了一副悬挂在天空的黑背银腹的模样。一天中任何时候，只要退潮时露出礁石，悬崖下的礁石水塘里就能看到一座灯塔，如同一根扭曲变形的柱子躺在波光粼粼的水面上。时不时地，会有人绕过崖壁来到她身后，俯下身子突然抓住正在水塘边出神的她，女人猝不及防，觉得对方荒诞可笑。她从不看他们的眼睛，甚至连眼皮都不抬一下。女人蛛网般的苍白头发蓬松散乱，因含有较多盐分，有点儿僵硬，有时在风中凌乱不堪，有时隐藏在黑色兜帽里。无论如何，女人都像一个隐形人，一个没有名字且行为古怪的人。假如某天有人把她推进水塘，也只是为了看她喘着粗气慌乱地拍打水面的样子。对于如此让人恼火的事情，她会感到非常震惊吗？因为在女人眼里，世界似乎就是这般模样。

　　海水之下——另一个世界——也是如此。它半隐半现，与海面之上的世界既相对独立，又互相映衬，互相关联。海面微微晃动，就足以让山丘和峡谷的倒影扭曲变形。整个灯塔，从顶部到基座，都与海面融为一体，就像女人放大的若隐若现的影子与自己在海面上的倒影融为一体一样。只要保持一动不动的时间足够长，任何隐藏的东西——鱼、海星——就会冒险出来。海星呈星状，浑身上下硬邦邦的。水下世界里，有海鞭[1]、海狼[2]、海豹、叶海龙、海蜘蛛、海蝎、海蛇、海马、海

1　　海鞭（sea whip）：这里指柳珊瑚，形似长鞭，这里直译为海鞭。
2　　海狼（sea wolf）：这里指狼鱼。

蜗牛[1]、海胆、海钱包[2]、海耳[3]、海燕、海草、灯笼鱼、太阳鱼、月亮鱼等,随处都能看到与陆地对应的海洋生物。

　　大多数时候,都能看到栖息在礁石架边缘的一只或一对黑白色的太平洋鸥。在无风的日子里还能看到灰色的苍鹭,要么呆呆地立在礁石之上——水塘里灰色的倒影暴露了它的存在,要么泰然自若地涉水而行,目光锐利地环顾四周,踩在贝壳上发出嘎吱嘎吱的响声。涨潮线周围随处可见一个个湿漉漉的白色或蓝黑色的"沙堆",那是缩着头的企鹅,或者缩着脖子的羊肉鸟[4]。这一周,灯塔下栖息着一只羽毛凌乱的鹈鹕,下一周就可能是一只鸬鹚,或者一只在沙丘坡顶下方快速走动的塘鹅。有时会有一只出生不久的海豹幼崽裹在海藻里,眼睛凹陷,四肢的骨头像念珠一样。它被一层胎毛包裹着,之后胎毛会渐渐萎缩脱落,但雄性海豹幼崽并没有胎毛。

---

[1]　　海蜗牛(sea snail):这里指海螺。
[2]　　海钱包(sea purse):这里指附着在礁石和海藻上干燥裂开的鲨鱼卵鞘。
[3]　　海耳(sea ear):这里指鲍鱼。
[4]　　羊肉鸟(mutton bird):这里指短尾鹱。

从这个半岛顶端向东隔水而过，是另一个半岛。两个半岛的景致完全相同，只不过东边的并没有灯塔，而且海岬山脊后面也没有城镇。两个半岛之间是彩虹经常出现的地方，有时宏伟壮观，横跨整个瑞普出海口；有时小而短暂，很快就被远处岬角上方黑压压的云层吞没，顷刻间，大雨倾盆。然而，距离上一次出现彩虹或降雨已经很久，时间和天气仿佛在这里静止了。日落时分，那里有时会聚集一层薄雾，遮挡了岸边裸露的锯齿状的礁石，让人们有种东边半岛飘浮在半空中的错觉。黄昏过后，华灯初上，一轮血色满月可能会从另一个岬角后方缓缓升起，一半隐入云层，一半垂悬空中，宛如一艘航行在大海上空的火船；不大一会儿，又从云顶探出头来，一半已出云外，一半仍在云中。月亮接连穿过若干云团，越来越高、越来越小、越来越白。有一次，惺忪的太阳神奇地从远处升起，像一面铜锣，与刚刚在西边落入海里的太阳一模一样，仿佛时间跳过一个节拍，从黄昏直接来到黎明。更多时候，当朦胧的满月及其淡淡的倒影一同出现在东方时，西方依然是霞光满天。夏季过了又来，满月缺了又圆，苍鹭的倒影在水面上行走，海鸥从头顶匆匆掠过，暮色渐近，海天一色。似乎在每个满月时候，女人都曾在这个或那个沙堆，或在礁石架上方的斜坡逗留。海湾里的海水如此安静柔滑，几乎一动不动，可一旦过了灯塔，就进入了暗流涌动的瑞普海口，那是海湾向西的出海口。出海口另一边的岬角，是那个或明或暗的小山岗，它时而很近，时而遥远，取决于灯光的远近。事实上，出海口两岸的距离很短，如果海湾的地貌是干地、沼泽和河滩，你步行一个小时左右就能到达对岸。两个岬角，两片海域，其间由一条叫作瑞普的水道相连。两片海域虽然相通，但水道之外的海水波涛汹涌，深不见底，而海湾之内却风平浪静，一如天空之镜。当皎洁的满月从东边升起时，西边血红的太阳依然低垂在海面之上。

　　女人做了一个不切实际的梦。梦里她见到了那只走失的海豹幼崽，皮毛蓬乱不堪，两眼空洞。她抱起幼崽将其带回浅滩。突然，随着一阵快速的摆动和飞溅的水花，它又逃回到大海里。女人光着身子紧跟在幼崽后面，突然就飞起来了，她在绿色的空中上下穿行，四处寻找海豹的踪迹。醒来后，她想知道，海豹是像人类婴儿一样，一出生眼睛就能看见，还是像狗的幼崽一样看不见？为此，她花了一个上午的时间在遍布灰尘、蜘蛛网和蠹虫的地方摸索着翻看一堆旧书，直到找到一张新生海豹的照片，看到那双隐藏在结满冰霜的皮毛中闪闪发光的眼睛为止。

　　一天，女人发现一个被冲到岸上的塑料制品——一个绿盖的白色洗发水瓶。它非常光滑，上面的字几乎已经看不清楚，来自中国，或者日本，咸涩的北风吹打着她的眼睑，眼花缭乱的她更是看不清楚。瓶底长着什么东西，海藻？女人一边想，一边把它翻过来。是藤壶，足有几十只。这个种类的藤壶叫鹅颈藤壶，女人以前只在书上见过，大大小小地挤在一片沙砾中。它们的身体呈灰色，有暗色条纹和大理石花纹，全身闭合，仅留狭长小口。通过一根细长的小柄，它们牢牢地将自己固定，即便是最小的一只，你也无法在不压碎它的情况下将其撬开。藤壶的柄部极具韧性，除了露出壳外的部分呈黑色，其他部分并无颜色。

不管这些藤壶是死的还是活的，都值得仔细观察。于是女人把瓶子带回家，放在厨房的沥水板上，由于忙于别的事情，就把它忘得一干二净了。尽管如此，它最终还是以自己的方式引起了女人的注意，就像一滴水从手腕滑到肘部会引起皮肤的反应一样。瓶子顽强地"呼救"着，直到女人走进屋里。她惊讶地发现，在透过玻璃的炙热阳光的照射下，瓶子有些烫手，而蚂蚁正在瓶底聚集。塑料瓶上的藤壶竟然都是活的，正在张开壳板伸出黑色的小舌头在空中来回摆动，不停地探寻着什么。被女人触碰时，小舌头就会立刻收回。它们发出持续的咔嗒声和沙沙声。是在喃喃自语，还是在嘤嘤哭泣？在海滩上捡到瓶子时，女人并没有发现这些藤壶有任何生命迹象，也没有听到它们发出任何声音，在充满咸味的海风中，更是闻不出它们有什么味道。但现在，整个房间充斥着霉变味、海腥味和腐臭味，而藤壶不停地喧闹让女人有一种紧迫感，于是带着瓶子向海滩跑去。微光中，她沿着沙路下了台阶，来到海滩。此时已是八点左右，太阳已经落山。她气喘吁吁地把瓶子扔进浅滩，看着它在波浪中起起落落。"像一艘救生筏。"她想。"救生筏"被海浪带到礁石水塘，卡在一个挂满棕色果实的海葡萄树下。希望它是个梅杜萨之筏[1]！如果她在书上读到的内容属实，那鹅颈藤壶只能生活在海洋里。这样想着，她有些绝望地转身离去。

日子一天天流逝，人们做过的梦也会在生活的操劳中，在大声辩解或低声抱怨中，在尖声急叫或幽咽抽泣中一个个随风而去，就如早已消失得无影无踪的鹅颈藤壶或海豹一样。清晨做过的莫名其妙的梦是最伤人的，往往会给人带来一整天的痛苦。一天早上，女人从梦境中醒来。她梦到自己正在一块拱形岩石上爬行，那岩石

---

[1] 《梅杜萨之筏》(The Raft of the Medusa)：法国画家泰奥多尔·籍里柯于1818年创作的一幅油画。画面里有一只在狂风巨浪中岌岌可危的木筏，木筏上的难民有的已经奄奄一息，有的还在向远方求救。

在悬崖突出的地方，下面的沙子已经被海浪掏空，而悬崖上面就是灯塔。梦境中的她从日落时分便开始爬行，环形的蜘蛛网挂在金色岩石的边缘或凹坑上，像水波一样泛着微光，在轻如呼吸的微风中摇曳。那些金色岩石，有的已经风化成块，有的依然坚硬如初。每张蛛网的中间都有一个凹陷的地方，上面挂的不是一只眼睛，就是一张嘴，供蜘蛛享用。女人蜷曲着身子，以便能够爬到岩石下面的空隙处，那是她自己的凹坑。另一个早晨，她在床上醒来，感觉身子非常沉重，这次的梦境是自己被白色海浪压得动弹不得，既无法呼吸，也不能喊叫，眼睛也难以睁开，直到窗外的阳光洒在脸上。还有一个晚上，她梦到自己在沙丘顶上看到一个人影从海面升起，然后像一块礁石立在那里，一会儿又沉入海中。很多次，女人梦到夜幕降临后一个人沿着崖顶的小路回家，有什么东西突然从后面抓住她，用毛茸茸的手臂扼住她的嘴巴，然后顺着木台阶将她挟持到海滩上——就是那处私密海滩。她挣脱后，慌忙打开攥着的手电筒。然而，一个网状的东西竟然从手电筒里弹射出来，接着是一连串这样的东西，看上去像方形披肩，金黄的、暗黑的都有。其中一张网飞向女人，套在她的腹部，并开始收紧。是的，女人此时还光着身子。在它的尖牙尚未刺入女人皮肤之时，她就拼命地想把它扯掉。但两根手指已被控制，手指间的皮肤也被刺穿，疼痛瞬间蔓延到整个手臂。下面的那张网在女人血液的喷射下抖动着，一拨又一拨水泡在皮肤下顺着手臂往上蹿，整块皮肤像沸腾的牛奶一样起伏着。崖壁凹陷处闪烁着黄色微光，有人在远处露营。她走近一些，发现几个黑影正弓着身围在一堆篝火旁，红色的火焰上方升起阵阵烟雾。缕缕长烟在礁石表面逗留，最后粘在上面，变成了一张黑色的网。女人醒来时，床上凌乱不堪，眼睑烧得像火炭一样滚烫。

还有一个离奇古怪的梦，场景是一家医院的育婴室，她站在一群因难产或流产而失去孩子的女人中间。那些尚未见过阳光的婴儿光着身子四脚朝天躺在透明的保温室中，皮肤呈蓝色，他们或许是在水下出生的，个个像瓷娃娃一样睁着空洞的眼睛。护士们将婴儿从床上一个个抱出，用毯子裹好，再一个个交到那些母亲手里。但在她们看到女人前，她就已经溜走了。

有些梦做得很深，身子感觉非常沉重，醒来时浑身是汗，床上一片狼藉，一种失落感涌上心头，痛入骨髓。

灯塔俯瞰着绵长的海岸，还有外海。女人站在灯塔的平台上迎接新年的到来。凛冽的海风将头发吹进眼里，外套像翅膀一样不停地拍打着身体。她弯腰靠在栏杆上，旁边是一根沉默的树干。在狭长且形如木筏的云层下，灯塔白色的墙体被它的潮汐灯染成了红色。天空没有月亮，只有稀疏的星星，沿岸远处小镇的灯光像一串串黄色的珠子。小镇有烟花表演，一些喜欢凑热闹的人会在午夜时分聚集观看。由于刮着风，距离又远，女人无法听到烟花燃放的声音，不过看得还算真切。一道道亮光腾空而起，有的像水花，有的像细雨，有的像龙吸水，然后又一个个慢慢消失在夜空中，如同失去光彩的星星。接着，无数个小火星直冲云霄，然后如太阳般绽放，先是红色和金色的，后来是蓝色和绿色的，最后以向日葵的样子谢幕。烟花表演结束后，人群便纷纷散开。此时，唯一的照明来自灯塔上转动的灯室，每隔一会儿，灯塔下方的礁石架就会映入眼帘，在灯光的映衬下，一片苍白。就在礁石架再次出现时，一片光亮引起了女人的注意，那些露出水面的礁石中有一团类似火焰的东西。一个外形较小且参差不齐的影子一闪而过，紧接着又是一个。很快，礁石丛中到处闪烁着发光的孔洞，像一条条红色或金色的隧道，有的呈拱形，有的呈凹形，有的如神殿神龛，有的像飞蛾翅膀。每一团"火焰"都蜷缩在礁石的溶洞里，在海风的吹打下，若隐若现，却从未熄灭，并给周围披上一层珍珠母般的黄褐色外衣——只不过是用火焰和岩石纺织而成的。

如果是在大白天，还能找到那些孔洞吗？一大早，女人便来到礁石架周边转悠，终于发现了踪迹。原来那是礁石溶洞口厚厚的红色熔岩，色如赤红的蜡烛，形如蜿蜒的长蛇。

女人一直保存着一本关于海洋的书。一天，她翻出这本书，吹掉上面的灰尘和绒毛，开始翻找藤壶的图片。这本略带烟熏味的书里有很多供孩子们临摹的旧铅笔画，甚至还有一张折痕已经泛黄的空白描图纸，仍待在原来的位置，女人儿时喜欢并描画过这些图片。虽然已经很多年没有打开，但她非常熟悉这本书。粗糙的玉黍螺、藤壶幼虫、成年藤壶，还有藤壶的生命周期——为什么叫生命周期，是一个关于生与死的链条吗？幼虫从卵中孵化出来，聚集在一起，有几百万只，就像乳白色的云团。它们此时体形微小，十分脆弱，一直漂在海面上，直到有机会附着在礁石、枯树、桅杆、码头地桩及各种漂浮物上——就像胚胎附着在子宫内膜上一样，然后逐渐完成形态变化并长出外壳。在壳里，它们会继续生长，并且像蝉一样蜕去白色外壳，如此循环，不断扩大外壳以适应其生长。当它们死后，其他潮间带海洋生物——如玉黍螺，就会爬进它们的壳里。这种玉黍螺在腐肉里能够凭记忆一连几个月对原来地方的潮汐涨落做出反应。一个生活在比人类眼睛还要小的蓝色贝壳中的生物,怎么能拥有如此浩瀚的海洋知识呢?

过去竟如此顽强地与现在关联在一起!同样,我们以前的自己或许就是我们的魂魄,是我们在梦中或闪现的记忆中曾拥有过却已被封存在过去的外壳。然而,如果我们回到过去,他们看到骨肉之躯的我们,绝对想不到我们会把他们看作魂魄。或者,他们对我们会视而不见?甚至,他们根本认不出我们。梦里的事物如同天上的繁星,我们所看到的都已是若干光年前的星星了。

女人喜欢的另一本书以北极之夜的一场狼群狩猎开始,只是猎人和猎物反转过来了,因为它是一个关于一只母狼带领狼群追捕乘雪橇的皮毛商人的故事,而母狼的血统有一半来自猎狗。日复一日,周而复始,这样的捕猎场景不断重复,就像是一场循环的梦,仿佛在另一个世界。在母狼的山洞巢穴里,一只幼崽正在用鼻子探路,试图走出洞口,获得重生。在它眼里,洞口就是一道朦胧的白墙,隔断了日光。白牙是这只幼崽的名字,同时也是书名。死亡也是这样——至少女人在广播中听到那些声称自己曾经从死亡边缘回来的人是这么说的:就像隧道尽头的一道清晰的曙光。或许是吧,但对于女人来说,身体最后的记忆似乎与诞生之光有关,那是生命在循环,就如掉转身吞掉了自己的尾巴一样。

诞生之光，多么伟大的奇迹！它是世界史上的第一个景象。在书本里，在屏幕上，一个胚胎在金色的子宫水泡里安详地熟睡，拇指放在嘴边，身体蜷曲在脐带周围。几乎和水体一样，胚胎呈半透明状，像一盏肉灯里的精灵。如今，任何人都可以实时看到它，正如我们所说，这团包裹着心脏的尚未成形的肉体，像一个几乎没有雕琢过的粗糙毛坯，可能会变成任何东西的肉身，一只老鼠，或一头鲸鱼……它的外形看上去像是海洋水族馆里的一头白鲸幼崽，像伤口一样从母体分离，进入冰冷的蓝色世界。此时，屏幕后面的人们都惊呆了，直到母鲸摆弄着幼崽进行第一次呼吸。所有这些都被摄像头记录下来。

有时候，一个婴儿也会以这种姿态进入女人的梦中。他双眼紧闭，躺在海底深处的摇篮里，周围是水母和海草。她为什么会梦到这样的画面？是源于那些已经忘却的儿时民歌，还是来自那些已无踪影的故事书呢？其中一个故事的主人公是一位年轻王子，他被一群游弋在城堡周围的鲨鱼所困。他的王国隐藏在绿色大海下金色的气泡中，是一座和平的城堡。这是一个微型世界，就像太空中我们自己的蓝色星球一样。另一个故事是关于一个光着身子用手语交流的男孩，他是一个可怜的清理烟囱的水孩子，名叫汤姆。虽然在小溪里溺水而亡，但他并未消失，而是从沾满煤烟的躯壳中跳出，和其他也曾溺亡的水孩子一起生活。或许，那个水下世界是虚构的，女人对这本书半信半疑，那些孩子或许出生时就已死亡，也或者根本就没有出生过。

那些故事书都去哪儿了？书中的每一个故事都如梦幻般鲜活，令人难忘。其中有一大本红色封皮的奇幻故事集，收集了关于"我们的岛屿"（即不列颠群岛）的童话故事和民间传说。当然，全都是关于海洋和过去、魔法和幻觉、灵魂与不朽的故事。不过，有一个关于一只忠实猎犬的故事是真实发生的。猎犬的主人是一位王子，他很喜欢那只猎犬，且相信它可以照顾他襁褓中的儿子。一天，他回到家，发现一摊血迹和撕破的床单，而那只猎犬则趴在地板上，口鼻上沾满了鲜血，两只忧伤的眼睛盯着他的脸。王子怒不可遏，绝望地咆哮着，拔剑刺死了猎犬，这才进到里屋。里屋的地板上躺着一匹已经死去的恶狼，恶狼身后是他的儿子，刚才还在睡觉，此时开始大哭。王子跪倒在地，悔恨交加，将猎犬抱在胸前，但为时已晚。每当读到这个故事，女人都会屏住呼吸，希望王子这次没有杀死猎犬，虽然知道这永远不会发生。

女人最大的一本漫画书是母亲留给她的，厚厚的，光润的硬皮封面上有一只白海豹。虽然患有白化病，但它是为拯救所有海豹而生的摩西。该故事发生在北极，因纽特人每年都会在这片海滩掠夺海豹皮。他们把所有能搜捕到的壮年海豹赶到内陆地区，然后用棍棒将其打死并剥皮。幸存的海豹每年都会目睹这场年度大屠杀。然而，当因纽特人看到这只白海豹时并未理会，以为它只是一只死去海豹的魂魄。白海豹只是天真地跟着因纽特人的足迹，结果却看到了疯狂砍杀和痛苦嚎叫的场面。那些受伤倒地的海豹——它的手足——在血泊中拼命挣扎。惊恐万状的白海豹发誓要探索七大海洋，为其族群寻找到人类无法涉足的安全栖息地，并带领它们到达那里。它数年如一日，不停地穿越北极和南极的各个海域，最终在一圈高大的礁石后面找到了最后一片海滩。那是一片从未见过的明媚海滩，但要想到达那里，首先要一口气游过一条深深的海底隧道，而这只有海豹才能做得到。它带着胜利的喜悦返回族群，带领它们跨越海洋，潜入深处，来到这片光明的应许之地。

女人阅读的最后一本故事书是《爱丽丝漫游奇境记》。虽然灰绿色的纸板封面和书脊上的书名是"爱丽丝梦游仙境"，但其实里面有《爱丽丝梦游仙境》和《爱丽丝镜中奇遇记》两个故事。到了可以独立阅读的年龄时，她开始意识到有些单词似乎不总是它们原来的意思。要是真有一个可以随意进出的镜像世界就好了。这样，任何一面镜子都能让你进入另一个时光倒流、前后倒置的世界，你就能看到平行世界中的另一个自己。同今年一样，那个属于《爱丽丝梦游仙境》的夏天炎热且漫长。闷热的黄昏，甚至过了就寝时间，还能看到"白鹅妈妈"坐在旁边的床单上给她大声讲故事的情景。"白鹅妈妈"前胸高大，穿着一身宽松睡衣，几乎占据了整个小床，但看上去并没有去年夏天那么高大，或许是女孩又长高了的缘故。她喜欢在天色渐暗时读书，不用看闹钟就知道时间，因为已经熟记于心了。

所有记忆碎片早已连成一个整体，像电影剪辑一样清晰却遥远。她依偎在母亲温暖宽大的怀里，脚趾伸进带着褶裥的床单里。当光线变得越来越暗时，她就不得不拉动头顶上的拉绳打开床头灯。年幼时，女孩经常做一些小狗、老虎或毒蛇在床底咬自己小脚趾的梦，往往伴随着惊叫声醒来，于是父亲带回了这个床头灯，并把它装好。她三岁时就有了自己的卧室，父母一起睡一个卧室，她只能自己睡。每次翻页，便有一丝微风拂面而过，带着飞蛾扇动翅膀的气息，散发着夏末初秋的味道。这个版本的《爱丽丝梦游仙境》出版于"二战"结束后不久，普通版式，褐色封面，字体很小，浅黄色的纸张轻薄易破，上面随处可见污渍和斑点。当这本书最终被束之高阁时，每一页的边缘都变成了褐棕色。虽然装订简单，但配了很多插图，让你沉浸其中，如醉如痴。对于一本没有插图或对话的书——如果曾读过这样的书的话，她绝对不会像读《爱丽丝梦游仙境》那样频繁地读它。

这本书现在去哪儿啦？如果有那么一会儿能够回到儿时任何一本书里，会是什么样子呢？这些书的外表、拿在手里的感觉以及散发着的丝丝干叶的味道，都是如此熟悉！儿时的她生活在由这些故事包裹的外壳里，一旦长大，就会将这层外壳慢慢脱落，就像长蛇、螃蟹或者金蝉一样。一旦你自己能够随心所欲地阅读这些文字，故事的魔力就会或多或少地消失，但不会是全部，就如一旦费力记住了一些东西，它就是永远属于你的了。

学校一放假，就会有成批的露营者、巴士以及喧闹的孩子涌入海滩。女人一如既往，还是一个人。独居生活自然有其缺点，但至少你只需管好自己就行。已经守寡二十一年了，她还能有什么更高的要求呢？只要晴空万里，她就一切安好！虽然也会感到空虚，但当时的生活足够充实，日复一日，总是在忙碌，至少表面上如此。如此清晰的往事，却如醒来时的梦一样远去，或者就是一场梦？二十一年的岁月一成不变，仿佛每一年都是对上一年的复制，苟活于缥缈的外表与空洞的当下之间。岁月匆匆，踏水而行，身形瘦小，脚下轻松。她也曾是一个爱做梦的泳者，一个穿红裙的舞者；也曾有过高大羞涩的男孩与之执手相伴。曾有过丈夫，也做过妻子。

男人既是水手，也是渔夫，擅长游泳，生性安静，喜欢独处，在海上如同在陆上一样自在。这就是一个寡妇对自己丈夫所有的记忆碎片吗？此刻，多么希望他——她的男人——能走进房间！明明看到了他的音容，也似乎感受到了他的气息，正要直视时，却空无一人。就像两个过去的灵魂悄然而出，玩了一场只属于他们的庄严游戏。如果女人听到和读到的都真实存在的话，那以身体细胞每隔七年就会全部更换一次，也就是说，每个死亡的细胞都会被一个新的细胞取代。这是一个看不见的缓慢的形变过程，虽然没有明显的蜕壳过程，却是一次全新的再生。作为曾经的妻子，现在的她还是以前的她吗？她那已经更新过三次的身体，现在的任何部分都不曾与男人有过交集。从这个意义上讲，她又恢复了童贞，一种由岁月和持久的孤独带给她的第二次童贞。这是一种自由，一种以她自己的方式获得的庄严的自由，一种适合且只属于她的自由。这样的生活无论好坏，都需要自己一个人来面对。女人早已失去了对性爱的渴望，甚至早已把它完全遗忘，就连女性每个月的不方便也不再经历，不再受月亮盈亏的影响。从童年开始就一直持续的一切，最终都会走向枯竭，而现在的她已步入了第二次童年，至少感觉是这样。再次强调，这是一种自由。

然而，尽管毫无意义，但她知道，自己的情绪会自动随着月亮的变化而变化，从黑暗到光明，再到黑暗。她继续记录潮汐、大海和月相，还有一年中太阳和月亮在地平线升起及落下时位置的变化，就像她去游泳并不是为了取悦别人一样。在夏季的大部分时间里，尽管清晨的海水依然冰凉，但在太阳的炙烤下，白天的海滩如同一个火炉，而炙热的空气就如同火炉里的火焰，令人难以呼吸。若无寒冷的海风吹来，下午四点左右是一天中最好的时候。那时的海水就像一块灯火通明的玻璃，十分厚实且凹凸不平，如同酒馆的半透明窗户。当身体没入水中随意浮动时，一种愉悦感油然而生。她沉浸其中，一副睡意蒙眬的样子。

当她步态缓慢地回到家时，橙色的余晖已经洒满了地板。有时，天空昏暗，太阳猩红，世界的尽头染上了红色霞光，仿佛是一场丛林大火，烟雾笼罩了整个世界，或者，正在酝酿一场暴风雨？接着，风向有所变化，天空微微明朗，但太阳始终没有完全露出，呈奶油般不透明状。早晨，炎热而宁静的一天在小镇再次上演，丝毫没有变化的迹象，仿佛落入了热浪的秘咒，给人带来一段神圣时光。

女人从来都不是一个对海滩和日光浴情有独钟的人，她的皮肤同出生时一样白皙，她所钟爱的是大海以及水下的世界。即便如此，在海里待的时间一久，也会感到浑身冰凉。如果愿意穿防寒泳衣，家里就有一件，但她更喜欢穿T恤。比起保暖，穿防寒泳衣更多是为了防晒。即使这样，在游泳间隙，她也会脱掉那件又黏又湿的泳衣，换成别的衣服或者干脆蜷缩在毛巾里。女人害怕海水的冰凉，这种冷会贯穿全身，即便从海里出来，即便满身大汗、满脸通红、喘着粗气，这种冷也会持续很长时间。大海比陆地更加寒冷，这一点，她凭直觉就能感受到。尤其在出水后走路时，她感到浑身的骨头都冻僵了似的。在女人的脑海里，这些骨头是绿色的，由关节相连，关节处有蛋清般薄薄的凸缘，像水母的伞状体。这必须要追溯到她小时候小镇鞋店里的那台X光机。你笔直地靠它站立，将脚趾放入一个凹槽，通过上面一个类似潜水面罩的小窗，就能看到类似骨头的东西在影影绰绰的鞋子里扭动，那是你自己纤细、冰冷的脚趾骨，如水下的幽灵般呈淡绿色。

然而，今年夏天则是另一回事。几乎每个下午，女人都会在海水中度过几个小时，清澈的海水如啤酒般呈淡金色或深金色。不过，当海浪袭来时，海水就会变得混浊不堪。此时，肥胖的小鱼便会在满是泥沙的海水中急速游动，然后躲在海草丛中。有时，即便从水面上看到的海水已经变成了透明的深金色，但水下可能依然是混浊的。所以，你千万不要被海面的假象所迷惑。瑞普出海口的所有海岸周围都有湍流，冰凉刺骨的水流从海峡处打着漩儿流过，会让游泳者浑身抽筋，动弹不得，然后会感到呼吸困难，绝望无助。尽管这个出海口除航道以外整体都不怎么深，但到处都是湍流、浪涌、漩涡、暗礁和被冲刷过来的礁石，只有被称为"深渊"的航道才是安全的（仅对于船只而言）。每隔几天，就会有游泳者或潜水员被暗流卷走的事故发生。他们往往在几个小时后才被直升机救起，但都没有了呼吸，而悬崖和码头上站满了围观的人群。当然，也时常会发生暴风雨将过往船只掀翻的事故。

虽然如此，但你在前海滩绝对不会出问题。两个长长的岬角将其围在中间，泥沙在这里堆积，形成了一条狭长的浅滩，金黄色的海水不仅安全，而且如浴缸里的水般温暖。尽管到处都有长满海藻的礁石——露出水面的部分呈绿色，没入水中的部分呈暗褐色——但这片浅滩很受游泳者的青睐。在这里，女人常常在其他游泳者和礁石之间缓慢游过，进入深蓝色的深海区域，然后再折返回来。在她看来，她所在的世界一成不变。日复一日，海滩热浪一如既往，让人难耐。人们以家庭为单位围坐在一起，个个汗流浃背，喘着粗气。"就像好几个夏天都叠加在一起似的"，他们彼此抱怨道。在人们的印象中，从未有过这样的夏天，燥热的沙滩上随处可见叮人的马蝇，干裂的菜园里昼夜不停地滋生着蚊虫。午后的海滩风和日丽，随着太阳越来越远，树的影子也越来越长。但即便是海堤沿岸浓密的松林，也无法抵挡如此的酷热。于是你习惯了待在室内，脱光衣服，避开太阳。炙热的阳光依次从一个房间挪到另一个房间，一旦没有阳光的光顾，整个房间便如一汪海水般昏暗幽深。你唯一有力气做的，就是从一个房间转移到另一个房间，从一个空气污浊的"牢笼"转移到另一个空气相对清新的"牢笼"。在玻璃中若隐若现，白色的边缘在昏暗中短暂地亮起，在你自己制造的波浪中，仿佛你是你自己的幽灵。即使夜幕降临，情况也并未好转。如果说有什么不同的话，那就是在黑暗包裹着的房子里，呼吸会更加困难。就连橱柜和衣柜里也是闷热的，即使偶尔有一丝凉风吹进屋内，当你打开橱柜门时，也会有一股热浪扑到脸上。热量隐藏在屋里的所有物件上，包括墙壁、未整理的床铺和沙发，就连水果也不放过。所以，当你拿起桃子时，会被它的"体温"吓一跳，因为它就像动物皮毛下的肉体般滚烫。如果为了让空气流通而把前后门都打开，它们就会时不时地砰的一声关上，然后打开，又关上。每次关门时，整个房子都会颤动，而你则会冷不丁地倒吸一口"热气"。

夏天是长腿蛛泛滥的季节。它们往往倒挂在角落里，但那些蛛网几乎是看不见的，只有被光线直射并将其影子投射到墙上时，才能被发现。即便是一股极其微弱的气流也会让蛛网摇摆不定，而上面的长腿蛛也会跟着晃动；当然，如果有被困的蚊子，也是如此，直到被长腿蛛享用为止。有时，清晨的海滩上到处都是各种昆虫的残肢断翼、飞蛾空壳和贝壳碎片，甚至还有蜷缩的长腿蛛。它们的身体几乎同它们吐出的丝一样纤细，就像是用它们自己的丝线织成似的。长腿蛛非常轻，当它们从你手臂的毛发上爬过时，你的感觉不及鼻孔对着手臂呼吸那样明显。然而，对于其他任何生物来说，只要其皮肤能被长腿蛛的尖刺刺穿，那毒液就是所有蜘蛛中最为致命的。或者，这纯属无稽之谈，只是给它成为别的蜘蛛的梦魇找个理由？它们具有很强的领地意识，很多长腿蛛都缺失几条腿，那是胜利者的象征。它们搏斗的过程相当漫长。第一天，两只长腿蛛在墙角开始对峙。第二天，它们的距离会更近一些，直至缠斗在一起，动作十分缓慢——如果你看到两只长腿蛛在一起，它们不是在交配就是在进行你死我活的搏斗——然后，其中一个歪着身子挂在那里，一动不动。第三天，干瘪的尸体缩成一团；再过一天，完全变成了空壳。晨光下，固定空壳的蛛网失去了光泽，就连它的影子也如尘埃般微弱难辨。

夏天是皮肤被海盐包裹的季节。浑身上下所有的皮肤都会附着一层海盐，奇痒难耐，像罗得的妻子[1]一样。此外，你还会夜以继日地感到鼻塞，耳朵也会随着脑袋的转动沙沙作响，如同被揉搓的纸张一样响亮。海水进入耳朵后，听到的声音会被放大，就像透过海水看到的东西会被放大一样。最后，那些温热的海水会从耳朵里流到枕上，先是一只耳朵，然后是另一只。早晨起来，枕套上结了一层蜗牛状的盐壳。这就是有史以来第一个酷热难耐的夏天：耳旁被放大了的雷鸣般的涛声，四处弥漫着的海腥味，缠结在床单里让人难受的沙子，醒来时满嘴的海盐味道。此时的你，如同被困在沉船里的鱼

---

[1] 罗得之妻（Lot's wife）：圣经典故。上帝要毁灭罪孽深重的多玛和蛾摩拉两地之人时，罗得及其家人被提前告知要头也不回地跑出城，但他的妻子按捺不住好奇心回头望了一眼，立刻就变成了一根盐柱。

儿一样。睡梦中的你可以来到你经历过或未曾经历的任何年龄。夏夜，彻夜难眠，你的床如同打开盖板的棺材。你清楚地知道，你的一切都虚无缥缈，终将化为乌有。热浪将会带你到另一个世界，一个轻盈、透明、充满水的世界。

这就是夏天。女人想，如果死者可以在白天行走，那他一定如水般透明无形，无影无踪，只会让周边的空气如摇曳的火焰般跟着摆动。那么，那些死于腹中的胎儿又是怎样的情形呢？

他们纤细的骨骼是否像包裹着蜘蛛丝的蛛网呢？

一个下午的晚些时候，天气依然闷热。女人照常去浅滩游泳时，发现海滩上到处都是成堆的如刀刃般明亮又锋利的银鱼，还有渔网、鱼竿和水桶等物件，一些人在沿着海岸线捕捉蠕虫。海滩上传来阵阵有规律的嘶嘶或沙沙声，让女人一时摸不着头脑，直到看到几个人身后都有几条桶形灰色大鱼在湿漉漉的沙滩上不停地拍打时，才弄明白是怎么回事。此时，几个人正站在齐膝深的海水中，一手拿着鱼竿，一手不失时机地收着鱼线，不敢有丝毫的耽搁。海滩上除了那些渔具，还有一些黏糊糊的带着血迹的塑料袋，每个袋子里都装满了黄眼鳎鱼，它们蜷曲着身体，摆动着尾巴，眼睛和嘴巴张得大大的。一个小男孩在成堆的海鱼之间欢快地蹦来蹦去，嘴里叫喊着，时而用手指戳戳鱼儿，时而抬起头期待大人们的赞许。女人转身离开海滩。此时，整个海滩都充满了活力。

或许逝去的我们依然能够行走，就像我们的影子在镜子、窗玻璃或平静水面的深处由远及近移动一样，或者就像日落时灯塔将其长长的倒影投放在一个又一个礁石水塘中一样。

有时在家里，女人似乎感觉到有个幽灵常常伴其左右。这个幽灵体形高大，和蔼温存，就像黄貂鱼一样隐匿在日常生活的表面之下，只有透过光源才能看清它。睡梦中，女人常常感到自己的床在某种熟悉的重压下缓慢下沉，于是屏住呼吸，希望继续留在梦中，不要醒来。然而，一接触到底部冰冷的海水，她的头便浮出了水面。此时，女人彻底清醒，黑暗的房间里只有她自己，而梦中的景象已然成为残存的记忆，遥不可及，并逐渐消失，最终被彻底遗忘。她把床单掀开散发热量时，一股咸涩的血腥味扑鼻而来，浓烈而炽热。然而，当她再次把头埋进床单时，血腥味也同样消失了。当无所事事，消磨时间时，幽灵似乎一整天都伴随着她，虽然无形，胜似有形。女人从未意识到，挥之不去的东西并不是以想象或做梦的形式存在，而是以残留物的形式存在。这样的感觉之前就发生过——是吗？什么感觉？

女人内心有某种感觉，对此她有所察觉，但保持警惕，既充满失落，又满心期待。

潮汐塑造着海滩。岸边的细沙和海水一样，总是在不断地运动，有的地方厚重平滑，有的地方已被海水冲走，从海堤和沙丘一直到浅滩边缘，裸露的礁石随处可见，给人一种荒凉的感觉。有时，浅滩里的礁石刚好从平缓的水面上探出头来，但几乎是看不见的。由于海水的侵蚀，礁石、洞穴和崖谷的表面形成了大大小小的圆形孔洞，随着时间的推移，这些孔洞会被完全侵蚀，但表面并不光滑。海滩上的礁石，无论是隐没的还是裸露的，都像珊瑚一样有硬壳和细纹。它们呈沙色，但并非砂岩，石灰岩是这些海滩的基岩，而石灰石是由死去动物的骨骼和贝壳形成的。细想一下，生命是多么顽固啊！它把自己的残余留在古老的地球表层，直到地壳运动将其变成大山，山体上面布满了远古时期的动物化石，有的是盘绕多刺的鱼类，有的是海鸟的喙、爪子和头骨。整个大山都是海洋生物的尸骨。大理石——无论看起来多么像裸露的皮肤——也属于石灰石，含有云母成分，是变质岩的一种。想想看，博物馆里所有的大理石雕像其实都来源于骨骼和贝壳，化为尘土的死者又被赋予了新的生命，或者说类似生命的东西。就像墓碑上充满哲理的箴言：现在的你，就是曾经的我。

在干燥的悬崖高处的一个石坑里，会看到蓝灰色的海星化石，但中心依然呈红色，就像星苹果[1]的果心一样。

一场热浪会结束所有热浪，一个夏日也会结束整个夏天。某些时候，大海的"脉搏"似乎停止了跳动，只有经过长时间的安静之后才会再次恢复。女人身体深处的血液在深夜某个时候也是如此，但耳朵里依然能够清晰地听到血液跳动的声音，就像贝壳中回响的海浪声一样响亮。经过长时间的停顿后，正当怀疑这是否意味着死亡时，脉动的节拍再次恢复。夜深人静时，这声音如海浪般洪亮。女人想起曾经在电视上看过的一部黑白木偶剧——那时她还有电视，正当毫无兴趣的她快要睡着时，屏幕里一个盲人突然说他的脑袋里有东西在动："我的脑袋里有一颗跳动的心脏。"一想到这位盲人竟然是所有人中最了解此事的人，女人就大吃一惊。那是一部怪诞而生涩的潘趣与朱迪[2]式的歌舞杂耍剧，动作滑稽，语言粗俗，但女人还是坚持看到了最后。在那

---

1 星苹果（star apple）：常绿乔木，生长繁茂，株高数米。果实椭圆形，光滑，果肉白色，半透明胶状，味甜可口。果实横切，胞室自中心向四周辐射，呈星状，果大如山苹果，故称"星苹果"。

2 潘趣与朱迪（Punch and Judy）：既是英国一部木偶戏的名称，也是戏中主人公的名字。该剧在拼贴手法的配合下，展示了一段惆怅的儿童寓言故事，映射了成人对充满伤痛的童年的回忆。

之后，女人就习惯了类似的木偶剧，舞台上四个破旧的木偶以及幕后神秘的傀儡师，就是这位师傅把那些台词装进了木偶的脑袋。

一天上午，天气闷热，前门突然传来敲门声，是一名警察，这让女人有些吃惊。警察把一枚装在信封里的戒指递到她手里，并拿出一个笔记本让她签字，"一枚金色戒指"。撕开信封，确实是之前的那枚，它又回来了。毫无疑问，戒指是纯金的，但她并不在意这个，她之前就曾弄丢了自己的金戒指，但没有丝毫的难过，这几乎是一种超然的解脱。然而，眼前这枚戒指却给她带来了一定的压力，让她犯了难。她真的"希望认领"这枚戒指吗？那又是什么驱使她当初这么写呢？当然，也可以卖掉它。女人想，一枚金戒指让两个人直到死亡时才会分开，婚姻至此也就结束了。当把骨灰撒在海面上时，悲伤也就此过去了，失去的一切也最终都过去了。手心里的这枚冰冷的戒指是女人的财产，但她已经完全忘记了这一点。

盯着这枚戒指，她不明白为什么有人会在海滩上摘掉它，这不是在自找麻烦嘛。除非是在吵架，否则就不会扔戒指。根本没有必要费心打听究竟是谁丢下的，尽管它可能来自海面下的某个地方，或者是从其他任何地方被扔掉的——悬崖顶部、轮船甲板，或者是在手里被海水直接冲走的，或者是从溺水者的手指上滑落后被鱼吞掉的，或者隐藏在骨灰里被撒到海上，被发现时为时已晚。女人一边把戒指塞进钱包，一边想着它能值多少钱。她有过一个模糊的念头，想去城里给它估下价。但这只是随便想想，随着时间的流逝，她再没有过出售它的想法。

因为担心戒指会从钱包里为数不多的零钱中掉落，她将其放在后卧室那张老旧木梳妆台铺着沙色毛毯的架子上。除了这枚戒指，架子上还摆放着女人的其他藏品：海螺、鲍壳和蟹壳，还有玫瑰色的墨鱼骨、带刺的红海胆、颈部有花纹的海鸟头骨、墨蓝色的蟹钳和一大块翠绿色的玻璃瓶碎片。金戒指躺在那里，在阳光的照射下，发出不朽的金色光芒。无论女人把戒指移到收藏品当中的哪个位置，它迟早都会受到阳光的眷顾。

然而，一看到这枚戒指，女人就心神不宁，后来干脆把它放进那个她从小就拥有的樟木盒里，同她的珠宝、吊坠、项链、琥珀、玻璃和血石等关在一起。但她还是感觉不对劲，好像它是只属于自己年轻时的饰品，放在房子里的任何地方都不合适。这金戒指到底是谁的？女人茫然地将其放在满是皱纹的手上，金灿灿的戒指在手掌上投下一圈阴影。如果属于年轻时的一个饰品，那么该把它放到哪个地方呢？这样想着，女人把戒指塞进抽屉里叠好的衣服中间。她永远都不会戴上它，但也不会想着卖掉它；比起这一枚，她宁愿卖掉那枚属于自己的真正的结婚戒指。丢失的话就另当别论，但卖掉它，绝对不可能。"我希望认领"。梦中，戒指静静地待在海底，当她弯腰接近时，它开始膨胀变大，形成一个白色的圆，一半在泥沙里，一半在海水中，在赤褐色的海藻的映衬下闪闪发光。

即便如此，女人还是焦虑不安。一天，接近日落时，她感到心都跳到嗓子眼了，于是把戒指握在手里，向悬崖顶上那个古老的混凝土瞭望台跑去。她曾发现戒指的那条裂缝就在瞭望台下面，但此时已经涨潮，海水夹杂着泡沫淹没了私密海滩，不断涌起的海浪冲进崖壁下凹陷的洞穴和裂缝，而整个崖面都处在阴影深处，只有一群迎风飞翔的海鸥仍然沐浴在阳光里。她奋力将戒指扔了出去，戒指飞向高空，像一颗星星在海鸥群中闪闪发光，然后便俯冲下来，消失在视线里。

然而，这枚戒指并未在女人的内心彻底消失，总是在不经意间闯入她的心田，无论是在清醒时还是在睡梦中。这枚金戒指。丈夫去世时似乎认为女人不忠，感到非常愤怒——或许他只是对自己本来可以获救却不得不面对死亡感到愤怒？他有获救的权利，而她也因此受到了责备。人们都认为她应该知道他是何时发病的，但医生在验尸时说，病症发作和心脏爆裂是在瞬间发生的。他并没有任何外伤，也没有打搅她睡觉，或者动静太小没有吵醒她。或者，她曾醒来但又很快睡去，就像他晚上翻身或起床时她通常会做的那样。你认为自己是睡得很死的人吗？女人认为她自己是。她总觉得他是那么健康，那么强壮，从来都不用看医生。他总是说，要接受今生给予你的一切。当她醒来时，惊恐地发现那个像岩石般结实的男人头朝下趴在床上，双脚挨着地，像一座倒塌的雕像，一动不动。这足以让她认为他已经死了，不是吗？她说，就像溺水者一样，他的身体冰冷如石，没有脉搏，没有呼吸，眼睛和嘴巴张得大大的。"你有行医资格吗？"她摇摇头，"但凭借对我们自身的了解，任何人都会做出这样的判断。"女人补充说，"以我的经验看，生者和死者之间有着本质的不同。"她至今依然记得他当时的样子：除了脸部，全身都是铁青的，就像灯光下的猪油一样。"没有穿衣服吗？""我们通常都是裸睡，他一定是把床单和被子都扯掉了。"女人回答。"什么时间？"她从未想过要看时间。她躺在床上，又睡着了。她的话，是真的吗？事实上，她跑到厕所吐了一会儿，之后找出一张干净的白色床单盖在他身上，又用力把他拖回到床上，然后躺在他身边。她毫无睡意，就像任何人同死者在一个屋里睡不着一样。任何人？她记得挂钟上的数字是红色的。"三点半。"她说，"我们没有装电话，再说不是什么紧急情况，让医生半夜起床也不太合适；还有，我怎么能丢下他一个人呢？""你破坏了现场。""我只是把他拖回到床上了。""你什么时候上床睡觉的？"大约九点，她想。她说，"除了彻夜陪伴他，你还能做些什么呢？我知道他想要我做什么——如果我是他，也会要我这么做。我们唯一拥有的只有彼此。"因此，直到今天，她仍然相信——无论是在梦中还是在清醒时，如果有天夜里她躺在床上心脏爆裂，在被发现之前，她已经变成了一堆碎布和白骨。女人心里对丈夫充满抱怨，因为他就这样把她抛下，在她身边死去。那天晚上，她开着灯，先是默默哀悼，之后变得冷静，逐渐失去知觉。她躺得越久，就越难以动弹。

　　黎明时分，空气中弥漫着一股令人生畏的寒意，而他就赤身裸体地站在门口，眼睛和嘴巴上带着深深的伤口。他低头怒视着女人和那僵硬的已经死亡的自己，两人都裹在那张白色床单里。他有权利愤怒，因为他有委屈。不过，他只是对死亡心有不甘，只是埋怨她睡得太沉，但在女人很快平复了愤怒之后，他也不再埋怨了。

他们对他进行了尸检，就像屠宰场里那样把他肢解。结果为瞬间死亡，由自然原因所致。

这就是你的过去，充满逆流和撕裂的过去。在深冬最漫长的黑夜里，你最终想通了，并选择原谅和忘记。毕竟，表面上的生活仍要继续。镇上的人们对女人表面上的平静可能会感到惊讶。如果人们虽然摇着头说不关他们的事，但依然不相信看上去并不太在意丈夫死亡的她，会怎么样呢？他们想要知道什么？她又能做什么呢？唯一知道的，就是他的心跳已经停止了。是他在门口吗？是他的魂魄，光的骗局，还是幻觉？当震惊地发现自己死亡时，他非常埋怨她，而她也从心底埋怨自己。他正在门口等她。女人一时愣住了，不知所措，机械地挡在他面前。她的头在抖动，整个身体在颤抖，从床上怎么也爬不起来。那一定是他的鬼魂在大声抱怨，针对她，也针对死亡。如果她能够穿越分隔他们的那条鸿沟而大声回应的话，他能听到她说的"不要"吗？她就那样凝视着他，让他从指间溜走，然后被火化，那猪油般铁青的后背上冒着火焰。退潮时，她把他的骨灰从码头上撒入大海。自此以后，两人何时才能重逢？在都化为尘土之时吗？

深陷湍流，唯有勇敢地穿越它。除此之外，还能做什么呢？

尽管生死之间有条巨大鸿沟，有严格的界限来快速界定，但女人对这种根本性的不同并非十分确定。如果这种不同只是表象怎么办？表象在不断变化，生命体征会被误读，因为我们知道，关于生命，我们仍有很多未知的东西。男人曾经说过，他对来世持开放的态度。表面上一切都很完美，但地球并不是开放的，它被紧紧密封在空气的外壳里，所有生命在地球上孕育而生，最终又陨落在归属之地。据我们所知，只有人类才相信死亡，但相信到什么程度呢？我们知道，无论是否相信来世，我们都必须面对死亡，更不用说在主日学校所学的"信仰将决定来世属于天堂还是地狱"。那时的她从不相信来世（他也不信，持一种顺其自然的心态），她的身体虽然知道她的想法，但并未明确提醒她，不是吗？它只是将心灵打开，任其在不同的时间和空间中自由驰骋，无论是在睡梦中还是在清醒时。有形的自己通过身体这层"薄膜"渗透到外部世界成为无形的自己，反之亦然。无论在哪里相遇，二者都会满心欢喜地拥抱、合体，就像体内循环着相同血脉的母亲和孩子。气与水，海与天，身与心，它们都彼此相容，没有界限，难以辨别。所有的水线、沙洲、海岸都在有形与无形之间变化，所有的海市蜃楼和激流漩涡都在显现与消失中轮回。

然而，有件事一直萦绕在女人脑海，无法释怀。守护他尸体的那天夜里，在返回床上的时候，她差点儿被一摊水滑倒。是的，地板上有一摊水，还有他打翻的杯子，甚至都没有破裂。他一定是想喝水，以为那样可以救他，却把水杯碰掉了。是这样吗？女人把水擦干，把杯子洗干净收了起来。如果真是这样呢？她不止一次地梦到自己及时醒来，悲痛欲绝地跪在他面前，将生命之水送到他嘴边。

整个下午，闷热的天气终于在雷雨、闪电和山洪的攻势下出现转机。黄昏时分，深黄色的天空下，暮色微黄，周围出奇地宁静，就连呼吸也停滞了，平静的浅滩低落在礁石和防波堤之间。然而，经历了一个凉爽的日夜，闷热又回来了。有时，温暖的海雾会趁天黑后不合时宜地悄然而至，低伏在冲浪海滩沙丘后面的盆地里，让人有种季节错位的感觉。于是，灯塔的雾号响起，远处时不时地传来过往船只拉长的汽笛声，你方唱罢，我方登场，一直持续到天亮。清晨醒来时感觉困倦乏力，肿胀的眼睑和嘴唇各有一圈海盐。茫茫大海平静如雪，宁静的茶林里露珠闪闪发光。

女人记忆中有一个低沉而沙哑的声音，常常出现在她的脑海里。那声音跟她丈夫的有点儿像，但属于一个老派男人，他通过收音机向学童们讲述关于南极洲的故事。当时的他还是个小伙子,他的团队——包括他们的狗——被困在南极整整两年。他们靠着雪橇艰难跋涉了一些日子,最后在探险家斯科特[1]曾经的一个补给站小屋落脚。彼时,第一次世界大战正在另一个世界爆发。他说,小屋里有备用食品,包括茶、饼干、干肉饼等。其中有一个打开的罐头,大家轮流闻了闻,纷纷捂住口鼻。到达小屋时,他们的皮肤因坏血病开始变黑腐烂,其中一个已经死亡并被冰葬。后来,另外两个队员急切地想要赶往位于港口的主补给站。港口本来停着他们的轮船,但后来被几块巨大的浮冰夹着带走了。秋季的一天,两人踏着南极的冰面出发了,不幸遭遇了暴风雪,而且冰面很薄,结果两人消失了,没有留下任何踪迹。剩下的人是怎么活下来的?先生!先生!你们肯定把狗吃了!不!在漫长的极夜里,巨大的海豹被拖到小屋附近,几个"被遗忘的人"则拿着刀爬到海豹身上。

现在,她想知道,在只有星光或月光的极夜中,海豹的视力还好吗?因为没有天敌,它们可以安全地待在陆地上,要么在熟睡,要么在严寒中精神恍惚。此外,即使看到或听到有人影靠近,它们也不会变得更聪明,

---

[1] 罗伯特·福尔肯·斯科特(Robert Falcon Scott, 1868—1912):英国海军军官和极地探险家。1912年3月29日斯科特逝世于南极洲,享年44岁。

因为从未见过人类。老人深情地回忆起他年轻时对海豹鲜血的渴望，当鲜血从海豹的喉咙里涌出来时，他恨不得把脸埋进去，趁热大口吞下去。他说，你必须用冰锥敲击它们的鼻子将其打晕，然后脱下手套，徒手抓刀，在皮肤和刀柄冻在一起之前迅速击中目标。鲜血冒着热气喷到你的衣服和靴子上，立刻结成冰块。她脑海里浮现出海豹此时的样子：一个个温顺地趴在冰地上，身上覆盖着冰雪，巨大的肚子上下起伏着，脖子惊恐地晃动着，血液不停地往外冒，呆滞的眼睛瞪得大大的。

没有水，他们只能喝用火炉融化的雪水。火炉的燃料是海豹脂肪，燃烧起来时整个小屋都充满了恶臭味，还有火光和阴影。就这样，他们用油脂灯照明，用油脂炉煮海豹肉，在冰冻的"墓穴"里苦熬了十个月，每个人——包括他们的狗——都被煤烟熏得乌漆墨黑的。他们就这样一头海豹接着一头海豹地吃下去。春天到了，太阳慢慢回来了，开始只有几分钟。阳光下，他们才看清楚各自的样貌：衣衫褴褛，头上的海豹皮帽血迹斑斑，宛如身着盔甲、头戴头盔、手牵猎犬的骑士。窗外，拱形的尸体映入眼帘，具具被砍得只剩下骨架，躺在黑色或白色的冰面上，上面覆盖了一层冰雪，如同"骑士们"的卫兵。

女人保留了一些旧书，上面积满厚厚的灰尘，即使从架子上抽出来，灰尘依然留在原处。如果打开，就会发现到处都是蛀洞，里面有柔软的蠹虫爬出。每当看到蠹虫，女人总会想起自己曾经读过的关于葡萄牙一座图书馆的介绍。它就像一座宫殿，或者一座图书馆大教堂，无数的旧书堆成了一堵堵高墙，其中还有中世纪手写的用皮革装订的羊皮或牛皮书，里面却没有一个读书的人。这个图书馆不对读者开放，发誓要一直沉默下去似的。在图书馆里活动的，除了图书管理员，还有蠹虫和幽灵般的蝙蝠。那里的蝙蝠骨瘦如柴，几乎呈半透明状，并不比飞蛾大多少，它们以蠹虫为食。黄昏时分，蝙蝠从睡梦中醒来，开始猎食。它们在空中轻快地绕过障碍物，吱吱地叫着，然后俯冲而下，形成了一个个尘埃的旋涡。晚上关门时，馆员们给办公桌盖上桌布，以便收集粪便，第二天早上再清理干净。她想知道馆里是否会整夜开着灯，是否有馆员留下来观察它们。如果自己有一只蝙蝠，她就会这样做。要是只有一只蝙蝠，它会因孤独而死吗？天一亮，它们就成群结队地倒挂起来睡觉，消失在人们的视线中。这个图书馆本身就像一个幽灵，它既是一座真正的城市图书馆，同时也是一个活生生的童话、神话或寓言故事。

在女人的记忆中，童年拥有的所有物件中，她最怀念的是一本名为《柯勒律治诗集》的袖珍书。那是某位姑姥姥的遗物，用一根金色线绳系着，上面有一条蓝色丝带用作书签。所有书页都用蓝色字体印刷，并配有精美的花边，至少在她脑海中展开时是这样的。她背会了其中一首最长的诗——《古舟子咏》，讲述的是一艘在南极浮冰和大雾中迷失的帆船，以及一只日夜尾随其后的信天翁的故事。信天翁像一个黑色十字架在天空飞翔，直到其中一名船员用十字弓将其射死。自此，大自然给他们带来一连串厄运，直至到达平静的热带海域。在那里，虽然到处都是水，却没有一滴可以喝，由于口渴难耐，他们的身体开始在痛苦中溃烂。同伴们都在斥责那名凶手，并将信天翁的尸体挂在他的脖子上。但他们还是全都死了，魂魄纷纷飞离体魄，只有那位船员幸存下来，却成为恶毒妖妇"死中之生"及其骷髅伴侣"死神"的囊中之物。这位劫后余生的船员带着忏悔、血债和对自己的诅咒游走四方，不厌其烦地向陌生人讲述着自己那恐怖的故事，以缓解内心的苦楚。只是儿时的她不小心把这本书弄丢了，或者扔掉了，因为它太花哨了，比起一本真正意义的书，更像是爱情的信物。但无论如何，女人一定非常喜欢这本书，因为它已永驻在女人的内心深处，每当在这本或那本真正意义的书中看到这首诗时，它就再次在女人的脑海中浮现：宛如一个方形的蓝色贝壳被缓缓打开，露出柔软的金色花边。

一天下午，女人沿着混凝土瞭望台网状围栏外围的悬崖小道行走，在拐弯处差点踩到一只小老鼠，它蜷缩在灰色沙土中，眼睛圆圆的，浑身发抖，毛发直竖。她放缓脚步，轻轻地靠近，等待它逃走，但它似乎并没有注意到女人。此时，三个女孩牵着一条小猎犬打闹着路过，她们突然停下脚步并厌恶地发出尖叫声。即便如此，小老鼠依然没有反应。小狗小心翼翼地凑上前嗅了嗅，然后退后了。女孩们不知所措，尖叫着互相推搡，不敢向前。"它快要死了。"女人一边说，一边注视着她们。她们也盯着女人。"它是你的吗？"其中一个大声问道。"不，"她说，"这是只野鼠。"女孩们这才将瞪大的眼睛从女人身上移开，慢慢走过去，然后消失在视线之外。

会有更多的行人经过这里，所以至少得把它移开，放到栅栏里面看不见的地方。就它当前的状况，肯定不会咬人或抓人，甚至都不会挣扎，它唯一想要的就是母亲的陪伴。头扎在沙子里的它在阳光的直射下能坚持多久呢？在死神的掌控下如此温顺，身子着魔似的不停抖动，发出细小的嗡嗡声，让人难以捉摸。该怎样把它拿起来——抓住尾巴？如果它惊恐地从恍惚中醒来怎么办？现在，女人自己也进入了一种惊恐状态。她心里涌上一个念头，无论如何也不能徒手去抓这只颤抖的皮毛动物。它的生命在她手中,死亡也在她手中。不,只有死亡在她手中。常识告诉她,把它扔下悬崖,或者找到一块石头将其砸死,虽然表面上残忍,但实际上是仁慈的。然而,女人一生中从未杀死过一个有血有肉的生物,而且崖顶上面看不到任何大一点的石头,只能看到下面的海滩上有,但等她从海滩返回时,什么事情都有可能发生。就像人们所说的那样,这样做真的是一种仁慈,一种安乐死,一种非自然死亡吗?如果没击中要害,或者只是击晕了,不得不继续将它砸成肉酱怎么办?她的双手会沾满鲜血。难道那样真的比直接走过去,任其听天由命更好吗?没有人知道答案。看看路上无人,她最终还是离开了。

此后,每次经过悬崖小道的拐弯处,甚至在脑海里浮现出小老鼠的样子之前,她的心就开始绷得紧紧的。小老鼠已经不见了,道路上它消失的地方闪着微光,而它腐烂的尸体在灌木丛中散发着恶臭,直至渐渐消失。然而,它在她脑海中的样子却依然真切。

虽然金戒指不见了,但并未消失。戒指让女人想起了威尼斯,那是她曾经梦想过要去的地方,如果有一天能出国的话。威尼斯如此古老,如此罕见,到处是没膝深的海水,是一座梦幻般的死亡之城,一座从海底深处升起的完整且完美的城市。横跨水街的桥梁,以及墙壁、屋顶和船只等在水中的倒影形成一幅变幻莫测的美丽画卷。清澈见底的美景在脑海如幻灯片般放映，还有杂乱的着陆平台、各种各样的面具、水中的倒影，还有一个慵懒地抚摸黑色海岸的威尼斯女人。威尼斯是婚礼盛宴的圣殿，每年都会有位身着金衣的公爵，站在高高的船头，身后是黑色的贡多拉船队，在潟湖与大海交汇处，许下他的誓言，并将一枚金戒指扔进海底——这可能是众多戒指中的一枚，在海底历经几个世纪的翻滚，就像装着纸条的漂流瓶一样被冲到属于世界另一端的这里，然后再次上路——随后，更奇怪的事情发生了。

公爵开始大声许下诺言，就连大海也听得清清楚楚。这是为了让这座水城免遭灾难吗？威尼斯是一座每天可能被海水围困两次的城市。如果有一天，大海掀起巨浪，将这座绿色与金色交织的城市冲毁，将广场、圆顶建筑和高塔淹没，让整个威尼斯埋在水下，就像神秘消失的亚特兰蒂斯[1]一样，那会是怎样的景象呢？他们说，由于潮汐越来越高，这座城市迟早会永远消失，即便被海水淹没的不是很深。退潮时，水下迷宫般的河道

---

1 亚特兰蒂斯（Atlantis）：又称大西洲、大西国、大西岛，据说是位于欧洲到直布罗陀海峡附近的大西洋的一个大岛，传说中拥有高度发达的人类文明，但在公元前一万年被史前大洪水毁灭。

再次显露，阳光在屋顶瓦片上反射出彩色波纹，长着金戒指般眼睛的鱼儿在建筑物的门窗间来回穿梭，直到潮水再次涌入。戴着面具的潜水员在圆顶建筑和塔楼间来回摸索，就像在沉船里探寻一样。

当整座城市都随着钟声微微颤动时，公爵将戒指扔进了大海。这样，大海就成了新娘！不，大海是雄性的，这座城市才是新娘，是亚得里亚海的王后，而新郎就是大海。"我带着这枚戒指与你结婚。"公爵以威尼斯的名义宣誓。他这是要像父亲一样送她出嫁吗？不，他应该更像是一位代理新娘。这是很久以前的事了，发生在威尼斯，它在这个世界之外的另一个世界。

"新郎命中注定要涨潮将新娘淹死，成为她的死神。"

"可是，为什么呢？"

"出于对她的爱。他不知道自己的力量会那么大。"

女人现在不想去威尼斯了，不再渴望拜访那个拥挤不堪的寻常城市了。据我们所知，地球正在发生变化，海平面无论如何都会上升，并将横扫一切，把我们淹没，只剩下这个毫无生机的蓝色世界，一个寂静的被放大到整个世界的威尼斯。所有的圆顶建筑、塔楼、灯塔、雾号以及不再被敲响的大钟都将被淹没，一切都将死去，却又在孕育新的生命。

至于高涨的海水横扫一切的景象，女人脑海中浮现出离家更近地方的画面。杂乱的贝壳、卵石、坚果和树叶、黑色和白色羽毛、玻璃瓶碎片、红色和蓝色蟹爪、薄而干燥的甲壳、各种动物的头骨和骨骼，数不胜数。当人们——包括女人——在清理这些渣滓浊沫时，无从知晓它们来自哪里，又是如何被冲到这里的。那么，即便每一件东西都对应一个活着的记忆，作为一种纪念或自我保护的方式，又能怎样呢？即便是一沓照片，那也是很久以前拍摄的，那些褪色的或被铭记或被遗忘的面孔和地方，对任何活着的灵魂而言都将毫无意义。如同照片上的人或物一样，那些枯枝败叶死后便不复存在了，尽管偶尔会出现在某些怪异的梦中，但在女人的记忆中永远都不再有它们的名字了。最让她困惑的，是那些丢失或消失的书籍，那是通往其他生命的大门。该是好好清理一番的时候了。她把所有杂物一一放进棕色纸袋里，属于陆地上的，把它们带到悬崖顶上，撒到灌木丛中；属于大海里的，在悬崖阴影覆盖的区域为它们找到一个水塘，伴随着涌入的海水，它们有的沉入海底，有的漂在海面。鲍壳里闪烁着五颜六色的光芒，远处的天空中一只黑天鹅正在翱翔。

　　日复一日，海水在河道中涌入又排出，就像记忆在时间的表面下升起又沉没。潮水在湿漉漉的沙滩上形成满是气泡的鱼鳍状尾流，或许是隐藏的海洋生物的呼吸所致，或许就是空气，谁知道呢。

　　一天夜里，一阵剧烈的腹痛把女人从梦中惊醒，她跟跟跄跄地来到厕所，一边弯腰扶在马桶上，一边干呕。过了一会儿，剧痛逐渐减弱，变成隐隐作痛，但一想到该回到床上时，她又开始浑身颤抖起来。然而，灯光下，床上空空如也，一尘不染。是因为吃了什么不干净的东西吗？但她确信不是。女人把这归因于自己做的那个梦：在冰冷的海水中一阵腹痛，接着有种温暖的东西从两腿间滑落，不仅是海水，还有绵软、黏稠且柔韧的东西。她完全忘记了潜水面罩，只顾低头将手伸进泳衣查看——血！结果被氧气管里涌入的水呛了一大口。她来到沙滩，裹上毛巾，将颤抖的身子蜷缩起来。泳衣里，鲜血还在不停地流，她明白那是什么，那是她必须永远保密的东西。"诅咒终于降临到我的身上了。"她喊道。她不知这疼痛到底是怎么回事，因为自己从未违背母亲的意愿。在离开学校和独立生活之前，她一直遵守着母亲定下的家庭规则。她工作后才开始住在外面，后来有了丈夫和自己的房子。直到离开母亲的家后，她才想什么时候游泳就什么时候游。这样由着性子的情况不知有多少？以前过度劳累的时候曾有几次没有按时来，但从不做梦，也不知道是出了什么问题。"这是你自己的错。"如果妈妈知道的话会这样对她说。丈夫可能也是这么认为的，或者比这更糟糕，但他并未指出来，只是默默地为她担忧。再说，医生也会责怪她。大约一周后，她就痊愈了，好得很彻底，再也没有发生这种情况。曾经有一天，她涉水而行，越走越深。她伸手在腹股沟处摸索着那一小团薄膜，结果冒出一串气泡，张开染红的手，那一小团掉进水里，像水母一样在水中有节奏地运动着，仿佛是活的一样。还没等她跟跟跄跄地再次抓住它，一个波浪就把它带到海底了。感觉精神好些后，她就拖着虚弱的身体回了家，痛苦地躺在床上。就像现在一样，她呻吟着，昏昏睡去，直到大白天才醒来。此时，已不再感到疼痛，便愉悦地挪到床边，轻轻下床，肚子就像软壳鸡蛋一样轻松自在。

　　沿着整个海岸是一座座饱经风霜的房子。这些装有轻薄屋檐挡板的房子像搁浅在海滩似的，远眺着大海。无论何地，生命对任何年龄来说都是极其短暂的，转瞬即逝。女人的木屋空荡荡的，里面有回声，而她的心思也并不在房子里。蜘蛛网、掉落的毛发、干瘪的飞蛾、绒毛等，像影子一样躺在每一个角落。和女人一样，它们也属于这所房子，不多不少，既脆弱又恒久。她的窗户，无论是否能晒到太阳，外面都挂满了灰尘和蛛网，而里面的镜子尽管也布满了灰尘，但依然能够反射透窗而入的阳光，并使之加倍。从一面镜子移到另一面镜子，她看到了鬼魂似的，贪婪地渴求着光明。此外，女人生活节俭，善于保存体力，从不缺餐，每天做做家务，过着夏天的生活。她从不大吃大喝，一年四季以土豆、谷物、豆类、沙拉、鸡蛋、奶酪和鱼肉为食，夏天吃核果，秋天吃葡萄、苹果及果酱。简言之，悖论就是一种核果。物尽其用，毫不浪费。做一个墨守成规的人并没有什么不好，只要你像一艘任凭大海摆布的帆船一样按照风向调整好风帆就可以了。当然，从长远看，我们最终都会变成一艘小小的死亡之船。这是谁说的？不管是谁，肯定不是水手（也不是她）。就像花园里的蜗牛一样，一只只小船在黑暗中形成一束束闪亮的光线，然后一个个摇摇晃晃，迷失方向，最后沉入水下。在那里，它们越过闪烁的浮标和星光，越过月径，驶向天空，就像她的一本已经丢失的图画书中的月亮船。女人一生中的大部分时间都埋头于故事书中，阅读让她的视力开始减弱，于是不得不放弃这个习惯，任凭那些故事的碎片随波漂回到儿时的岁月。由于视力的缘故，她沿道路向前走时，通过仔细辨识路标让前方的目标逐渐清晰明朗起来，就像儿时识字之前通过识读书中的标识来理解内容，然后进入梦乡。

我是谁？为什么每天清晨都会披着这身紧凑的皮回到这里？每天醒来后，房子里空无一人。我在哪里？她会一直想到天亮。我多少岁了？她经历过所有的年龄段。寒来暑往，太阳升起后，海边再次充满薄雾般温润而充满活力的光芒。女人昂起头，沐浴在这光芒里，就像披着一条流水披肩的海豹。住在母亲的房子里，用母亲的方法煮粥，里面加牛奶和蜂蜜，口味恰好，然后像个乖女儿似的在长凳上坐直，把粥吃光。有时，妈妈会给她煮一个鸡蛋，上面用铅笔画一个笑脸，用勺子一敲，笑脸就裂开了。鸡蛋吃完后，她把蛋壳倒放回蛋杯里。"快点把鸡蛋吃了，上学要迟到了。"母亲训斥道。结果却发现那是一个空壳。那是母女间的游戏。

女人依然去游泳。在海水里，她避开浮游的水母，有时会用手去抓路过的一群小骷髅鱼，而小骷髅鱼则盯着她的手，然后整齐划一地顺势一转，就避开了她。有时还会遇到海藻和海浪。曾经有一个巨大的黑色东西在头顶若隐若现，在海浪的作用下猛冲了下来，她以为是一条黄貂鱼，便迅速潜到深处，然后喘着粗气，挣扎着回到岸边。海水拍打着她的脚趾。是海带吗？无法知晓，安全最重要。女人从不在漆黑的夜里游泳，只在光线好的时候游。即使在梦中，也是如此。

虽然学校已经开学，但天气依然炎热。就像大海一样，房子的冷热要滞后于白天和黑夜的温度变化。日落时分，蟋蟀开始在干燥的土地上活动，在一圈类似尘埃，或薄雾，或轻烟，或灰烬的映衬下，落日仿佛燃起了熊熊大火，宛如世界末日之火。就在几年前，遥远北方的亚洲就有一座火山喷发出鲜血般的火焰，在岸边的海市蜃楼上空燃烧，仿佛从世界屋脊喷射而出，持续数周之久。接下来，天空中丛林大火的幻影开始变得微弱，渐渐地，只剩下轻烟，仿佛卡在喉咙和肺部的灰烬，或者金色海洋上空长长的薄雾。这是什么征兆？它是若隐若现的黑船，还是冰山？太阳东升西落，月亮阴晴圆缺，对于这些自然规律，女人了如指掌却并不自知。她根本不需要看时钟、月亮图或潮汐表，反正清楚得很，除了儿时，一直这样。由于对这些自然规律非常熟悉，女人每天起床、吃饭和睡觉的时间都会稍晚一些，因为她潮汐般的生活节奏正在慢下来。这是记忆和梦想中第一个不朽的夏天。

　　进入四月，炎热的天气一直持续，只有长达一周的冷风和淹没海滩的海潮才勉强打破了这种状况。白色的海浪冲击着沙丘和直立的礁石，冲上了灯塔下方一块平坦的岩石。那岩石的轮廓宛如一个放大了的侧面人头，一个以沙为枕熟睡的老人头颅。海浪还冲走了木台阶底部的几节台阶，并拍打着码头人行桥的木板。当天空放晴，太阳再次出来时，温暖依旧，但毫无疑问，这是今年秋天第一次朦胧而咸涩的温暖。

崖壁处栖息着成群的蚊子，它们隐藏在阴影、裂缝、贻贝卵以及坑坑洼洼的礁石间，直到你走近时才突然飞出，黑压压的一片，发出啪嗒啪嗒的声音，不仅叮人，还会挤进你的眼睑、鼻孔和耳朵，慌乱地煽动着黑纱般的翅膀，嗡嗡作响。当你沿着水塘向大海走去时，即便保持足够的距离，悬崖处的某些动物仍然会有所觉察并转移到别处。就像这巨大且布满蜂窝状孔洞、有着黄褐色和黑色尖顶的悬崖一样，海滩开始充满活力。

这次，女人独自享有这片海滩。她在岸边较深的水域轻轻地游弋着，直至没有了力气。天气虽然依旧暖和，但正午刚过不久，太阳就已经很低，影子也拉得很长，悬崖的阴影覆盖了大半个沙滩。天气预报发布了大雨和强风警告。女人知道，如果自己想在夏末这个一年中的转折点最后游一次泳的话，除了海堤边那个沼泽般的死水区，这是最后一次适合游泳的好天气了。为了最后一次享受那广阔无垠的天空和沙滩，她里面穿着泳衣，顶着烈日行走在灯塔下的海滩上，决定在冲浪海滩最后游一次泳。

女人的双脚在柔软的沙子里缓慢移动，像迷失了方向似的，放下去又抬起来。从这里放眼望去，到处都是过去一周遭受暴风雨重创的痕迹：沿着高潮线和沙丘上破败的铁丝网，堆满了海藻及其他海草的残枝败叶，还有发白的珠子、琥珀色的触角；滨草丛中到处都是狗屎、木块和贝壳，海水在这里冲刷出河道和新的高洼地。但这里面向西南，仍然沐浴在阳光下，宽阔的海滩依然一尘不染，沙滩与大海一片洁白。没有人在冲浪，也看不到冲浪者和狗的营地，这里的一切同样由她独自享有。

像往常一样，女人脱掉衣服，露出泳衣，把毛巾放在岸边。毛巾是红色的，泳衣也是红色的，这是她一生的颜色。她径直走进海里，本能地在礁石架迷宫的同一地点找到了一条沙子通道。冰冷的海水让她双腿紧绷，她想起那只突然逃跑的海豹就是通过这条水道逃到了大海里的。那时水位较高，但现在水位偏低，海水包围着石头，石头泡在水里，很难将海水和倒影、倒影和物体区分开来。她在山脚裸露的岩石上歇息，浑身颤抖，身体靠在锯齿状的山脊上。就像从前一样，那是她的"月亮之山"，是她的应许之地。水塘周围长满了茂盛的杂草，有的鲜绿，有的金黄，有的深褐，修长的叶子在水中轻轻摆动，荡起舒缓的长长的波纹，在受到干扰时变得短促起来，然后再次回到原来的样子，水塘周围异常寂静。这里是那只海豹幽灵出现的地方，它蹲坐在那里，比任何人都高，张着大嘴，全身抽搐，然后在礁石中雷霆般翻滚着，奔向大海。那双灼热的古铜色眼睛，那对长长的前鳍状肢。女人周围直立的礁石闪烁着串串水滴和气泡。海豹那毛茸茸的脑袋裂开一道口子，像贝壳或豆荚似的，接着喷射出一团鲜血之花，之后又安静下来，粗糙的嘴巴喘着热气。然后，海豹便闪电般地消失了。

远处——离最远的那个礁石水塘边缘还有很远距离的大海上，平滑的海水开始涌入大小河道，白色水柱随着每一个新的波浪的涌入消失又重出，在半空中翻滚着。女人从未见过这样的波浪。海浪这么快就掉头了吗？她眯着眼睛出神地看向远方，是的，并没看错，它又来了。一道长长的玻璃般透明的白色海浪正在涌来。

海浪的体量让女人大吃一惊，其高度完全超出了礁石架的边缘，吞没了一个又一个的水塘。她试图站起来，却被猛烈地抛向一块并不光滑的礁石上，肩膀一阵刺痛，鼻子和脑袋也碰出了深深的伤口，火辣辣地疼。随后，海浪顺着一条河道带着女人冲了出去，越过最后一个水塘边缘，来到开阔水域。她呛了好几口水，在吞下冰冷的海水的同时，潜水面罩的气管也断开了，不停地摆动着。此时，潜水面罩也歪了。这时新一波海浪再次将她撞到岩壁上，慌乱中她的一只手戳到了眼睛上，另一只手被死死卡住了。她扭动着身体，设法在岩石夹缝中找到一个立足点，然后抓住面罩，面罩的玻璃面板已经完全破裂，像闪光的刀刃。在海浪的作用下，面罩猛地向外甩去，在海水里翻滚着，而通气管彻底断开被冲走了。此刻，女人被牢牢地困在礁石的缝隙中，扯掉的头发和海藻缠绕在身上，眼睛什么也看不见，喉咙里堵着一团血。接着，海浪再次呼啸而来。

水

我曾经有过一段真爱，它却从我的指间溜走了。为了我的爱，他付出了生命；而我，也以自己的方式付出了代价。虽然一如既往地热爱自由，一如既往地继续生活，但我是和平的人质，更不用说是和平的基石和关键了。作为一个女人，我会尽己所能，确保将权力掌握在自己手中。是的，尽我所能。

在少女时代漫长而自由的日子里，我穿着艳丽的丝绸长裙，像火焰般轻盈。裙子外面披一件像影子一样轻薄的黑色长袖斗篷，我的白色手臂和血色长裙在里面隐约可见，闪闪发光。然而，我用一块黑色的布料遮住精致的猩红色结婚礼服，并把自己藏在一件黑色羊毛的连帽斗篷里——上面点缀着不同树木的颜色。披着这件斗篷，我悄无声息地穿过一片片陆地和水体，并未被发现。

如果要为自己辩护，我这个从不介意别人怎么看我的人，会怎么说呢？在我目睹之前，我怎么知道爱是什么？如何知道爱的本质？就像牛奶、盐、蜂蜜和水一样，只有在触摸、闻到、品尝、吞下或被它吞下时，我们才能知道一件东西是什么样的。只有当一切都晚了的时候，我才知道已经晚了。就像所有的爱情故事一样，我在不经意间看到了他，看到了他有力的双手和坚强的意志，从此，我与他，他与我，结下了一生的不解之缘。即便我愿意，也无法放手。当然，我从未这样想过。

整个少女时代，我都是在女人中度过的，对武士以及他们的誓约和争斗能了解多少呢？我是至高国王的黄金女儿，人人仰慕我的美貌，但我并不将其放在心上。我从小就很任性，总是一意孤行，而且一旦发怒，就会变得非常尖刻。当然，我做事也从不掉以轻心。我一生都在努力记住自己的职责和应当遵从的礼节，尽己所能地掌握音乐、魔法和秘诀方面的知识。如果有什么东西引起了我的兴趣，我就会将其据为己有，我已养成了这样的习惯。有个我看了一眼就想要的男人——我之前从未有过这种类似的想法，我把自己交给他，他却拒绝了我，只是为了对他的族亲兼首领表示忠诚，而那位首领就是安排我出嫁的那个老头。但我是个不达目的绝不罢休的人。年轻的他黝黑帅气，风华正茂，一下子就引起了我的注意，冲动之下，我当天便与他私订终身，并用誓约约束彼此，决心要成为彼此的呼吸，永不变心。那天晚上，尽管他的首领掌管着城堡的钥匙，但我们各自还是设法逃了出来，并在城墙外会合，然后趁整个城堡都在沉睡时，我们偷偷溜走了。

当我还只是个孩子的时候——在我开始像所有女人一样流血之前——就曾有过一次奇怪的体验，不知是来自梦境，还是来自我无法分辨的另一个世界。夏日炎炎，空气轻柔如歌，四周一片寂静。我一个人在湖边寻找水莲花，身旁的树木、芦苇、莎草、天鹅，以及水莲花的叶子成双成对地出现在我眼前，那是它们在银色湖面上形成倒影的缘故。水莲花在码头后面近岸的浅水区。穿过一片荆棘和蕨类植物之后，我把鞋脱掉，掀起裙子在浅水区穿行，每走一步，脚下的湖水都会向四周散开，脚底则会带起一层细细的泥雾。我径直向一片最美的水莲花走去。朵朵水莲花闪烁着白色的光芒，仿佛个个里面都有一个小太阳似的。然而，我在中途踩到了一个蠕动着的软绵绵的东西，低头一看，脚下肉乎乎一团，像身体的某个部位，在湖面的波纹下缓慢舒展、起伏，上面既有黑色部位，也有白色及红色部位。除了旁边有个影子在翻腾，整个湖面都异常平静。显然，那影子并不是我的腿脚，而是一个带血的凹陷状的白色东西。原来那是一颗长在只剩下白骨的脊柱上的死者的头颅，那双黑溜溜的眼睛正盯着我。此时，我被牢牢地困在泥沙中动弹不得，也无法喊叫。我挣扎了几下，没有站稳，滑到水底，但并未感觉到水的质感和冰凉。我睁开双眼，透过玻璃般的湖面，凝视着变了形的太阳。一阵令人恐怖的刺痛让我回过神来，向后倒下，又挣扎着站起来，面对阳光一步一步向后退去，直到脚后跟擦过岸边的碎石。接着，我转身就跑，自始至终都没敢低头。此后，我再也没有光顾过那个地方，也从未向人们提及湖边发生的事情。到底是怎么回事？是我在做梦，还是湖在做梦？无从知晓。

一群追求者来到城堡向我求婚，父王明智地下令，婚姻大事必须由我这匹任性的小母马点头同意才行。我想都没想就把所有人都拒绝了，他们没一个能给人留下一点儿印象。回到女士生活区，我们几个打闹着嘲笑那些家伙，模仿他们信誓旦旦求婚的样子。有个武士经常与父王发生争执，甚至还发动大规模战争，但我们从未听说过他，因为当时并未发生这样的事。很可能是他的手下向他提起了我，由于担心遭到父王拒绝，他便提前派两名使者前来探听父王的想法，他则率领队伍紧随其后。父王回头征求我的意见，我回答说："如果确实能够证明他值得托付终身，为什么不呢？"

很快，这位武士就到了城堡门口。正如父王所见，我对这个家伙产生的或多或少的信任感，完全出于一时的头脑发热。尽管看上去很成熟，并为结婚做好了准备，但他表现得很不得体，我对整个过程感到无比遗憾和厌恶。我一开始就没有直接答应，而是说看看他是否值得以身相许。但他根本不是在追求我，只是把我当作一个暖床女而已。他刚刚丧偶，睡眠不好，需要有个为其暖床的妻子。于是，他的手下就把我的名字报了上去，好像根本不知道除我之外还有很多其他未婚暖床女似的。不出意外的话，就会以联姻的方式与至高国王结为持久的同盟。此外，他们还提醒他，我的美貌在整个王国都是无与伦比的。因此，他也说，"为什么不呢？"于是便带领一队人马赶来。

从城墙向外望去，我才意识到自己错了。他在人群中年龄最大，看上去比我父王都老，像一匹满是伤疤的老灰狼，狡诈而阴沉。他竟然比我父王的年龄都大，却没有人想到要提醒我这一点。不仅如此，在大厅准备晚宴期间，我们被介绍给彼此，并单独留了相互了解的时间，他的态度粗暴而冷漠，他的谈吐尖酸且刻薄，他的举止生硬并无情。所有这些，即便不符合他的级别，也符合他的高龄。然而，向我求婚的事他只字未提，我难以置信，感到自己受到了侮辱——我还是个孩子，但也如释重负。我们各自离开。如果他改变了主意，还会厚颜无耻地继续待在城堡吗？当然，不管他的想法如何，我已经想好了，看第一眼就知道他并不适合我。

尽管如此，他还是以客人的身份受到了应有的礼节性的接待，并按照惯例将城堡当晚的钥匙交由他保管。然而，我很快就发现，他并没有改变主意，只是把我的同意视为理所当然。只要他开口——不，只要他伸手，我就是他的，看起来就是这样。难道连问一下都不用吗？他认为，除了名义上，我已经完全成为他的人了。于是，正如我们几位女士很快就会看到的那样，随着夜幕降临，宴会大厅一派热闹的景象：大家载歌载舞，忙着切割、吞食烤肉，酣畅淋漓地喝酒。双方的人们都认为他们自己就是见证爱情的蜂蜜酒和麦芽啤，谈话内容聚焦在我们即将举行的婚礼和床上用品上。海水马上就要淹到头上了，我的时间不多了。

我派侍从到我的住处取来仪式上使用的金酒杯，又取了一些安眠药，趁人们不注意时将安眠药放进我的蜂蜜酒里，并将其带到宴会大厅，先给主宾、武士和新郎倒酒，然后又给剩下的每个人都倒了一杯，大家一饮而尽，以示对新郎和新娘的祝福。我并没有给他的那个引起我注意的年轻族人及其两个亲密伙伴放安眠药，他们喝的是纯蜂蜜酒，因为我要趁大厅里所有人都在熟睡时，在两位亲密伙伴的见证下用誓约将他约束。

我头也不回地离开了城堡。白天的城堡里，我的窗户如一个个灯笼般将柔和的阳光装在里面，又将它洒在琥珀色的池水中。然而，我将永远离开这座城堡，走进星空下茫茫的夜色里，而他就在前面等我。我披着黑色连帽斗篷，很难被发现，但里面仍然穿着耀眼的精致礼服。我像个影子一样向前走着，他看到我时吃了一惊，我则一下子扑到他的怀里。他告诉我，他的两个伙伴一致认为，既然已经立了誓约，那他别无选择，只能遵从天意。作为老头儿的亲生儿子和孙子，他俩会为他作证，证明他是在违背自己意愿的情况下被约束的，是被迫不忠的。"但你必须回去，趁现在还有时间，否则我担心会因此爆发战争。"他说。"这个，"我说，"我宁愿死也不愿回去。""那只能这样了。"他说。

我带他来到湖边的一片水草地，那是我们养马的地方，想让他在城堡里的人醒来发现我们逃走之前，逮两匹马将其套在战车上。他照做了，于是我们整夜乘着战车逃到了一条河边。他告诉我，老头儿一旦苏醒，很快就会带着手下和猎犬追上我们，因为我们的车轮痕迹清晰可见。"我们从现在开始必须步行，但在黑暗的森林里你迟早会走不动的。"他说。于是，我们把战车和一匹马留在岸边，牵着另一匹马过了河并将其留在那里，以迷惑追捕者，从而给我们争取更多时间，然后我们就开始奔跑。漆黑的夜里，在泥泞的森林里赶路异常艰难，到处都是荆棘、泥坑、石块、土堆和树根，我很快就累得不行了，喘着粗气。他说："我这辈子从未背过女人，现在也不会。"我说："我不需要背，只需要休息和睡觉。"于是我们停了下来，他借着月光用树枝为我们搭建了一个栖身之所。

我们被重重的刮擦声惊醒了，迷雾中有个巨大的影子正在我们的"树屋"下嗅来嗅去，疲惫的我吓得呆住了。那是一只巨型猎犬，此时正用鼻子轻轻地蹭我男人的脖子，然后趴在地上舔着他，发出呜咽声。他对它很熟悉，抚摩着它的耳朵，低声说了句谢谢，然后把它送走了。"它的主人就在附近。"他说，"它是来提醒我的。"不久，远处的迷雾中响起了一声喊叫，接着又是一声，是那两个伙伴避开其他士兵发出的警告。然而，此时的我已经无法继续逃跑，而他们几乎不可能找不到我们用以隐蔽的"树屋"，然后包围我们。

果不其然，他们在迷雾中找到了我们，大声叫喊着，嘲讽着，并要求我们出来决战。他说自己只会同老头儿决战，而且只有在必要的情况下才会出手自救，但他不希望任何人受到伤害。最后时刻，随着一股微风吹来，一位陌生人出现在眼前，那是我心爱之人的养父，那位将他当作亲生儿子养大并预见他有危险的至高之王本人。我的爱人不可能不去面对那些追捕的人马，便让养父将我带到安全的地方，他如果能熬过那一夜，就会与我们会合。于是，我裹着他养父的风衣，在一间小屋里暂时歇息。养父生起一堆火，用烤叉在火堆上烤肉，期盼我们深爱着的他的到来。最终，他成功逃脱了追捕，顺利来到小屋。

尽管在我之前他爱过很多女人，但在我和他的伙伴们的心目中，他是最棒的。他的伙伴告诉我，没有人能像他跳得那么高、那么远、那么轻。正因为如此，他才能够一次又一次地逃离险境，不仅拯救了自己，而且还拯救了很多与他并肩作战、身处绝境的伙伴。我应该看到过他跳跃的样子。那个致命的夜晚，他在我的要求下翻过了城堡的高墙，那是一座在很久以前就已建造好、由粗糙石头砌成的巨大堡垒，城墙高大，坚不可摧；后来，当被围困时，他像鸟儿一样敏捷地从花楸树的高枝上跳到安全的地方，让身后追捕的士兵摸不着头脑。这个最帅气的男人是我的，我快乐地唱着歌入睡，唱着歌起床。起初，每天夜里能够在他身边入睡，又在他的怀里醒来，对我来说就足够了。

但我的快乐与日俱减。我不得不放低自尊。虽然我们在一起了，但睡觉时总有一个后背贴着对方，要么他在我背后搂着我，要么我在他背后搂着他，无论我如何翻来覆去，甚至整个身子紧紧地贴着他，他都不会转过身来。虽然一直在一起，但他从未超越自己的誓言，只是把我带在他身边。这种拒绝，这种无声的推辞，像一把悬挂在我们之间的白刃剑。但我们从未谈论过这件事。我所知道的任何情感约束都无法强行解决这件事，而我放低的自尊也快受不了了。这个问题折磨着我，让我浑身刺痛。但这件事必须由他来选择，要么自愿接受我，要么彻底拒绝我。在野外，我们在同一个地方待的时间从未超过一夜；在许多我们黎明就不得不离开的地方，他会留一些完整且未动过的面包，以这种方式向追捕者表达善意。据我所知，这更像是对老头儿的嘲讽和进一步的挑衅，只会激起他的愤怒，但我并未说出来。而我，也在深受尖酸刻薄的嘲讽之苦。我无声地躺在熟睡的男人身边，那是我选择的男人，而他则夜复一夜地选择不拥有我，我只能夜复一夜地体味着这种嘲讽的辛酸之苦。"我将成为你的面包，"我默默地在心里发誓，"还有你的烤肉、你的蜂蜜酒和你的水。"

有一次，他争辩说，我爱的根本不是他本人，而是某个曾经爱过他的女人在分别时未经请求就施加在他身上的一种魔力。这种魔力，让此后任何见到他的女人都无不为之倾倒。尽管如此，我还是笑了，一副毫不在意的样子。他请求我放他走，这样对我俩都好。他痛苦地喊道，我的爱让他与他的血肉同胞为敌，剥夺了他一生中为自己赢得的一切，尤其是荣誉。

真爱如水。有时，涓涓细流足以让人陶醉其中；有时，浩浩湖海也无法满足饥渴之需。就像爱一样，有形之水总是位于无形之水之下，二者交叉重叠，上下转换。水面时而像镜子般平静，时而如湍流般暴怒。水的下面有什么，到底有多深，只有它自己知道。对于我们对自己的爱，我们真的了解它的深度和广度吗？更不用说了解对他人的爱，尤其是对我们所爱之人的爱。上升之水无法阻挡，它会奔涌而来；下降之水也无法挽留，它会悄然渗漏；它时刻在变，又永远不变。水有自己的存在方式，而我们自己的生存方式则是浸润着水的大地，无论是地表、地下还是空中，所有生命都与之息息相关。

我们靠他捕获的鱼和小动物以及应季野果为生，常常不得不持续穿越河流和溪水来掩盖我们的足迹。一天，我抬起裙子，试图从一条布满岩石的河道的一个浅湾处穿过，头顶上的树枝滴着水。刚走到一半时，我就被一块长满青苔的石头滑倒了，冰冷的河水涌上大腿，以及两腿间的深处。

我忍不住发出一声轻微的尖叫。"嘘！发生了什么？"他一边说着，一边挣扎着来到我身边，一边摸索着腰间的刀。"没什么!"我转身告诉他,然后继续前进。"我们绝不能发出任何声音,他们总是紧跟在后面。"他在我身后轻声说。"水突然进入了我的身体。"我解释道,并告诉他进得有多深。

我拖着身上的红色和黑色长裙,跌跌撞撞地穿过莎草来到岸边,两条裙子都已湿透。我托着它们来到一块阳光直射的地方,弯腰把裙子拧干。此时,由于兜帽之前就已滑落,我的头发松散地垂了下来,遮住了双眼,水滴在我红金色的头发上闪闪发光。我摸索着那片被河水冒犯的湿漉漉的裸露毛发,用手掌轻轻将其托起,它就像一只在你身上蹭来蹭去的猎犬的鼻子。"好神奇的河水!"我说,"我快受不了了。为何它比最勇敢的男人还要大胆,还要走得深远呢?"

我压低声音,若有所思地表达了我的怨气和被嘲讽的感觉。听了这些话,他终于做了应该做的事,突然从后面抱住正在弯腰托着裙子的我,向前倾身,把我脸朝下推倒在湿漉漉的草坪上,然后进入了河水冒犯过的地方。他在我身上得逞了,就像在我之前的其他女人的身上一样,我也在他身上得逞了,但他是我的第一次。

拂晓时分,我爬出栖息地,眼前是一片蓝色的世界。我来到小溪边,清洗身体排出的鲜血。弯下腰,我看到了水中的自己。难道这就是儿时梦中预见的在天鹅与水莲花之间的自己吗？完全一模一样！无论是快乐还是悲伤，我都不再是一个懵懂少女。然而，这汪曾进入我的身体并吞噬了我的血液的清水，却没有给我任何回应。

他曾告诉我，他之前听说我是一个不务正业、我行我素的女人。然而，我们第二天逃跑时，他在离开的地方只留下了碎面包，并且在那以后，就不再留面包了。

相爱就意味着失去，到最后我几乎领悟到了关于爱的一切。我们是一对逃亡夫妻，长年累月在野外被追捕，他最终死于我所蔑视的那个老头儿之手，而我则因形势所迫主动选择同这个老头儿一起度过晚年。爱人活着的时候，我是他的太阳和月光，为他生了四儿一女，却在不知不觉中导致了他的死亡，而我却帮不上一点儿忙。

就像以前一样，老头儿想要的不是爱情，他想要的是血脉。没有什么能阻止他吞噬复仇之血。我是一头被许诺奖赏给他的乳牛，却被他自己的人从眼皮底下偷走。我是安全的，不会被处死，因为在老头儿眼里，不管喜欢与否，我都是他的。他只抓小偷！他会拖着乳牛穿过泥泞之地，让其将牛粪拉到牛栏里。一次又一次，尽管我们距离被抓只有一步之遥，甚至可以数出老头儿的脚步声和每一次喘息声，但我们总是像水一样从他的指间溜走。

爱情就是生命，只要你抓住了它，或者它属于了你，并且无论怎样你都不愿放手，它就会变得可怕。

有时，闭上眼睛，眼前就会出现两只捧着水的手，水不断地从手中涌出，然后又从手指间流走，就像我年轻时见过的一眼喷泉或一口隐匿的水井。然而，当我低下头，将嘴凑到手中正要喝水时，一切竟突然消失了，在我嘴唇的触碰下无影无踪了。生命之水，消失了。如果能回忆起是在哪里，如果时间能带我回去，我定会将它牢牢含在嘴里，找到我的爱人，在最后一个长吻中把他渴求的生命之水给他。即便他将生命之水视若珍宝，但对于一匹即将渴死的恶狼，他也会毫不吝啬。

从未在同一个地方度过一夜以上，没有一个黎明不是在逃亡的路上。我们裹着野兽的皮毛，躲在洞穴中或荆棘丛中睡觉，甚至爬到一棵或另一棵苍翠而高大的古树顶上歇息。其中一棵是花楸树，种子来自另一个世界。它是名副其实的生命之树，其浆果甜蜜无比，给食者带来健康和长寿。它由一个代表着另一个世界的巨人守护，任何胆敢靠近的人都会被撕成碎块，但这个巨人允许我的爱人在他的树林里打猎，只要发誓不去碰那棵花楸树。

一天，两个陌生人撞见了我们。他们说他俩是兄弟，属于老头儿的手下，老头儿声称两兄弟欠他血债，要求他们偿还，偿还方式是要么给他带去我爱人的头颅，要么给他摘一把使人长寿的花楸浆果。随后，他俩一起攻击我的爱人，以为这样更容易获胜，但他毫不费力就战胜并控制了两兄弟。然而，听说浆果的那一刻，肚子里孕育着小生命的我燃起一种强烈的渴望，急切地想看看这棵来自另一个世界的夺目的花楸树，并尝尝它的浆果。"除非能够得到一些，否则我一定会因为没有这种能够赋予生命的浆果而死。"我爱人和他的俘虏一起来到巨人面前，为我讨要一些浆果，但被拒绝了。于是，他违背了之前的诺言，为了浆果向巨人发起挑战，因为我俩太需要这些浆果了。他与巨人进行了激烈的打斗，最终将其杀死，然后让兄弟俩把巨人埋葬，他则跑回去接我。他摘了足够多的浆果，一部分留给兄弟俩，一部分让他们带给老头儿。我俩爬上大树开始大吃起来，吃饱后就睡着了。老头儿听到了风声，立刻率领一支军队前来追捕我们。

由于他的养父再次预见了我们的危险，我才获救。像以前一样，他戴着隐形面纱，穿云驾雾，将我和我肚子里的孩子带到他遥远东方的山谷据点，而我的爱人也在一堆又一堆的尸体间奋力杀出重围。他曾说过，如果他死了，我会被交还给我的父王。老头儿并不死心，仍然发誓要报复，致使他的亲孙子厌恶地脱离了队伍，并发誓要保护我的男人免受这种疯狂的攻击。他是我们逃跑那天晚上城堡里的亲密伙伴之一。于是，俩人一起前往爱人养父的据点。

那些日子总是在逃亡，我的子宫早已干涸，但我依然非常健康，生气勃勃。"是得了子宫不育症，还是里面有个尚未成形的孩子？"我心里没底，永远无法弄清楚。然而，当那些清凉甘甜的花楸浆果在我嘴里爆开时，我立刻就明白，毫无疑问，它开始起作用了，正如我所希望的那样。我的身体里开始有蠕动的感觉，像眨眼睛似的，而且动作一天比一天快。

我们在森林里栖息，在圆形石圈内的石楠丛中睡觉——直立的石头是我们的卫兵，在一个又一个长满青苔的大石头下的洞穴里过夜——身上沾满青苔。有时疲惫不堪地在小山下休息，偶尔会在牛羊点缀的开阔地停歇——多么值得怀念啊！下雨时，我们披着斗篷，蒙着面纱，或躺在迷雾中，或躺在漆黑的熊洞里。白色夏夜里，我们躺在空旷的星空下，就像蜘蛛挂在满月上似的。这就是我们的常态，追捕者不分昼夜地追寻着我们的踪迹。幸好有那只最强壮且最聪明的猎犬，它深爱着我的爱人，总是偷偷跑来提醒，绝对不会让他们靠得太近。然而，尽管猎犬一次次地背叛老头儿，他却对此视而不见，竟能容忍爱犬有所不忠。但我的男人却并非如此，他之所以背信弃义，只是因为被誓约约束了，无法自拔。就这样，我们永远不知道自己是否还能品尝到第二天的面包。我们总是睡得很晚，起得很早，听到第一声鸟鸣就得出发。尽管这一年充满艰辛，但也有让人狂喜的高光时刻。我至今记得，当我俩像孩子一样爬上高大的花楸树并对其展开"猛烈攻击"时，当血红的浆果在嘴里带来震撼的甜蜜感觉时，我们是多么开心。我们大笑着，尽管嘴唇和舌头都变成了血红色，但它无法阻挡我们进行一轮又一轮的亲吻。我根本停不下来，这并不是我的错。那一刻，我们把所有的束缚和所有的过错与责备都抛到九霄云外，只剩下，他和我。

我们安全地待在爱人养父的城堡里。老头儿束手无策，只好乘船向东穿越波涛汹涌的海峡，寻找盟友帮助他与我们进行无休止的战争。他率领着一支借来的军队趾高气扬地扬帆归来，准备发出新的挑战。一场激烈的血战之后，那些从海上前来的士兵没有一个能再次乘船返回自己的家乡，而我的男人和他那位亲密伙伴却毫发无损。那位伙伴仍然和我们在一起，并与我们并肩作战，对抗他的祖父及其手下的数百名士兵。

接下来，绝望的老头儿再次扬帆出海，这一次是为了请他年迈的奶妈出山，她住在另一个世界的庇护所中。这位奶妈抵得上一支军队，因为她拥有将自己和整支军队隐藏起来再去杀人的魔力。老头儿到达后，出于对其乳儿的溺爱，老太太径直飞到我男人独自在水边打猎的地方，从一片水莲花叶子上跳到半空，在隐身的情况下向他发起了攻击。处在险境的他瞬间猜到了飞镖的来源，将长矛投向虚空，刺穿她的身体，她现回女巫的原形，尖叫着跌倒在地。我的爱人砍下她的头颅，作为战利品送给他的养父。养父又把它拿给老头儿看，问他是不是该讲和了。

老头儿终于屈服了，同我的爱人会面，在我父王的促成和见证下宣誓休战。随后，父王当场将一片土地和黄金作为嫁妆移交给我俩。亲密伙伴回到了他的祖父身边，我俩则一路向西，在合适的地方建造了一座山堡。在那里，我们长时间悠闲地散步。如果说那些艰难的岁月是我们的春天的话，那么现在终于迎来了我们的夏天，以及我们收获的季节。

这一整片绿色的土地浸润在水的滋养中，河流湖泊随处可见，可我的男人却因他的死敌不肯给他一口水而死去了。正是老头儿用捕猎野猪的诡计策划了这场死亡，尽管他俩已经相安无事多年了。而这一次，老头儿是那个没有信守承诺的人。

对于我的爱人来说，这是一场无法预见的死亡，但也早已命中注定。他并不知道，年幼的他在养父的庇护下同养父、母亲和一个同母异父的弟弟生活在一起，他的亲生父亲出于怨恨，来到他们的住处杀死了那个弟弟，但被发现了。死去的男孩被其亲生父亲及时复活，变成了一头可怕的、幽灵般的野猪，并注定有一天要为自己的死报仇，但不是向凶手，而是向凶手的儿子报仇。老头儿对整件事一清二楚，他那天在人群中看到并听到了事情的整个经过。我的爱人长大后成为老头儿的追随者，后来又因为我的原因，成为他的敌人。无论是好是坏，他都是走过了漫长的路才遭遇这场死亡搏斗的。难道他的一生在婴儿时就已被注定了吗？这超越了所有的认知和意愿。在这种情况下，我们的相遇以及接下来的一切就是命中注定的了。或者，如果我们没有相遇，如果我接受了那场痛苦的婚姻或者我从未出生，他是否注定会通过某种别的方式遇到那头野猪，从而倒下呢？如果发生的所有事情都是命运主宰的结果，那么即便是老头儿也不用为自己的冷血行为负责，就像我们一样——就像出于无知和真诚以及炽热的爱的我一样。

但不管怎样，老头儿是这件事情的始作俑者，甚至有人说他还化身野猪潜伏在那里。我的爱人觉得夜深人静时猎犬的叫声并没有什么害处，但对于我而言，那声音凄凉哀婉，让人浑身起鸡皮疙瘩。我恳求他不要去狩猎，但他说有誓约在身，只要听到狩猎号角，就必须听从它的召唤。老头儿对此也非常清楚。天一亮，我的男人就出发了，一人一犬，加入捕猎的行列。他并不知道其他猎手是谁，不知道猎物是什么，更不知道他自己就是待捕的猎物，只知道自己有一条永远不吃野猪的誓约。如果说我们的生与死的确是命中注定的，那我们的秉性也是如此，而他的秉性就是直面死亡。

在高高的山坡上，他将野猪赶到地上，把它抱住并将其扑倒，然后给它致命一击，自己并未被野猪咬到，至少有人这样告诉我。然而，野猪带着致命毒液的鬃毛却刺伤了他。这也是预言的一部分——同母异父的两个儿子将同归于尽。他那只逃离野猪的猎犬又偷偷溜了回来，对着主人嚎叫。不久，潜伏在幽暗处的老头儿带着大型猎犬得意地来到我的爱人倒下的地方，公然表示想看看有哪一个曾经爱过他的女人能忍受他现在的样子。他扭动着身体，想要喝水。伙伴们赶忙围上来，一个扶着他的头，一个解开他的衣服，一个帮他处理伤口，但都是徒劳。大家都知道，老头儿有能力拯救任何他亲手给水喝的人的生命。大家请求他帮忙，但被拒绝了。对此，他的儿子和孙子大发雷霆，老头儿有些害怕，这才不情愿地拖着脚步来到低洼处取水，在往回走时却让水从他的指间流走了。他俩再次发怒，他再次迟缓地走到井边，再次把水洒掉。在死亡的威胁下，他第三次取水，结果为时已晚。猎犬和伙伴们发出悲痛而哀婉的嚎叫声，响彻天空。他的伙伴们来山堡告诉我，老头儿从未放弃让他的背叛者死在其脚下的念头，但他永远无法通过公平的战斗实现，于是便使用了这种卑劣的手段。作为老头儿的近亲，他们提醒我，老头儿现在的意愿就是要得到他一直想要得到的女人。我男人的猎犬在我身边痛苦地扭动着身体，我泪流满面地告诉他们，我宁愿亲手结束自己的生命也不会接受他，我要把自己埋葬在水的最深处。

无尽的冬天已经降临到我们身上。我悲痛欲绝，躲在山堡里打算进行顽强的抵抗，但我并未看到任何前来挑战的敌人。既没有进攻，也没有包围山堡；毕竟，我依然是至高国王的女儿。与此同时，我让四个年幼的儿子漂洋过海，一方面是为了他们自身的安全，另一方面是想让他们接受战争训练，长大后回来为他们的父亲报仇。多年后，当他们返回家时，完全变成了他们父亲的模样：身上流淌着他的血液，和他一样帅气和英勇！老头儿听到风声，派士兵包围了我们的山堡。他终于将多年来对我们的威胁付诸行动了，但正如他可能知道的那样，为时已晚。我的四个儿子与他派出的一百多人的军队厮杀，将一具具尸体堆在他的脚下。他思考再三，决定撤退。

我们并不知道，他的下一步行动会在何时进行或采取何种方式。但没过多久，他就开始行动了。他先派出信使提出想要结婚的要求，就像多年前派信使到我父王的城堡一样。同那时一样，无论结果好坏，我依然只能靠自己来决定。按照我的要求，他只带了两个族亲前来谈判。城门外，老头儿看上去身心交瘁，表情严峻。就是这个冷血的男人，诱骗我儿子的父亲走向了死亡，而他则双臂交叉在胸前，一副幸灾乐祸的样子。现在迫于无奈，他才来到这里，因为他的部下开始骚动，几乎到了造反的地步。如果能找到一个合适的方法，他就会有个藏身之地来补救局面，同时也能解决我们之间的不和。

为了我们第二次会面，我特意穿了高贵的血红色丝绸礼服——就像当时逃离城堡时一样，头顶和肩膀披着一条精美的黑色披肩，以示对我男人的哀悼。我独自接待了他，虽然有一名侍从守在门口，但她听不到我们的谈话，而且手无寸铁，并发誓要保守秘密；还有我的一只猎犬，它的祖父就是我爱人身边的那只猎犬。同他一起走到门口的还有两位随从，是我早已认识的那两位儿子和孙子，见到他们我非常高兴。他只带着猎犬进来，正是我们在野外第一个晚上前来提醒我们危险的那只。它认出了我，走上前任我抚摩。猎犬的主人告诉我，他是来求和的，以平等的条件求和。此时，我的猎犬趴在地上向他献媚，他回以温和的微笑。"这是个好兆头！"老头儿说。我直起身子，说道，"哎，你这个战争狂人！你拥有和平，却为了复仇将其打破，为了满足杀戮的欲望，使出了各种卑劣的手段。你活着就是为了杀人，像你这样的人，即使缔造了和平，又能维持多久呢？像你这样的人怎样才能信守诺言呢？"他回答说，"只有把未来掌握在我们的手中。"我发现，为了自尊，他至少努力控制住了自己的脾气，不管我怎样痛斥和羞辱，都没有刺痛或激怒他，从而引起他的猛烈反击。正是那罪恶顽固的自尊，让他走到今天这般地步。随后，我们面对面坐了下来，我将自己的条件和盘托出。

他这次突然来见我，就像上次见我的爱人一样出乎意料，只是这一次他两手空空，没有带任何武器，甚至袖口也没有任何东西。他士气低落，没有了往常的得意，也无心刺激我。这回应该没有陷阱，至少我是这么认为的。我们的猎犬都睡着了，也许这是个好兆头。几乎没有经过唇枪舌剑，我们就敲定了和平协议。之后，我从罐子里给我俩每人倒了一杯蜂蜜酒——这次他不必害怕，共同为未来干杯。在他到来时，我就想到该是结束一切的时候了。他站起来，唤醒猎犬，冷漠地问现在我是否愿意签订契约嫁给他。它还是来了，虽然有点意外，但并不令人惊讶。他知道，在所有因为他的杀戮而变成寡妇的女子中，我是他最不应该娶的那个；而在所有男人中，我选择嫁给他，就意味着将我爱人的鲜血洒在我自己的金发上。但我明白这样做的必要性。"好吧，就这样吧。"我说。

为什么结果会是这样？对于他而言，一方面，这样可以保住自己岌岌可危的地位，用以抚慰他那可怜的自尊；另一方面，可以让他摆脱肉刺之痛和我四个儿子给他造成的威胁；再者，甚至是——破天荒地——为了和平。对我而言，是为了看到自己的四个儿子——如果他们愿意的话——能够像他们的父亲一样在老头儿的族亲中占据高位，这是他们与生俱来的权利。当然，这样的话，老头儿也将会以失去一个族亲的代价得到四个。我一直告诫四个儿子，要拧成一股绳，并肩战斗。我很了解他们，他们绝不会辜负我的话，除非死亡。

"他们跟随我总比反对我好，你也一样。"他说，"但他们准备好加入族群并遵守誓约了吗？"我屏住呼吸,以为他接下来会说:那个他们的父亲违背的誓约。然而,他并没有这么说。"这得让他们自己来决定,你来问他们吧。"我说。"我们派人去把他们四个和你的族亲都请来吧。"我突然意识到,如果在事先没有做任何沟通的情况下就当着老头儿的面将这个难题抛给四个儿子,结果可能会不尽如人意。"或者,如果你愿意的话,最好还是在这里住上一晚,让他们和族亲们一起吃饭喝酒,并在我们讨论未来打算时让他们发挥各自的作用。与此同时,我们可以各抒己见,表明立场。"于是,我们这样做了。

我没有把我的第一次婚姻交给除我之外的任何人。那么,当第二次婚姻到来时,我也绝对会将其抓在自己手里。

狩猎野猪的那天晚上,我爱人的养父再次预见到养子的第三次致命危险,并隐身从遥远的山谷据点赶来,但就像那天第三次取水一样,还是晚了一步,虽然并非故意。悲痛欲绝的他无法接受与养子分离的现实,便将养子的尸体用金子做的布料裹好,然后抱着飞向自己的据点,那是他通往另一个世界的大门。在那里,养父会时不时地召唤他。这都是他的那些伙伴告诉我的,他们只是将我爱人破损的武器和猎犬带走了。而我却永远无法召唤他,只能在梦中与他相见。一旦死亡,所有约束便自动解除,你只能等待和期盼着在梦中与他相见。梦中的他有时依然是原来的模样,像往常一样上床睡觉,激情似火,情意绵绵;有时,却茫然无措,直直地看着我,仿佛在看一个陌生人。无论是哪种情况,我都是在痛苦中醒来,眼前是漆黑的夜。对我来说,他是真实的,没有一个活人给我带来或曾经给我带来这样的感觉。我没有机会把他的尸体摆放平整,给他清洗、涂油、穿戴丝绸和黄金,并给他最后一吻。这或许是命中注定的。但我怎么会愿意拿我拥有的他来换取他养父拥有的他呢?养父像对亲生儿子一样爱他,却无法让他起死回生,只能将他带到那个半明半暗的世界里,那里是他生命最初形成的地方。在我看来,虽然他的养父在死亡谷可以召唤他,但他并不比一颗里面燃烧着蜡烛的死人头颅更鲜活——火焰摇曳跳动,甚至会引来飞蛾竞相追逐,这是另一种意义的梦境。但如果火焰头颅真的是他的话,那他就是一个心智微妙的奇怪之人,你很难读懂他那如水般深沉的脸庞,无法揣测他的秉性。

在接纳第二任丈夫之前,我早已心碎肠断,只剩下一副行尸走肉的躯体,或许,就连这躯体也是死的。即便我能给予的如此之少,但老头儿还是很满足。既然已经是肉体而不是影子，他还能奢求什么呢？尽管我宣称要跳湖自尽，但还是与我们的死敌达成了嫁给他的协议，去温暖那张我曾发誓永远都不会暖的床。"我会征服你，"他在一个醉酒的夜晚说道，"还会消磨你的意志。"当然，他不可能做到。我们之间无爱可言，他没有要求，我也不会提供。对我来说，我仍然束缚在爱的浆果里，总是以沉默待他。在床上，如果担心他对我动手——那双杀人犯的手，我就尽量少说些激怒他的话，并敞开怀抱。无论是醒是睡，他可以随意拥抱我。

到目前为止，一切都很好。和平已经形成稳固的局面，就像他那双伤痕累累、骨节突出的花岗岩般的手一样牢固。当如此选择时——这很少见，他以柔水般无形的方式展现出决定生死的力量。如果我快要死了，他会用那双手给我捧水喝吗？我应该把它喝下去以延长寿命吗？我怎么能阻挡自己——仿佛我脑海中没有任何誓约、任何悲伤或爱人的影子似的——达到目的呢？最重要的是，尽管我毫不犹豫地成为这个老男人的妻子，但我能做到的最多就是向那双手低头，像猎犬一样听从他的吩咐。这是我的底线，到目前为止，并未被打破。

一次，我问爱人是否依然希望尽其所能地饶恕他的首领——我们的敌人。他盯着我说道："难道我们的敌人没有让这片土地浸满成千上万勇士的鲜血吗？仅仅是为了挽回自尊，他就让那些忠于誓言的士兵向无辜的人报复。"爱人补充说："他已下定决心，要尽其所能把我的血抽干，只剩下残渣。我为什么要宽恕一个谁也不宽恕的人呢？"

我已在野外日夜陪伴在他身边那么久了，为什么在那个致命的早晨不同他一起去呢？那样我们就会一起遭遇野猪。即便无法改变它或他的命运，但至少可以和他死在一起，或者待在他身边，给他取水解渴，尽管我手里的水无法挽救他的生命。曾经是我把他束缚在我的身边，我本应该在他离开这个世界时把他抱在怀里的。

有时，夜深人静之时，我会回到某个长满苔藓的绿色地方，披上猩红色的礼服，与我的爱人手牵着手行走在薄雾、细雨和阴影中，或一起坐在河边洞穴深处的一张兽皮上，共享我捕获的一条鱼和他从岩壁或洞壁处抢来的蜂窝，并用我的草药涂抹他被蜜蜂蜇伤的皮肤，旁边摇曳的篝火就像一条赤金色的河流，一半是影，一半是光。或者一起在长满地衣的顶石下或某条河流、某片湖泊的岸边休憩，周围是天鹅及其在涟漪中的倒影，暮色中的水面上循环着一圈又一圈波纹，而我们生活中的一切仍将继续在希望与悲伤中循环往复；有时，我只是赤身裸体地躺在星空下的岩石上，任凭浪花不停地拍打着湖岸，就像一双双翅膀折断在没有黎明的岸边。

血色丝裙

在这个与大陆西海岸隔海相望、气候湿润的海岛中心，有一个青山环绕的湖泊。这里大多数时候都沐浴在绵绵细雨中，空气清新，绿意盎然。天放晴时，每一片树叶和每一根细枝都挂着念珠般的雨滴，丝丝雨滴、露珠或水雾在耀眼的阳光下闪烁着多彩的光芒。除了一些零星的黑色或红色的悬崖峭壁、山峦石堆和一些被历代国王开垦出来的牧场，整座岛屿被森林和沼泽覆盖。无论从南到北，还是从东到西，到处都是挺拔的树木及其在水中的倒影，还有垂悬在水面上五颜六色的树叶——绿色、金色、铜色或红色。随处可见的湖泊、河流和沼泽互相交织，无论是平静如镜还是波澜起伏，都在阳光下闪着银光，尽情地舔吮着岸边的泥土。风和日丽的时候，树枝、灯芯草、芦苇、莎草在水面上平静的倒影会时不时地在一个气泡、一条小鱼或一只小虫荡起的阵阵涟漪中抽搐、颤动。海岛中心的这片湖水是鳗鱼的天堂，而湖湾处的睡莲和芦苇丛是天鹅的温床。在这里，无论是陆地上还是水面上，都会看到成群结队的天鹅，或悠闲地抖动翅膀，或拘谨地竖起羽毛，时而出现在开阔地，时而隐匿在芦苇丛。它们的巢穴新旧错落，大小不一，到处都是散乱的蛋壳、羽毛和鸟骨。

这片土地上发生的故事都充满梦幻般的色彩，但没有一个的结局是完美的。

有时，霜冻会在夜间突然降临，让湖面及周边的所有景物——甚至包括蛛网，都覆盖上薄薄的冰层。深冬时节，偶尔会下雪，湖水的边缘会结一层有着美丽花纹的冰霜，并不断地变厚、融化，然后再形成，有的透明，有的模糊；而湖泊周围林木覆盖的山峦则挂满了冰柱。除此之外，这里气候温和，雨水充沛。夏季，这里大多数时候都在下雨。起初，雨滴只是零星地洒落，空气中弥漫着一股浓郁的泥土气息；接着，雨水便持续、均匀地下个不停。奇怪的是，大树下有较长一段时间几乎没有下雨的迹象，但雨过天晴之后——有时天边会挂着一道彩虹——柔和的雨滴却在茂密的树叶下长时间地滴落。有时，在蓬松柔软的灰色云层的映衬下，湖水即使溢满，也会给人一种紧贴在地面的感觉。浅滩处，湖水清澈且如同鲜血般温暖，天鹅在灯芯草、芦苇和睡莲叶中忙碌，修长的脖子弯曲成优美的圆弧。然而，当强劲的南风吹来时，泛起的波浪有力地拍打着湖岸，浪声如海浪般响亮。

湖面以下能见度极低，几乎什么都看不清楚。尽管都是淡水，且充满生机，但湖水混浊，呈蜜色或绿色，不管外面光线如何，也无论湖水深浅，水下的世界总是一片昏暗。傍晚时分，湖面异常平静，时不时会有阵阵涟漪泛起，一圈圈向外散开，然后逐渐消失。湖水很凉，即便是盛夏时节，在山脚每一处繁茂林木的阴影下，波光粼粼的乳白色湖水依然冰凉。在最炎热的日子里，湖泊边缘的浅滩上会集聚大量绿色浮渣，看似顽固，但一场大风或暴雨，或一股倾泻而下的河水就能将其赶走。风平浪静的秋日里，薄雾散后，湖面整天都像平滑的镜子，直到日落时分，才突然变成一团血红的火焰。

在阳光明媚的日子里，将一只脚或一只手伸入浅滩的湖水中，会看到它是淡金色的；在阴云密布的日子里，它则是褐色的。在阳光的映衬下，深水区湖面上的泳者闪烁着金色的光芒；一旦潜入水下，她就变成了绿褐色，而且潜得越深，颜色变得越暗，直到消失在视线里，如丝绸般柔滑的身体与湖底的泥沙变成一个颜色，不见了影踪。

有个关于一位命运多舛的国王的四个孩子的故事，至今仍广为流传。很久以前，这个海岛上有很多较小的王国，共同受治于一位至高之王。这位国王的王国就是其中之一，他的领地土地广袤，山峦苍翠，瀑布和溪流交织其中，领地中心是一个宝石般闪耀的湖泊。他的城堡与至高之王的城堡相距不远。至高之王非常器重他，甚至在他的第一位妻子——至高之王的女儿——去世后，又将自己的一个养女嫁给了他。第一位妻子先是为他生了一个女儿，然后是一个儿子，但在第三胎生下一对双胞胎男婴后，不幸死于难产，其乐融融的生活就此戛然而止。

两座城堡都骚动不安起来，陷入深深的哀悼之中。悲痛的至高之王提议将死去王后的妹妹嫁给这位国王，因为孩子们需要一个母亲。为了不辜负至高之王的好意，出于需要而非愿望，且在知道那位妹妹非常喜欢她的姐姐和侄子侄女们的情况下，他接受了她作为自己的第二任也是最后一任妻子。

年轻的新妻认为，自己是凭借实力被选中的，会轻松地扮演之前姐姐的角色。为什么不会呢？然而，尽管她风姿绰约，也愿意通过付出来取悦家人，甚至将所有精力都放在了丈夫和孩子们身上，却无法赢得他们的心。刚出生的双胞胎由仆人们照顾，不管她如何努力，两个大一点的孩子都不为所动，而如果她的角色是仆人，两个孩子的态度或许会好一些。即使是国王本人——她的丈夫——也视她如无物，并没有给她一点儿爱，更不用说一个属于她自己的孩子了。尽管她与姐姐有着同样的地位和美貌，但实际上她只是姐姐的影子，看到她便会让国王想起自己失去的真爱。当国王拥抱她时——这种情况很少发生，他在把爱给谁呢？是否把她当成了那个他曾经深爱却已失去的妻子呢？因此，新妻不受宠爱，并且在王宫里和床榻上扮演着影子般的角色，并非出于她自身的原因。她的身体每况愈下，日渐苍白消瘦，看上去更像是死去王后的幽灵，而非其继任者或正统王后。尽管她在王宫中有自己的房间，但孩子们只和他们的父王睡，这样国王可以随时看到睡梦中的他们，并表达对他们的关爱。他还经常带孩子们乘车前往至高之王的城堡，他们在那里备受宠爱和关注。然而，即便在那座城堡里长大的她，也几乎得不到什么关注。孩子们变得越强壮美丽，国王就越喜爱他们，他们就越沉浸在父王的溺爱中，而她就越来越被忽略，越来越淡出家庭角色。无论她怎么做或怎么说，孩子们都是第一位的，尤其是大女儿，她变得越来越像她的母亲，是国王的掌上明珠。对于女孩来说，这个姨妈——对母性一无所知的继母，不过是她去世母亲的一个外壳罢了，就像她和弟弟们夏季在岩石背风处发现的苍白的蜻蜓壳一样，它们真正的自我早已破茧而飞了。

然而，对于继母的真正自我，女孩误解得太深了。

年轻而心怀皇后之心的继母，并不是一个会在沉默和无为中永远消沉的人。这样的结果她绝对不能接受，也并不符合她的本性。她知道，最好不要公开对抗，这样会让自己难堪。那么，该怎么办呢？她开始一连数日躺在床上，一会儿身体冰凉，如同死亡；一会儿大汗淋漓，浑身发抖。她虽然得到了应得的仆人们的照顾，却没有得到任何家人的关怀和想念。整整一个冬天，她都躺在床上苦思冥想，她没有——也不可能会有——自己的孩子。这样的苦思冥想最终有了结果，这并不奇怪，只是她所酝酿的是一场源于致命怨恨的致命报复。这种怨恨如无形的内在之火日夜滋长，直到有一天完全成熟，准备爆发。

就像往常一样，当女孩今年秋天过生日时，树林中的秋色已如一片片寒冷的火焰。由于要出门一段时间，父王提前将礼物送给了她，那是一件由最优质天鹅绒制成的乌黑油亮的长披风。而在生日当天的早些时候，从至高之王的城堡里送来了一只小小的袋子，里面整齐地叠放着一条血红色丝裙，做工细腻，薄如蝉翼，重量极轻。

继母目瞪口呆，其他人也是如此，尤其是女孩自己。

女孩一声不吭地离开房间去试穿裙子，回来后闭上眼睛，张开双臂，慢慢地旋转身体，长长的宽袖舞动起来，变成了窗户前一片火红的阳光。围观的人们都万分惊奇地看着她，屋内墙上映衬着一团绚丽的红色火焰，仿佛一只巨大的蜻蜓将空气烧开一个半透明的洞。血红的火焰在白皙的皮肤周围呼呼作响，后背那天鹅脖子般长长的发辫如同燃烧的木炭在丝裙的火焰中飘荡摆动。最终，头晕目眩的她停了下来，喘着粗气。她本人并未看到这一切，只是抚摸着自己那丝滑的大腿。虽然还只是个孩子，但她那双大腿已然拥有了成熟女性之美；而且，由于当天天气炎热，女孩身上散发着迷人的光泽和炙热的气息。

女孩的继母从一个昏暗的角落里走过来。她脸色苍白，像鬼魂一样，或者像看到了鬼魂一样。事实上，她确实看到了。在她看来，眼前旋转的正是她死去的亲姐姐。当时房间里的那些人当中，只有她以前见过这条丝裙。这条裙子是专门为她的王后姐姐制作的，面料是极其稀有的丝绸，花了数年时间才收集到。但她的姐姐从未穿过，随着她的离世，这件比黄金还要珍贵的丝裙便同其主人一起进了坟墓。他们是这样说的，但如果是这样的话，那它就没有在坟墓里待很长时间，不是吗？不，它根本就没有被放进坟墓，至高之王自始至终都在为其女儿珍藏着它！为什么？作为最近的亲人，这条丝裙难道不应该传给她这个同样是王后的妹妹吗？她的地位丝毫不亚于姐姐啊！继母瞥了女孩一眼，努力克制着自己的情绪，强装笑脸。

"这件衣服适合你这个年龄的孩子穿吗？"她大笑道，"他是怎么想的？"

"非常适合。"女孩说，"没看到吗？"

继母耸了耸肩。

"我敢肯定，外面搭配上黑色披风一定更加好看。"她说。她转过身来。"来吧，"她对大家说，"我已经叫了马车。你们快点准备，咱们去给你们的外公一个惊喜。"

"我们会的！"孩子们说。

由于她以前从未主动带孩子们外出，他们对她的热情感到有些惊讶。

"不是，"她告诉女孩，"如果你要一起走的话，去换下衣服吧。"

"为什么要换？"

"你认为这件丝裙适合穿着打闹嬉戏吗？"

但女孩还是不肯换。

"这是外公送给我的。"她说，"他一定想看到我穿上它的样子。你知道的，他一定想的。"

红色是至高之王最钟爱的颜色，他本人也穿红色衣服，甚至还以"红衣人"作为自己的绰号。所有人都知道，至高之王喜欢所有红色的东西。

"大热天的，你穿着它会热得受不了的。"继母咬着嘴唇，"好吧，那就带上吧，到了那里你再换上。"

"既然我都已经穿上了……"

"还是脱下来吧，听到了吗？"

"为什么？"

"照我说的做。"

女孩第一次大声说出了她一直以来就有，但从未敢说出口的想法。"我为什么要听你的？你又不是我的母亲。"

继母挺直了身子。"小丫头，你再敢顶一次嘴。"她说，"我会让你后悔的。"

两人的表情变得冷漠如冰，深黑的眼睛里充满仇恨。这样的情形可能是她们唯一一次有点儿像母女关系的样子。女孩站在原地，一言不发。最终，继母让步了。

这条路很长，要经过一座绿色山丘，山丘脚下就是那个湖泊。湖泊边缘笼罩在山毛榉和橡树浓密的阴影下，阳光透过树叶的缝隙像雨滴一样落在湖面上。夏天，他们常常让马匹在这里歇脚，阳光明媚的时候也会在湖里游泳。阳光下,绿色的睡莲叶上落满了雪花般的凝块,那是干枯的或卷曲或舒展的花瓣。此时,午后的太阳朝着对岸后面的绿色山丘缓慢地下滑,同时也朝着另一座同样坚固的水下绿山——对岸山丘的倒影——缓慢移动,直到一个从一片芦苇丛慢慢划到另一片芦苇丛的白色斑点将其打破。那是一只天鹅。芦苇丛中还有飞舞的蜻蜓和敏捷的小鸟,不过看上去有点儿模糊。眼前的一切都让女孩陶醉,她和弟弟们一起跑到布满鹅卵石的湖边,继母则咬牙切齿地跟在后面。继母跪在地上,颤抖着将一只手伸进水里。"我们今天来晚了。"她说,"水很冷,而且,你们看,也很混浊。"莎草丛深处有一层厚实的淤泥,但浅水处还算温暖,往里走几步湖水就清澈透明了。继母本可以自己下水,但由于多年来久违的例假在那天突然造访,她担心把衣服和湖水弄脏,只好作罢。这例假是一切力量涌动回归的迹象,表明她终于重新拥有了女性身份,迎来了属于自己的时光。男孩们很想进入湖里,蹦跳着请求继母同意。现在就连这几个小的也开始不听她的了!她有些虚弱,浑身滚烫,不停地发抖,耳朵里传来心脏怦怦的跳动声。

"好吧,那就脱衣服吧。"她细声说道,"快点。去吧。靠近岸边玩。"

男孩们将衣服脱掉，但女孩再次犹豫了。这是她那天第二次犹豫，但不会再有第三次了。

"现在怎么办？"继母看着眼前这团刺眼的火焰苦笑着说，"我想你现在还是很想在里面游泳的！"

女孩本不打算游泳，但被这番嘲弄激怒了。

"为什么不呢？它很快就会干的，再说这样会让我在路上感觉更凉快些。"

"随便你！你这个傲慢无礼的家伙！"

女孩踢掉鞋子，调皮地将离她最近的弟弟推了一把，一边笑着，一边光着脚大步走进湖里，三个男孩在她身后打起了水花。女孩游在湖面上，血色丝裙紧贴在身上，男孩们则围着她转圈，疯狂地向她打水花。他们中间形成了一个由红色、黑色和天空色组成的旋涡，就像一只动物在水下被撕开一样。随后，女孩冲出弟弟们的围堵，进入一片阴凉水域。在那里，她踮着脚，可以看到穿着血色丝裙的自己，就像在镜子里一样。丝裙在黑色蕾丝般的树叶倒影中飘动。她抬起头，阳光下的树叶凌乱不堪，初秋的叶子边缘已经染上了红色或金色。此时，一股汹涌而冰冷的水流将她卷住，她的双腿瞬间就麻木了。水流将她推向岸边，来到男孩们所在的位置，只是她无法看到他们，因为整个湖面及岸上都笼罩了一层低垂的浓雾。女孩摇摇晃晃地来到岸边。

等他们上岸走了足够远时,继母举起双臂,施展咒语,让浓雾继续贴近地面。

"发生了什么?"已经变成天鹅的女孩问身边的其他三只天鹅。

"发生了一些会让你们父王心碎的事情。"继母的声音从迷雾外传来,"这是他罪有应得。如果我愿意,你们现在早就死了。"

"你会后悔的,你将会为此付出代价。丑妖婆,收回你所做的一切,趁现在还来得及!否则,你就等死吧。"

"别担心,你们总有一天会恢复成原来的样子的。"继母说,"无论你们喜欢与否。"

"魔咒掌握在你的手中。"天鹅嘶哑地说着。她气喘吁吁地挣扎着,想解开咒语。

"这个世界上没有人能够解开我的咒语,只有时间到了才会自动解开。正如你们和我知道的那样,也没有什么能够挽救我的生命。至于你们,就谢天谢地吧!虽然变成了天鹅,但并不影响你们同以前一样长生不老,而且还有说话的能力,这对我来说没有任何意义,但对你们则是莫大的好处。你们将在这个下了咒语的湖泊度过三百年,然后在这个海岛和东边那片白色大陆之间的狭窄海峡的小岛上度过三百年,最后在这个海岛西海岸的小岛上再度过三百年。西海岸是你们母亲的出生地，也是我的故乡。九百年里，你们将不得不忍受苦难、饥饿和无尽的痛苦。在此期间，你们再也无法在陆地上生活，一夜也不能。既然你们已被束缚在水上，就只能在水里生活。至于那件血色丝裙，你自己去找吧！尽情地找吧！但它在湖底深处，你永远也无法找到它。你们会等待好几百年，直到有一天听到远方海上的钟声敲响，咒语才会结束。到时，一位北方的国王将会迎娶他的南方新娘，他会四处寻找你们，邀请你们为他的王后献唱，唱出你们内心对自由的渴望！"

继母喋喋不休地说着，时而大笑，时而尖叫。在阳光下，她的嘴像血一样通红，头发蓬乱。女孩摔倒在地，四肢伸开，长满羽毛的脑袋不停地摆动着。此时，她看到空气中弥漫着猩红的颜色。血，女孩想，是继母的血。为了诅咒我们四人，她自己也付出了血的代价。

我穿着火焰般的长裙，就像日落时火红的湖水。

我变成了一只呼呼作响的飞镖，稀薄空气中的一个旋涡，一只迎风曼舞的蜻蜓。

尽管非常清楚自己将会面临怎样的结局，但继母还是尽可能地拖延时间。她所做的一切并没有人看到，也没有留下任何痕迹，只有一条藏在这片神秘湖水远处的血色丝裙似乎一直在嘲笑她。她匆忙把男孩们的衣服归拢到一起扔进湖里，看着它们跟在红裙后面一直漂到远处，然后渐渐沉到湖底。那件血色丝裙是最后一个沉入湖底的。它远远地漂在湖面上，一个个闪亮的气泡从它浸入水下的地方冒出。红裙鼓鼓的，像一颗打了气的心脏，或一颗装着太阳的空心鸡蛋。看不到孩子们的任何踪影，只剩下草地上几滴通往浅滩的血迹以及远处一片升入云层的光芒。

被愤怒冲昏头脑的继母很快发现，她跳进了自己亲手设置的陷阱。她站起身来，不知道该去哪里。有家不能回的她只有一个去处，那就是她的养父——至高之王——的城堡。于是，趁还有时间，她架着马车向养父的城堡逃去。至高之王看到她独自一人来到皇宫有些惊讶，但并未注意到她脸上泛起的白光，也就没有多虑。他把养女迎进屋，问她为什么没带孩子们一起来，因为平时孩子们绝对不会缺席。她撒谎说丈夫担心孩子们磕碰受伤，不让自己带他们来。养父根本不相信她的话，于是把养女稳住，急派使者前后去了他们的城堡和孩子们父亲外出的地方。当这位父亲惊慌失措地赶回家时，却被告知她已带着四个孩子离开了城堡，于是又匆忙前往至高之王处，试图揭开谜底。途中经过那个被橡树和山毛榉包围的至暗湖泊时,几只天鹅——他的孩子们——在空中盘旋着截停了马车,将一切告诉了他。他怒不可遏地冲到至高之王的皇宫,痛斥这位狠心的妻子。此刻,她再也无法用谎言来拖延自己的报应了。至高之王暴跳如雷,施展咒语,将她变成了一小团在空中燃烧的火焰,最后永远化为一个无形无害的幽灵。就这样,这位继母彻底被解决了,但她的咒语无法被解开。世界上没有任何力量能够解开它。

孩子们恐慌地呼喊着,挣扎着,刚费尽艰辛摆脱了湖水和血色丝裙的纠缠——赤裸的身体血迹斑斑,却又以另一种生命形式飞向天空,盘旋在那里,然后轻盈地扎进漂着泡沫的湖水中。

起初,当身体在天鹅绒般的浓雾中抽搐扭动时,孩子们除了恐惧和疼痛,没有别的感觉。随着浓雾散去,他们的每一只手臂都变成了羽毛丰满的翅膀,那光滑且白皙的皮肤则消失在浓密的羽毛中。每个圆形的颈部上方都长出一个顶部为黑色的脑袋,每个脑袋上都有一张血红的长喙和一双在夕阳中闪闪发光的眼睛。他们身体笨重,体态稚拙,浑身瘀青,无法直立。他们脖子紧竖,翅膀微张,双腿暗灰且粗糙,双脚带着蹼。一旦进入水中或飞在空中，就没有了体重的负担。

　　他们并没有变成哑巴，但也无法发出天鹅般的叫声。继母给他们保留了语言和唱歌的能力，让他们尽可能地表达内心的痛苦。他们在一首又一首的歌曲中哀鸣，悲怆的歌声像条条丝线揪人心弦。那歌声仿佛不单单是从他们的喉咙里发出，而且还像从他们的翅膀中传出，如风中竖琴的旋律在空中回荡。那是一种无与伦比的音乐，让每位听者为之动容。然而，无论这哀鸣的歌声如何催人泪下，也无法解除其身上的魔咒。

　　太阳低垂在山上的时候，人们结束了一天的劳作。远处的辽阔地带闪烁着银色的光芒，那里已然夜色朦胧。夕阳下，湖面和天空一片血红，四周的山林寂然无声。岸上的四只天鹅惊恐无助，茫然地进入湖中，漫无目的地在水面上滑行，时不时地转身面面相觑，表情呆滞。红色的余晖下，天鹅们紧靠在一起，他们的影子和倒影互相交织。对于此时的他们而言，漆黑的湖水深不可测。天空亦是如此，当红色霞光渐渐消退，三三两两的星星在似水般的深空中闪烁摇曳，然后星星越来越多，他们的四条尾波也在湖面上形成四条闪烁的星光。直到月亮升起，天鹅们才挣扎着离开水面，笨拙地向上攀升，直至轻盈地飞翔在夜空中。

　　他们的遭遇成为无数小屋里的炉边故事。然而，当四只天鹅从头顶略过时,却没有一个人能认出他们。偶尔,人们会大声问候空中飞翔的天鹅,说他们是国王的孩子,但从未得到回应,于是只能遗憾地摇摇头。

　　我们是四只天鹅,诞生于乳白色湖面上天鹅绒般的浓雾中。

　　他们属于一个古老种族,虽不是神仙,但也非凡人,介于两者之间。他们永远不会变老,咒语并未剥夺他们这种与生俱来的能力。他们虽然具有天鹅的外貌,却超越了天鹅的禀赋;既属于天鹅的世界,又超然于那个世界。在这个模糊的水的世界里,他们低着头,睁大双眼在水草深处觅食。湖里有鳝鱼、水獭和成群的小鱼,被搅动的淤泥像浓雾一样升腾。日复一日,他们的吃喝拉撒全都在湖里进行,入夜后睡觉,醒来后在湖面上觅食。他们从不会像别的天鹅那样寻找伴侣,哺育后代。无论在海上或陆地上承受多少艰辛,无论身上有多少伤痕,他们都不会死去,而咒语则会一直持续。直至九百年之后,一种钟声——什么样的钟声?——标志着咒语的结束。那时,北方的国王将会迎娶南方的新娘。那么,到那时天鹅们会在哪里呢?没人知道,那个丑妖婆也只字未提,他们只有到时候才会知道。九百年里,他们会一直待在一起，过着一成不变的生活。

变化在长时间内缓慢地发生着。年龄最大的那只天鹅最难适应这种变化，日复一日，她总是独自行走在另一个世界里，白色的双脚带着她和她的影子穿过茂密的树林——树叶在阳光下呈金黄或翠绿，每条叶脉和细胞都清晰可见——一直来到充满鹅卵石和淤泥的湖边。湖面上银光闪烁，薄雾缥缈，微风轻拂。在阳光或阴影下，到处都是拱形的黑莓灌木丛和盛开的奶油绣线菊，以及被蛛网罩着的蒿草。阳光透过浓密的树叶像一簇簇羽毛般洒在浅滩上，湖湾里长满了睡莲、芦苇和灯芯草。浅滩在缓慢地膨胀、变化。当时，她几乎没有注意到那条丝裙是如何漂起来的，只是发现自己的双腿在越来越暗的光线中先是形成许多白色斑点，接着颜色越来越深，越来越暗，直到消失，而裙子则翻腾着在她周围展开，带着念珠般的银色气泡；随后，她发现自己竟赤身裸体地漂浮在水面上，浑身洁白，然后稳健地划着水消失在溅起的白色水花中。

她的歌声时而像在空中翱翔，时而像在水面漂荡；有时如轻柔的白色水花，有时似紧贴在身上火焰般的衣裙——直至湖水将其扑灭，有时如天鹅绒般的浓雾，有时如整齐排列的羽毛。哪个孩子没有梦想过飞翔呢？现在他们能够飞翔了，他们拍打着翅膀，在无形气流的作用下迎风翱翔。他们的影子不断地上升、悬停，飞跃海洋，飞向太阳和月亮，他们的心脏咚咚作响。

然而，他们极少齐声高歌。有时只有一只天鹅放声歌唱。如果两只或两只以上同时引吭高歌，他们唱的可能是同一首歌，也可能是不同的歌。他们会将不同的歌词交织在一起，将不同的旋律慢慢调整，直至完全融合在一起，形成一首全新的歌曲，那是一种即兴创作且不可复制的音乐。对于他们来说，那歌声清澈响亮，犹如远方的钟声。那些地面上偶然听到这些歌声的人，虽永远无法完全听清或理解歌词，但都会有一种令人心醉神迷的感觉，并纷纷向别人描述他们的感受。

如果有人碰巧看到他们，不管是在迷宫般的芦苇丛中觅食，还是在开阔的水面上嬉戏，或者在湛蓝的天空中盘旋，总能看到他们四个同时出入，从不分离。他们身边成千上万的天鹅繁衍生息了多少代，却没有一只将他们视为同伴，更不用说把他们当同类了。在它们眼里，这四只天鹅犹如空气或湖水中的漩涡，或是神秘莫测的幽灵。

他们的父王伤心欲绝，懊悔不已，他发誓永远不会再婚，也不会养育一个在他心中能够取代他们四个的孩子。出于对孩子们的爱，国王每年都会将整个宫廷从山上城堡搬到湖边靠近芦苇丛的营地——那里是他们四个筑巢的地方，一待就是半年。这样，三百年里，他们每年都可以在所爱的人身边度过一个夏天，直到寒冬来临，国王不得不同他们道别，回到山上的城堡里。他告诉孩子们，他会将他们城堡里的所有物品都保持原样，这样当他们在咒语结束恢复真身时，就会觉得一切都没发生过似的。然而，三百年后，会有一种无形的力量迫使他们离开那里，到达一片充满海洋和孤寂的蛮荒之地。

在那个充满灾难的日子，他们被困在了这个湖泊里。对于这片湖水，他们爱恨参半。夏天，神采奕奕的小伙伴们会加入他们的行列，他们或在芦苇丛中一起觅食，或在湖面上游泳嬉戏。起初，四只天鹅的歌曲都是关于日复一日在雨淋日晒中艰难度日的，或在漫漫冬夜里围炉取暖的，或是关于那个双胞胎弟弟从未谋面，而另两个却永生难忘的母亲的。他们的母亲年轻貌美，心中充满爱和光明，而前来代替她的那位姨妈虽然有着相似的外表，却怀有不同的心肠。他们对陌生人十分警惕，除非碰巧，否则人们永远不会看到或听到他们。即便如此，整个海岛都流传着他们的故事，并且掺杂着一些令人恐怖的气息。至高之王自责不已，他颁布法令，在全国范围内严禁猎人或猎犬伤害或囚禁天鹅。只要时间允许，他就会去看望四个孩子，默默地与他们和他们的父王待很长时间；孩子们为其唱歌时，他轻轻地抚摩着他们的头和翅膀。年复一年，宫廷里的孩子们出生又长大，他们从未见过姐弟四人的真实面目，只知道他们是天鹅。四只天鹅唱的歌曲虽然数量越来越少，却越来越多地表达着关于河流与湖泊、太阳与月亮、黎明与黄昏以及爱情与思念的内容。他们的歌声悲怆哀婉，哪怕听上一小段都会让人痛彻心扉，为之动容。然而，随着时间的推移，他们的父王逐渐减少了来湖边看望他们的次数。但每次看到他们急匆匆地赶到自己身边，他依然会流下悲伤和懊悔的泪水，仿佛他们的存在比他们的消失更令人难以忍受。孩子们深知父王的苦楚，也逐渐减少了露面的次数，以减少给他带来的痛苦，让时间来愈合他内心的创伤。事实确实如此，直到有一天，当他再次看到一只天鹅降落在湖面之上，再也没有惊悸不安、肝肠寸断和充满希望的感觉了。然而，时间却难以消磨掉四只天鹅的意志，无法抚平他们的悲伤，抹杀他们深深的希望。他们何时才能恢复本来面目呢？他们是被时间流放的人。

  来自天空之镜的爱如此深沉，它紧紧将我们相拥，给我们生命的力量。

三百年后，告别时刻来临，四只天鹅永远离开了湖泊，踏上了新的征程。他们飞越一座座青山和一片片黑土，越过一个个穹顶的坟墓或洞穴，穿越一片片荒山秃岭或苍翠森林，飞过一片片金色或红色的林地，飞越一个个棉花点缀的沼泽地以及一座座悬崖绝壁和成群结队的海鸟，还有长长的布满海藻的卵石海滩。他们偶尔会在河流或湖泊的水面上看到自己的影子，如同一个个小小的斑点或蚊虫，正在施展所有的力量在高空飞翔。只要咒语没有解除，每个夜晚都极其漫长。在飞行的过程中，或者在不得不歇脚时，他们会唱起悠长缠绵的歌曲，一个唱完，另一个接起，如此循环，不绝于耳，宛如高空牧歌。不管天气如何，他们总是挤在一起睡觉。在深冬漆黑的长夜里，年长的姐姐用自己的身体为三个弟弟抵御寒风，其中两个分别依偎在她的两只翅膀下，第三个则蜷缩在她的前胸下，而她柔滑的脖子平靠在自己的后背上，脑袋则深深地埋在自己的羽毛中。

这道充满崖石的狭窄海峡水势汹涌，是无数生灵的葬身之地。尽管他们花费了很长时间才精通了天鹅与生俱来的飞行技能，但在这样的恶劣环境里，巨大的翅膀给他们带来了极大的危险。咒语并未将他们彼此束缚在一起。他们时不时地被上升的风暴突然卷起，被突如其来的狂风持续拍打，被高高的海浪瞬间掀翻。有时，他们会在开阔的海面上一连数日迷失方向；更糟糕的是，如果他们在这片苍茫而粗犷的大海上不幸失散，可能就永远找不到对方了。

年龄最大的天鹅说："我们必须约定一个会合的地点，万一被狂风吹散，消失在彼此的视线之外，我们就朝那个约定的会合地飞。不管在什么样的气候下，这个会合地必须永远在海面之上，而且容易找到。要不，我们选那块海豹礁作为会合地？"

弟弟们一致同意。他们非常熟悉那块"拔海而起"的黑色巨石，它表面裸露，上面寒风刺骨。在海豹出没的季节里，礁石上到处都是它们的影子，或像猎犬一样喧闹着，或懒洋洋地伏在那里晒着太阳。

这样的话，一旦我们有一天分开，就必须尽快朝海豹礁飞去，并在那里等待，而不是让茫茫的大海耗尽我们的力量。我们所能做的只有彼此等待，如果需要，就一直等下去。

很快，他们就在离海豹礁很远的地方遭遇了第一场风暴，从而拉开了在接下来的三百年里不断遭受暴风雨洗礼的序幕。一连几个小时，年长的天鹅被暴风雨疯狂地拍打蹂躏，不停地被抛向别处。视线被完全遮挡，她极力地飞向高空，不停地喘着粗气，最终穿过疾风骤雨，来到海豹礁，结果发现那里"空无一鹅"。她蜷缩在崖壁之下，直到暴风雨停了下来。那时，几近黄昏，暗淡的海面上无论从哪个方向都看不到任何天鹅的迹象。

太阳低垂，红霞满天。此时，一个带着翅膀的影子出现在高空，然后摇摇晃晃地盘旋着降落在她身边，是三个弟弟中最大的那个。他们喜极而泣，之前的恐惧有多大，现在的喜悦就有多大。姐弟俩急切地期盼着双胞胎弟弟在日影中出现。直到白天的最后一缕霞光消失、皎洁的月亮升起之时，才看到双胞胎中的一个在微光中跟跟跄跄地飞来，羽毛凌乱不堪。待到月亮高悬，银色的水面上才隐约出现了一个斑点，然后摇摆着一路飞来，双胞胎中的另一个最终也来到他们中间。

就像往常一样，她开心地将两个双胞胎弟弟搂在自己的翅膀下，让另一个弟弟依偎在她的前胸，然后心满意足地闭上眼睛进入了睡梦。第二天醒来时，依偎在一起的他们就像一只用冰雪雕琢的巨型天鹅，牢牢地贴在这块礁石上，而这样的情景在接下来的日子里会成为常态。

每场暴风雨过后，海岸边都会堆积一些木头和成堆的海藻，黄褐色的琥珀点缀其中，如冬日的阳光一样昏黄。有时，会看到类似一具白色尸体的东西被冲到岸上，那可能是一只缠结在岸边海藻中的皮筏，或者一只已死去的海豹。岸边总有一些歪着脖子的海鸟尸体，时不时地还会有一具湿漉漉的天鹅尸体或一团发臭的羽毛和骨头。日复一日，经常会发现一只丧偶的天鹅在海面上孤独地盘旋，仿佛被绳子拴住似的，一副茫然若失的样子。那凄凉的为爱守夜的情景深深地打动了四只害怕分离的天鹅。春天，随着冰雪消融，越来越多的尸体暴露在阳光之下。只有他们四只天鹅挺过了寒冬，致命的伤口也逐渐愈合。短暂的夏天里，到处都是生气勃勃的海鸟，四只天鹅默默地混在其中，没有引起任何关注。一个阳光明媚的日子，一队骑士在海峡岸边行走，当看到四只天鹅依然活着时，他们惊喜万分。毫无疑问，这队骑士是他们父王的手下，当然也是至高之王——他们的外公——的手下，被派来寻找四个孩子。这是多么让人兴奋的一次团聚啊！孩子们得到了家人的消息并捎回了口信。他们略带苦涩地说，知道自己王国的人民快乐幸福地生活，他们非常高兴，也非常想念那里的人们。

冬天，一场接着一场的暴风雪让四只天鹅饥寒难耐。他们有时躲在海水腐蚀的洞穴中，有时也会躲在石滩上形成的天然冰洞里。在冰冻的世界里，甚至连海洋都是凝固的，而他们不得不苦苦熬过一个又一个最寒冷的深冬。如水般浓密的冰雾迟迟不愿离开，他们被迫滞留在海豹礁上，蜷缩在一起，身上覆盖着厚厚的冰雪，一动不动，毫无生气。当天空放晴时，他们依然待在那里，就像一座日夜发光的白色灯塔，又如一个闪着微光的幽灵。当艳阳再次归来，冰雪开始逐渐融化，形成涓涓细流，然后再次结冰，再次融化。四只天鹅缓慢地睁开眼睛，从漫长的昏迷中渐渐苏醒，眼前是苍茫荒凉的大海。他们被冻伤的身体没有一根筋骨不是疼痛难耐的。他们肌肉僵硬，浑身麻木，虚弱不堪。由于翅膀前端和脚蹼被封冻在礁石上的冰层中，他们既不能走动，也无法扇动翅膀。最终，伴随着凄厉的尖叫声，他们强行把彼此分开，脚蹼和翼尖被撕得血肉模糊，冰层中夹杂着碎肉、鲜血和羽毛。当他们挺起脖子时，鲜血顺着身体往下流，一直滴落到泥浆里。鉴于此种情况，他们不得不拖着伤痕累累的躯体退回到染了鲜血的海豹礁，喘着粗气，说不出话来。他们的身体依然僵硬且虚弱，无法飞翔，就像雏鸟一样笨拙，不，他们从未做过雏鸟，就像在湖边被施了咒语的那天一样笨拙。那天，他们陷入了背叛的罗网，在湖岸边洒下了同样的鲜血。他们蜷缩在"羽毛斗篷"之下，身体随着每次呼吸涨大又缩小，伴随着响亮的脉搏声，他们在灰暗的冬日阳光中和闪烁的冰块间复活了。

当北方狭窄海峡的艰难岁月结束时，一种莫名而强烈的冲动再次降临，他们知道是时候离开了。四只天鹅迫不及待地遵从这种冲动，永远离开了这片充满险恶的水域，不管未来会面对怎样的艰险。

天鹅们穿越了整个绿色海岛，包括海岛上的山川和湖泊。然而，他们很快便遭遇了强劲的逆风，不到一半的路程，便已困乏无力，思维也变得茫然迷离。疲惫不堪的他们无法在夜幕降临前抵达西方，于是不得不爬升到高空寻找水源。突然，他们看到了一个湖泊，意识到离他们父王城堡所在的区域并不遥远。于是，他们断然转向，整齐划一地向那里飞去。他们想在那里歇息，并与至亲度过一段短暂时光。

然而，当他们飞临城堡所在区域上空时，却发现那里没有任何生命迹象，只有几座零星的土丘、一些突兀的岩石，以及遍布山顶和河边草地上的座座空墓。环顾四周，只有长长的瀑布和崖壁，以及长满苔藓和蕨类植物的森林，白桦、山毛榉、橡树、常春藤、赤杨等各种树木生机盎然，形成一片绿色的林海。他们开始盘旋下降，越来越低，知道世界上再没有他们的同类，心里产生了巨大的压力。最终，一个弟弟突然提议，他们不如就在这里一头扎到岩石上，与那些已经离世的亲人一起长眠于此。但他们的姐姐认为，咒语的能量太强大，只要它没有被解开,姐弟四人就只能一直以天鹅的形式存活,他们可以承受任何伤害,甚至是致命的伤害,可以忍受极度的痛苦,却永远不会死去。如果不是这样,他们早就命丧险恶的海峡了。其他两个弟弟则犹豫不决。"你们知道,我们无法在这里或任何地方违背我们的天命或释放我们的悲伤。"她说,"但天色已晚,我们今晚必须休息。所以,我们还是留下来吧,栖息在河边,顺便看看到底发生了什么,明天早上再向目的地出发。一旦摆脱了这个咒语的束缚,如果可以的话,就让我们回来吧。那时,我们会变回曾经的自己,继续曾经的生活吗?或者,我们将如何孤独地生活?无论如何,在那之前,我们必须以西海岸为家。"

城堡废墟比从高空俯瞰时更加荒凉,整个山坡在风雨的侵蚀下已完全风化,仅剩一些碎石,就像树上残存的几片叶子一样憔悴不堪。山坡上布满了苔藓和地衣,时不时地点缀着一些青草。没有人在这里生活。他们循着记忆,在巨大的城堡中穿行,感慨万千。如今的城堡变成了由石头和常春藤组成的迷宫,到处是高高的穗头、黑莓丛、野蘑菇和蜘蛛网。黄昏时分,他们飞到河边觅食,满月升起时又返回城堡,发现整片废墟在月光下清晰可辨,城墙、城门和塔楼,还有塔楼里的白猫头鹰。他们像往常一样悄无声息地俯冲而下。曾经的大厅已经面目全非，地面上杂草丛生，露天的楼梯竖井依然待在那里。竖井中间的台阶通向一个鸽舍，竖井里的阳光是鸽舍唯一的光源。记忆中，要想进入鸽舍，需要经过一扇橡木门和一段石阶；鸽舍的窗外通向竖井上方的天空，那里有古老的瞭望塔。儿时的他们常常倚在鸽舍的门槛上，斜着身子靠近那些鸽子，一心希望自己也能像鸽子一样拥有一双可以飞翔的翅膀。那时，白天炙热的太阳将井口变成一个火焰般的王冠，井壁上的鸽舍挂满了斑驳的影子；在夜晚皎洁的月光下，蜘蛛在石头裂缝中沉睡，它们巨大的影子与一动不动的蛛网重合；雨天里，雨水像瀑布般落到竖井里，鸽舍充满了水雾，竖井里回荡着水流的喷溅声，如成千上万只天鹅在空中急速飞行。今夜，月亮悬浮在竖井上空，像一颗乳白色的鹅蛋。

他们度过了一个漫长的不眠之夜，四周一片寂静，没有任何飞鸟或野兽的声音。

四只天鹅寻遍了城堡废墟的每个角落，也没有找到任何值得他们欣慰的地方。即便如此，充满悲伤的他们在离开时依旧依依不舍。临行前，他们又到至高之王的城堡看了看，却发现那里甚至连城堡的废墟都看不到了，只剩下一座长满绿色植被的高丘。当最终来到西海岸时，天色渐晚。他们发现这里是一个安全的避难所，到处是绿意盎然、生机勃勃的景象。悬崖峭壁上栖息着各种海鸟，脚下是嶙峋的礁石，深色海水不断地拍打着海岸。月光下，一个闪着银光的湖泊吸引了姐弟们的注意，他们最终落在湖岸边一片隐蔽的芦苇丛中，栖息在那里。

沿着这条海岸，到处都是纵横交错且水势平缓的河流、湖泊，以及岛屿间的海湾和长长的砾石海滩或白色沙滩；还有种类繁多的成堆海藻——古金色、深红色、苔藓绿和泥炭棕，就像由天鹅绒、丝绸和头发制成的渔网或裙子被抛到海里似的。

在海岸线外围的众多岛屿、岬角和湖泊中，唯独这个岛屿上的这个湖泊吸引了四只天鹅。在迷宫般的岛屿中，该岛除了有一块高耸的黑色巨石，并无特别之处。巨石并非自然形成，而是在很久以前被安放在这里作为路标或墓碑的。它能够引起姐弟们的注意，是因为在他们儿时生活的遥远地方，也有很多类似的直立石头，像卫兵般站成一圈，给他们带来安宁。即便如此，姐弟们还是选择在稍远的地方筑巢。

无论是出于在东部险恶海峡历尽磨难后感受到的宁静和庇护，还是由于他们漫长而多舛的生命，或是源于他们曾飞越并亲眼看到曾经生活的地方没有留下任何痕迹——除了在梦中出现，仿佛从未发生过——的恐惧，他们很快就失去时间的概念，忘记了过去，不期待未来，也不渴求死亡。偶尔做梦，也都是被困在深渊和黑暗之中的迷茫和孤独的景象。他们迷失在平静的时间里。作为天鹅，他们被赋予了强大的生命力，这种生命力无法被死亡打破。

尽管他们有语言能力，但几乎没有说话的必要，因为早已熟悉了彼此的心思。至于那些倾注了他们太多爱与痛的歌曲，早已失去了原有的灵气和意义。他们在高空飞翔时偶尔也会唱一首老歌，但几乎不再创作新歌。他们的生活变成了简单而机械的感官体验：图像、声音、气味和口感，以及冰冷水草的触感、羽毛和空气的暖感和湖水的沉重感。偶尔，其中一个会梦到自己是一个孩子、一根冰柱、一股柔滑湖水中的血色湍流，醒来后却不得不面对现实，心中一片空虚。

这里永恒的音乐是不断变化的水与空气，还有海鸟、昆虫、草木和树叶演奏的交响曲，热闹非凡。四只天鹅在湖面上拍打着白色的翅膀，身体与湖水紧紧贴在一起，如同他们的倒影一样，几乎成为湖水的一部分。四个沉重的脑袋扎进水草中，身体周围充满了不断上涌的气泡。

这座海岛搁浅在大海里，就像一条被海水浸泡的海豹皮船。

四只天鹅蜷缩在一起,如同一只被困在礁石上且覆盖着冰雪的巨型天鹅。

"我们曾在海上迷失方向。"天鹅们唱着,"现在终于回家了。"

在这个冰封的世界,就连大海也在这如水的浓雾中变得厚重。

冬天,灰暗的风浪在荒芜的海岸上涌动激荡;纷飞的雪花仿佛无数双充满激情的翅膀在夜空中悄然飞舞。待到春和景明,海天一片清澈湛蓝,大地再次焕发生机。虽然儿时的他们从未见过大海,虽然成为天鹅的他们曾被困在无边的大海中饱受苦难,但他们还是爱上了大海。在银光闪烁的海水里,在略带咸涩的海风中,在气息浓郁的河口边,在广袤无垠的大海上,他们感到无比惬意和自在。数百年来,虽然他们的外表从未改变,但至少能够适应这个不断变化的世界。越来越多的皮划艇穿过海峡,越来越多的黄色和褐色庄稼侵占了翠绿的森林,越来越多的房屋在夜晚散发出耀眼的灯光。他们对眼前的这些变化并不在意,任其发生。每当暴风雨来临,海鸟便会像雪花般密密麻麻地降落在悬崖下躲避风浪,它们歪着脖子,紧挨在一起。波涛汹涌的海面上,时不时有皮划艇在绝望的呼救声中被海浪掀翻,沉入大海。银光闪闪的海岸边经常会发现缠绕着海藻的尸体,远远看去像只海豹,走近才发现是溺亡的渔夫,浑身湿滑,甚至已被撕裂。悲伤的人们将其打捞起来,然后运送回家。四只天鹅从未见过这样的人类。难道咒语解除后他们自己也会变成这样的人吗?"那也可以吧,"他们说。

然而,一个不速之客让他们彻底惊醒。

一天,海岸风平浪静,大海里有个影子在涌动,轻柔的吱吱划水声由远及近,是遥远的记忆中熟悉的声音。那影子似乎是一只海豹皮船,跌跌撞撞地浮在海面上,时隐时现。片刻间,他们所有久埋心底的希望再次涌现,那只小船终于露出了真容,但与他们印象中的小船并不相同。一个头发蓬乱的男人划动船桨,随后将小船拉到岸上。跪地鞠躬后,他立刻开始寻找木头——无论是枯木还是活木,以便在湍急的溪水旁搭建一个可以过夜的庇护所。毫无疑问,他认为岛上只有自己一个人,打算在这里长久留下来。

除了鱼这位不速之客对四只天鹅或任何野生动物都不会构成威胁。他一般不会注意到他们,只有在阳光明媚的时候,他们其中一个的影子落在他身上时,他才会抬头看看宛如四个飞行的十字架的他们。一连数周,四只天鹅一直在观察男人干活儿，看他修理渔网、渔线和鱼筐，把捕捞的鱼腌制并晒干，用浮木搭建篝火煮饭，蹲坐在篝火边伸出双手烤火，双手边缘被火光映成红金色。他把一块扁平的石头加热，烤上面包，然后趁热吞到嘴里，或者在葡萄酒里浸泡后——没有葡萄酒的时候，用水代替——塞进喉咙。每天，他都会花几个小时的时间双膝跪地，声音沙哑地喃喃自语或低声吟唱。他将头顶及下巴上的毛发剃光；不停地收集木头和河水，还有长满苔藓的石头。时不时地，会有一条更大的皮艇踏浪而来，然后下来几个人，个个像他一样穿着带兜帽的厚实长袍，带着绳子、粮食和装有蜂蜜或葡萄酒的陶罐，还有用于晾晒鱼干的海盐和成熟时用于煮汤的植物幼苗。他们帮他用绳子拖动巨石，将其固定在预定的位置上。他们在建造一堵厚厚的圆形围墙，围墙带有一个方形大门。他们互称兄弟，但并非同胞，更像是名义上的弟兄，就像武士之间那样。初夏的一个温暖而寂静的日子，天鹅们在高空看到又有一条载着海豹皮的小船驶来，那些海豹皮是用来做圆形围墙的大门的，而圆形围墙未来会变成一所房子。小船还给他带来了一个木制门框，还有一个带着一根长长舌头的类似青铜头盔的东西。几人将其悬挂好后便站成一圈开始齐声吟唱起来。当送货的小船离去时，那人正忙着用那个"头盔"敲出一个个声音，那声音绵长浑厚，回荡在整个海面上，就像小船尾部海面上的涟漪一样，顺滑地流向大海深处。

"那是什么？"其中一只天鹅沉默良久后问道。

"也许那就是钟声？"姐姐说道。

"什么声？"他早已把钟声的事忘了。

"那个告诉我们何时能够变回真正自己的钟声！"

"怎样才能变回真身？什么时候？"最年轻的问。

"不久以后吧，谁知道呢？我们只有等待，看看到底会发生什么。"

一连几天，任何特别的事情都没有发生。白天，男人在他开辟的小花园中耙地浇水，摆放收集到的浮木和石头。圆形石墙不断地上升并向内倾斜，直到有一天，他和小船上送货的人们吆喝着将一大块扁平的顶石拖到顶部的洞口。随后，他们又举行了一次庆祝活动。男人时不时地会来到这块高耸的黑色巨石处看看。一天，四只天鹅听到一阵刺耳的敲击声，他们顺着声音飞了过去，发现男人正在凿刻那块巨石。现在，他已经有了一个能够遮风挡雨的"石洞"。他在里面可以生起火堆，架起捕捞的鱼进行熏制，然后在里面祈祷、睡觉。烟雾从"石洞"顶部的缝隙中袅袅升起。男人在洞里时，天鹅们从外面几乎看不见他，只能听到里面传出的怪诞歌声。为自己建造了一个像石钟口一样的"嘴巴"后，男人自己变成了"石钟"的钟舌。而外面真正的大钟则唱着自己的歌，他们开始喜欢并依赖那钟声的旋律了。至于男人，他看到天鹅成群结队地飞到这里，很是开心。等到男人出海捕鱼，他们便会迫不及待地聚在这个用铜制成的能够发出如此响亮声音的"嘴巴"周围，想知道它何时才能够发出预言中让他们变回人形的声音，但它总是低着头，沉默不语。总是与别的生灵保持一定距离的他们现在又开始唱歌了，而且唱得越来越频繁。他们的歌声超凡脱俗，在湖面上悠远绵长，引起了男人的注意。对于男人来说，他们的歌声十分陌生，有时悠扬婉转，有时哀怨断肠，有时绵远悠长。他努力倾听，似乎听到了一些歌词，但不知道是什么意思。"他们是天堂来的天使吗？但愿我能配得上他们。"他祈祷道，"但愿这首歌以其火焰般滚烫的歌词给我启示。"

他独自一人。为了孤寂，他来到这里。

被困石头垒砌的外壳里，寂寞和孤独伴他左右。

男人第一次近距离接触四只天鹅是面对金色阳光看到他们在湖面上飞翔的样子：体形巨大，铜黑色的羽毛仿佛被雕刻并染了墨似的。

他常常穿过灌木丛，来到离歌声最近的长满莎草的湖湾。尽管蹑手蹑脚，但他的脚步在灌木丛中还是嘎吱作响，面对同时从四面八方传来的声音，他怎能辨识出天鹅的歌声呢？远处水面上常会出现一些白点，那是几只没有南飞的天鹅，它们或落单，或成对，或成群。随着树叶一天天凋零，湖面越发开阔，越发暴露在冰冷的光线中。然而，无论男人在湖岸附近如何寻找，除了看到一些阴影、倒影和偶尔的沟渠，看不到任何天鹅的影子。即便如此，天生耐心且训练有素的他最终还是发现了端倪。那天，当他匍匐前进时，发现芦苇丛外围有飞溅的浪花，一个苍白的影子隐约可见，是一只皮艇吗？

是天鹅，四只天鹅。他们就像从天而降的和平之鸽，他们的歌声热情似火。

他欣喜若狂，却不敢有任何动静。即便如此，天鹅们还是受到了惊吓，扑腾着翅膀逃离了，水面上溅起片片水花，然后留下一道清晰的尾波。他本能地呼喊，让他们不要害怕，但天鹅们早已飞远，根本听不到他的喊声。对于如此尴尬的遭遇，他无奈地发出一阵咯咯的笑声。"你是个圣愚，独自在自己的圣岛上发狂。"他自语道，"你的天使合唱团是一群天鹅。"当再次听到歌声时，男人也看清了他们。他们飞到哪里，歌声就飘到哪里，这不得不让他确信他们就是唱歌的天使。

这次是天鹅们自愿飞来的。他们还会再来吗？男人别无选择，只能等待。由于他在露天的地方，天鹅们可以清楚地看到他在那里等待的样子。最终，他们还是飞来了，不过仍然与男人保持着安全距离，他们相互陪伴，各自干着自己的事情。男人常常喋喋不休，或者长时间反复低声吟唱同一首圣歌，与其说是对着天鹅们吟唱，不如说是对着空气吟唱。起初天鹅们对此毫无头绪，但由于男人说得很慢，他们的耳朵慢慢地适应了他那生疏的旋律和嘶哑的声音。他说的大多数内容都是用天鹅们自己的语言说的，虽然音调改变了，语音粗糙了，但他们还是能够理解其中的意思。很长一段时间，天鹅们既不说话也不唱歌，只是默默地倾听男人的述说或吟唱。直到有一天，姐姐像往常一样带头盘旋在听力所及的范围内，用他们自己的语言问男人怎么能忍受如此的孤独。

"我吗？"他说，"我从不孤独。"

"怎么会不孤独呢？"另一只天鹅问道。

"正如你们所见，我有五个同伴。"他答道。

"五个？"第三只天鹅疑惑地问道。

"你们四个，再加上时刻陪伴着我的上帝。"

"就是你一直跟他说话并给他唱歌的那个人吗？"第四只天鹅问道。

天鹅们的声音高亢而空闷，带着回声。

他点点头。

"那是谁？"

"我的救世主。如果你们愿意,也是你们的救世主。"

"我们从未见过你的救世主。"

"我也没有见过。"男人说,"他是一个不可见的神灵。"

"一位空气般的神灵?"

男人感到四只天鹅害怕地颤抖起来,是一种发自内心的恐惧。

"是神灵,"他说,"是那个创造了宇宙万物且心地善良的神灵。"

"你怎么知道?"

"我感觉得到。无论在哪里都能感觉到。他是我的主心骨。"

他们一边盘旋着,一边陷入了沉思,眼睛注视着湖水下面。

"如果我可以接受正在同四只天鹅谈话的事实,那么关于我的上帝,有什么难以接受的呢?"男人仿佛在回答,又仿佛在喃喃自语。

她盘旋着,思考着。

"我们有血有肉,是可以看见的。"

"你说得没错,所有的天鹅都有血有肉。但在天鹅的外表之下,你们是谁?或者任何一个人,在其人类的外表之下，他会是谁？"

他再次坐在那里开始冥思起来，然后突然说道："当我祈祷时，我与上帝共进了晚餐。"

"就在这里？"

"或任何地方。我带了面包和葡萄酒，他带了他自己的肉和血。"

"我不明白。"她说。

"我也不明白。我只管吃喝。"

"当你的酒喝完了怎么办？"

他笑道："好犀利的眼光！我们用水凑合。对于他而言，水和酒都是一样的。"

男人与他们所认识的任何人都不一样。他光秃的头顶总是藏在长袍的兜帽下，仅在下边留一圈头发。他很怕冷，总是裹得严严实实的，并确保炉火一直不灭。他有一串念珠手链，总是不停地用手揉搓。他告诉天鹅们，那串珠子来自圣地一座圣城的一处花园里的大树，是一位已故的朝圣者传下来的。至于挂在念珠手链上的那个十字架，它也来自这位朝圣者，背上刻有太阳的图案，是用和那口钟同样的散发着深色光芒的金属制成的。"如果这里不是圣地，那圣地在哪里呢？"她问道。"特别遥远，在太阳升起的地方。"他答道。男人腰带上系着的一个皮口袋，里面有一本他爱不释手的小书，他说里面记录的都是上帝的箴言。他常常在树下一坐就是几个小时，沉浸在那本小书中。小书的封面用抛光的皮革制成，内页则是精细的浅色小牛皮，上面写满了蕾丝般的黑色符号，还有一些血红色的印迹，应该是昆虫或小鸟的脚印——或者就是昆虫本身——和红色的草籽。封面的字母有的高挑，有的臃肿，有的则傲慢地盘绕打结，它们或金黄，或血红，或深蓝，宛如妖艳婀娜的怪物，在透过树叶的阳光的照耀下，仿佛燃烧的火焰。在内页上还绣着金色的男女人物——其中一些长着翅膀——和满身鳞片的火眼怪兽。显然，男人是一个脚踏两个世界的人，一个精通魔法、充满神秘和传奇的人。

一天，天鹅姐姐独自来到男人"倒扣的石巢"中，默默地看男人埋头读书的样子。后来，她的弟弟们也会跟她一起来。这里不但没有让他们感到害怕，那些由烟囱射入的光线以及经常听到的哗哗雨声反而让他们想起了儿时生活的城堡中的洞穴和竖井。石屋的地面上铺有兽皮，墙上抹着泥巴和干草，上面挂着兽皮和袋子。整个小屋散发着温暖的谷仓气息，天鹅们像燕子似的舒适地待在里面，但他们从不在那里过夜。

从空中俯瞰，陆地和湖水组成的绿色世界在他们的翅膀下展开，就像书中的某一页一样。

深冬时节，是夜晚最长的日子。在一个冰冷的夜晚，天鹅们彻夜未眠，神情庄重地站在那里仰望天空中那些跳动着的绿色光芒，而男人则蜷缩在一堆皮毛中仰面而泣，不停地祈祷着。被问起原因，他唯一知道的就是这或许是对他和这个世界的一种提示，但他无法解读这种天堂之光。

"这只是一种特有的冬季之光，不会有任何伤害。"她说。

"真的吗？"他问，"在我之前生活的地方，从未见过这样的冬季之光，智者。"

"是真的，在这里很常见，"她说，"就像彩虹一样。"

一天，天鹅姐姐在湖边将那口大钟的秘密告诉了男人，并告诉他很久以前就预言过，这将是他们很快就会获得自由的征兆。他听了之后非常高兴。

"那么正如我一直认为的那样，"他说，"我一定是带着某种使命才来到这里的。"

"尽管如此，当我们变回真身后，如果可以的话，我们还会留在这里。"她说，"我们被束缚得太久了，永远无法完全自由。我们被继母的咒语束缚在水上，又将被另一种咒语束缚在这片土地之上。你就是我们的主心骨，我们还能去哪里呢？我们亲眼看到自己的家乡已成废墟，而至高之王的城堡已完全被埋没在绿色的山丘之下。我们的父老乡亲不知去向,而我们自己也无处可去。无论到哪里,我们都是陌生人。"

"在这里永远不会是陌生人,"他说,"只要我活着。"

"我已经到了结婚的年龄,是吗?"她低着头,看着自己在水中的倒影自言自语道。长时间沉默后,又问:"谁会愿意娶我呢?"

在天鹅们看来,男人已经算得上是他们的救世主,至于剩下的,必须让时间来解决。他是个天生的渔夫,很有耐心。他很想知道他们是如何获得语言和唱歌的能力的。她问新世界是什么意思,而当下的这个世界古老而漫长,节奏缓慢。他请求天鹅们把他们的故事从头到尾讲给他听,听了之后他不禁潸然泪下。他也给他们分享了自己的故事,这样不仅缓解了自己的情绪,也让他们的心灵得到宽慰。很快,男人就能把他们辨认开来了,尽管没什么必要,因为他们几乎从不分开。他们依偎在他的身边,任他关爱地抚摩着。他们温暖而坚实,长着羽毛,绝不可能是无形的灵魂。他笑着告诉他们:"我已经把你们护佑在我的翅膀下了。"在男人看来,他们像一个孤岛上的五个隐士;而在天鹅们看来,他们则像孤岛上的五只天鹅。

春天,峭壁上到处都是筑巢的鸟儿。男人沿着绝壁向上攀爬，爬得越高，鸟儿的尖叫声就越强烈，翅膀扑打空气的声音也越密集，而他就变得越头晕目眩，直到他的袋子里装满了鸟蛋。回到住所，他把鸟蛋打碎后吞进肚子。所有这一切，都被天鹅们看在眼里，他却没看到他们，因为他攀爬时从不抬头或低头，只关注着力点，手脚并用地爬上爬下。天鹅们不再接近他了，这让他感到既惊讶又失落。直到有一天，他紧紧地贴在裸露的岩石上，听到他们在头顶上悲伤哭泣，他浑身冰凉，终于明白是怎么回事了。从那天开始，他再也不碰鸟蛋了。

他们又回来了。

"我的神赐予了我你们的存在，"他鞠躬道，"你们的陪伴。"

"我们看到你在偷鸟蛋，还打破并吃掉它们。"天鹅姐姐挺直身子道。

"是的，后来我停手了。"

"为什么呢？"

"我们自己不能下蛋。"较大的弟弟说。

"我有我的天使，我可不能得罪他们。"

他吃惊地看着他们飞向高空，然后水平翱翔，在天空中逐渐消失，最后又回到水面。"我愿意献出我的灵魂，来换取一次像你们一样飞翔的机会！"他如是说，但很快又收了回去。那是春天的一个晚上，忙碌了一天的男人在清洗身上的泥巴时呻吟着说，他感觉自己的身子就像一块沉重的石头，压得他喘不过气来，要是能拥有天鹅的生命和天鹅般的轻盈就好了。她告诉他，他们所拥有的只是天鹅的轻盈，而不是天鹅的生命，他们介于两种生命之间。他表达了歉意，并收回了自己说的话。那只是他疼痛时不经意间说的话，只要是血肉之躯就会有这样的感受。

进入梦乡，眼前的景物时而雪白，时而暗黑，时而血红，心跳得厉害。

有一片水域，在一棵倒下的大树之下，水面上是大树和绿色山丘的倒影。岸上长满了芦苇和香蒲，四只天鹅经常在那里躲避风雨。在一些光线的映衬下，这片水域绿意非凡，令人向往，让天鹅们不禁想起那个绿意盎然的来世。他们多么渴望能够手牵着手走进那个来世啊！

一天黄昏，男人在岸边钓鱼，四只天鹅漂浮在他身边的水面上。

姐姐问他："你所说的你的灵魂是什么意思？"

"真实的自我，我的灵魂和内在生命。"

"我们是天鹅吗？我们的灵魂，还有我们的真我，都在哪里？"

"我只知道所有生命都有灵魂。"

"我们拥有天鹅的身体,却没有天鹅的灵魂,或者天鹅的真我,甚至没有天鹅的生命或死亡。"

其他三只天鹅在较远的水面上,一个接一个地低下了头。

"无论身体是什么样子,都会有灵魂。"

"那么一旦死去就没有灵魂了吗?"

"怎么可能呢?"

听了这句话之后,她把头放在背后,就像在睡觉似的,她的脖子像一根长长的辫子,遮住了自己的眼睛。

"我是说,"长时间沉默后,他说道——如果她还在听的话,"死亡时,灵魂离开躯体并继续存在。"

她抬起头。"在哪里?以什么形式?"

"可爱的天鹅,我相信在来世,以幽灵的形式,在欢乐或痛苦中存在。"

"那个大钟是干什么用的?"

"呼唤人们祈祷,也可标记时间。"

"但你知道时间的!是你敲响它的。"

"它的声音——钟声,需要充斥在空气中。正如你们在高空飞翔时需要你们的声音一样。"

"它是一个,但我们是四个,我们可以互相为对方唱歌。"

"实际上，在我之前生活的地方，"他说，"石塔里有四口大钟和四个打钟人，他们轮流打钟以示时间的变化。"

"时间的变化？四个——敲钟声！"

现在她知道了，一切只是时间问题。

"给我讲讲书中那些生灵吧。"有一天她说，"它们穿着火焰般的长袍。我们以前从未见过，它们来自哪里？"

他微笑着。"我也无从得知。据我所知，肯定不在地狱里。"

"也不可能在天上，否则我们现在应该早已见到它们了。"她说。

"是的。"

"在我们看来，它们似乎是由火焰做的。"她说。

"应该有这样一种生命形式，或者曾经有过，或者人们这样说过，尽管这本书中没有提到。当它死后，会在一个金色蛋壳里重生，如果我没记错的话，就是在一个充满火焰的蛋壳里。"

"那不是一只鸟吗？"

"是的，是一只永生的火鸟。"

"诞生于火焰之中。"她低语道。

"恐怕是造物主头脑中的火焰，或者是他酒中的火焰。"

她瞟了他一眼。"你是说从造物主的骨血之蛋里孵化而出的?"他笑了笑,点点头。

后来,她神情凝重地将那个致命日子和血色丝裙的事情告诉了他。

"那一定是一件只适合皇后穿的衣服。"他说。

"它没有重量,只有红色光芒,就像日落时被火焰般光线包裹的湖泊。一旦穿上它,我就知道我找到了自己。"

"后来出了什么问题?"

"继母说我们应该去感谢我们的外公。半道上,她停下马车让我们在湖中嬉戏。然后,那个丑妖婆,她在湖上卷起一阵风暴,把我们几个都沉到了水里。然后,我们以天鹅的形态气喘吁吁地浮出水面。"

"那条丝裙呢?"

"它沉入了湖底里。"

"那你的继母呢?"

"变成了一个永恒的空气般或火焰般的幽灵,随风而去了。"

"我知道有这样的生命形式。他们有的残暴,有的善良。"

"她既不残暴,也不善良。她什么都不是,没有能力对你造成任何伤害。"

"我没有什么害怕的。我身边有我的上帝,我担心的是你。"

"我们唯一害怕的就是分离。"她说。

另一天,他突然问她那条丝裙是否价值连城,她说并不知道它的真正价值,只是穿上它感觉自己就像又多了一层皮肤似的。"非常轻,"她说,"重量几乎可以忽略不计,是一件轻柔的火焰般的丝裙。你要是能看到就好了。"

"真想看一眼这么精美的东西。"

"丝绸面料来自日出之地和黑暗之口之间的遥远之处,那是通向光明的地方。的确如此,而且丝裙就是在这里的某个岛屿上裁剪和缝制的,这里是我们母亲的出生地,也是她妹妹的出生地。"

"也许吧。但如果它是那个丑妖婆亲手做的……"

"不可能,你想错了,"她说,"她绝对不可能碰到其中哪怕一根丝线。她只能毁灭它。"

"这样看来,丝裙本身并没有问题,是吗?"

"它怎么会有问题?它是为爱制作的,也是以爱赠予的。"

"那将是一首怎样的歌,"他不容争辩地说,"血色丝裙之歌!"

"我告诉过你,它已经沉到湖底了。"她懊恼地说,"你为什么认为它会从水里出来唱歌给你听呢?"

他手里拿着念珠,微笑着不再说话。在他看来,血色丝裙已经这么做了。在他的脑海里,有一团红色火焰,就像那些神奇的火焰神兽当中的一种,那种长有双翼、华丽血红的生物,给他在福音书中点亮了道路。

在这里的某个岛上。她是这么说的。这里确实是她真正的故乡吗?

"你一定不是无缘无故地来到这里的。"一天,他又在湖边对自己说。"我们知道我是按照谁的旨意来这里的。有更高等的意志在这个世界发挥着作用,就像在天堂一样。如果是这样的话,那他为何不显灵呢?"

他闭上眼睛苦思冥想。"我相信,时间能够证明,他是显灵的。他的杰作就在我们身边,我们周围的一切只存在于他的意志之中。"他揉搓着念珠,"宇宙是他的手笔,是一本证明他的存在和他的意义的奥妙之书,而我们太过简单,没有希望能够读懂这本生命之书。"他犹豫了一下,然后抬起头,但她已经不见了。不,她在高处,他们四个都在,像风筝一样在高空滑翔。"难道我疯了吗?坐在这里对着一群天鹅诉说我的想法!"他想。像飞蛾从黑暗中孵化而出一样,四只天鹅仿佛是某一天从他福音书的页面上孵化出来似的——四位以带翅膀的动物形态显现的荣耀使徒。这是出于何等奇异的神灵之手呢？"也许他们本来就是天使，只是在不知不觉中堕落了。"他想，"天使，或堕落的天使。"他是否应该对他们保持警惕呢？但他马上摒弃了这个胆怯的想法。他们毫无恶意，也没有对他人造成丝毫伤害。他们只是被困在这里的孩子，即便堕落，也只是堕落到了他的手中。他的责任难道还不清晰吗？他的理由难道还不明确吗？他的做法难道不正确吗？所有这些都取决于他自己。

一旦他们变回原样，那么在他们奇怪的新眼里，这个世界将会多么奇异？

一天，男人正在翻阅那本小书，她从他的肩膀上方瞅了一眼，然后突然扭头，定睛看了起来。在那一页的顶角处有一个侧坐的男人，臂弯里有一个白色的鸟头，一只深褐色的眼睛凝视着外面，像在照镜子一样。

"他怀里抱的是什么？"

他端详了一会儿道："很难说。"但随后他明白了。

"是只天鹅！"他叫道。

"真是这样吗？这会不会是一个征兆？"

这么多年来，他从未注意到这个细节，而现在他被这幅图深深地吸引住了。这本书原本就是一个征兆，这是他唯一能解释的。

"肯定是的！"他说，"但解读征兆不是那么简单的事，其中可能会有迷惑或陷阱，神秘莫测。"

可那样的话，还算是征兆吗？但她还是坚持认为是的。他也这样认为，但具体是什么，他也没有头绪。

现在，在结束一天的工作后，只要不下雨，他都会在阳光下大声朗读那本书。他们会聚在一起听他朗读。有一天，她问他为什么要这样做，他回答说这是他的神告诉世界的一句话。

"一句话？"

"许多句组成一句。"

"你的神自己说给你听吗？"其中一个弟弟问道。

"给我以及那些能读懂这些文字的人。"他说，"或者，如果不能阅读文字的话，能读懂图片也可以。"

"你是怎样读懂的？"

"我并不是生来就什么都知道，我必须学习——所以这就是学习的作用！"他突然说。

"我们能学会吗？"

"能学会的，只要你们愿意。不过，这需要时间。"

"也会读懂这本书！"她说。

"有了神的恩典，我们能读懂它。"他回答道。

他对此深信不疑。于是，他们先从认识图片开始。其中有两幅图，天鹅们费解地看了很长时间，这对于他来说并不奇怪。一幅是母亲给孩子哺乳的情景；另一幅是四个有翅膀的生灵形象，其中一个是人类，其他三个是后腿直立、双眼斜视且目光呆滞的兽类。当四个脑袋在男人的肩上交会时，他转向了这幅图。

"这是四位在天堂受封的圣人。"他说。

一个弟弟说："他们凭借翅膀来到天堂。但只有一个是人类。"

"更确切地说，是人形生灵，他们都不是血肉之躯。这个是狮子外形。这个是一头牛的外形，看到牛脚了吗？最后这个是一只老鹰。"

"一只老鹰！"他们齐声叫道。

"他们是这样写的。"他得意地喊着。

"你知道他们吗？"

"那是很久以前的事了，他们是天堂里的魂灵。"他抬头看着天空，"这本书虽然是在你们被变成天鹅之后制成的，但它是我的教友们的复制品。"

"对于我们姐弟来说，我们现在读到的是一个早已失落的世界。"最年长的兄弟说。

他点点头："对于我来说，也是如此。"

夏末的一天，男人蹲在他第一次看到四只天鹅的湖湾处的灰色沙滩上，用一块尖石勾勒出她的轮廓。画面中的她仿佛飘浮在天空的热浪里，身后有一道尾波，前胸点缀了花纹,还有用细枝描画出的倒影。她转头看到了他。此刻,他正要抹平沙子,修正喙的角度,并描绘出带有黑边的眼睛。

她靠近了些。

"你在做什么?"

"你在沙地上的画像。"他说,"告诉我你在里面看到了什么。"

她身上滴着水珠,扭动着身子走了过来,在那个时辰特有的光线下凝视了很久。

"线条,还有涟漪。"她最后说。

"涟漪和需要进一步补充的轮廓。"他说,"但光线越来越暗。"

"补充什么?"

"翅膀。"

她现在明白了。"一只天鹅?"

"你在天上火红的湖水中漂浮的景象。"

然而,她用爪子将图画破坏,然后向着湖水狂飞而去。

"只有这些吗?"她的声音从他的头顶传来,"你看的只是这些吗?"

此刻,他看到了一只展开双翅、翼尖回卷的美妙绝伦的天鹅。当天最后的阳光仿佛被固定在那双翅膀里似的，每一处褶皱和每一根羽毛都像是用纯冰雕刻而成的。"啊，来自天堂的天使！"他在心中暗自惊叹。他羞愧地抹平沙子，甚至忘记了是因为什么。

第二天晚上，尽管天鹅们不见了踪影，但他仍然回到沙滩用尖石和树枝作画。连续一周的阴雨过后，当天鹅们再次在沙滩上空盘旋时，发现男人依然俯身在沙滩上专心画画；但只有她独自降落在他身边。

他微笑着抬起头。

"这次画的是什么？"她一边说着，一边打算飞走。

"你看一下。"

那是一个穿着长裙的女子，长发飘飘，双袖飞舞。

"还需补充。"他说，"给她赋予肉体。"

"还有眼睛。"她说。

作为回应，他画上了眼睛。

"哦，"她喊道，"如果你能看到真实的就好了！"

"我想我可能已经看到了。"

"我们必须得失去翅膀吗？那如何接受得了呢？"她心里嘀咕着。"但愿早日成真！"她大声道。

"阿门。"

我是一团炙热的透明火焰，却无法飞翔；我的内心住着女王，太阳就是她的宝座。

另一个薄雾朦胧的黄昏,在湖水的浅滩处,她问,"我们什么时候开始读'母亲与孩子'的那页?"他说只要她喜欢随时都可以,并问她是否还记得她的母亲。

"每当我闭上双眼,就会看到她通过一道阳光从天而降,浑身散发着耀眼的光芒,那光仿佛从她的体内发出,一半像空气,一半似血肉。有时我从睡梦中醒来,发现整个房间灯火通明,而她正俯身凝视着我,长发低垂。这些场景都是装在外壳里——破碎的外壳——的记忆,也是书中的图片。你呢?"

"据说我还是个婴儿时,一队从海上而来的强盗袭击了我们的村庄,他们烧杀抢掠,无恶不作。歹徒们的船队走远后,村庄里的大火和烟雾引起了远处一条小船的注意。小船上的人们赶忙来到村庄,帮忙埋葬死者。他们发现一个在死人堆里哇哇大哭的婴儿,虽然浑身血淋淋的,却安然无恙。那个婴儿就是我,是村里唯一的幸存者。"

"他们收养了你?"

"又多一张嘴,怎么养得起?甚至在村庄出事之前,他们自己就已经食不果腹了。他们把我带到了一座隐修院,那里的圣人们抚养了我,成为我的教父和教兄。"

她张开翅膀,把他搂住,将柔软丝滑的脸颊贴在他粗糙的脸颊上，好长一段时间他俩都无法说话。

"所以你重生了。"她说。

一天，他们独处时，他说："这一切可能并不是由那条丝裙引起的。"

"为什么不可能？"她正在阴凉处凝视着湖面上的倒影，被他的话惊得目瞪口呆。

"我的意思是，是什么让她进行了闪电般的袭击？"他说，"一切来得太突然了。"

"她确实这样做了。然而，咒语不可能像闪电般一下子就能被她掌握！湖边的族人告诉我们，除非在黑暗中长时间练习，否则不可能拥有这样的魔法。她是为了一条丝裙而把我们四个变成天鹅的吗？"

"我也不知道。"

"我们变成天鹅后，族人们告诉我们那其实是为我母亲准备的。"

现在轮到他目瞪口呆了。

"丝裙！"她说，"就是那条丝裙。"

男人踩出了一条通往黑色巨石的小路。一天，看到男人后，她在风中盘旋着准备降落。

"吓我一跳。"他说，"看看这个。你现在看到了什么？"

"你自己。还有一块石碑。"

他耐心地等着她发现那些线条。此刻,在斜阳的照射下,线条更加清晰。

"一幅画?张开的双臂——翅膀?一只天鹅?还有一个男人,是你吗?"

"是男人,但不是我本人。"

"哦,对了,还留着胡子呢。那么,他是谁?"

"他是我来到这里的全部理由。"隐士说。之后,他不再多说,转身对着石碑,打算继续干活。然而,画中人的姿势就像她疯狂的继母,她可不想就此作罢。

"你认识他?"

"他了解我更多一些。"

"他怎么了解你?"

"了解有很多种方式。"

"他还没有眼睛。"

"最后雕刻眼睛。"他说。

"我知道了。那他会复活吗?"

"他既活着,又死了。尽管他的肉体很久以前就死了,但他是永生的。"

她点点头。"那么,在另一个世界。就像那只永生的火鸟。"

她似乎明白了,不再追问。然而,他却不知所措,摇摇头看着她,无奈地摊开了双手。

"他是荣耀的王，是我全心全意信奉的神。"最后，他低语道。然后转身，继续凿刻。

她哑口无言。他是说他相信在这个世界上生命可以永生吗？这样的话，就有希望。他是说他石碑上的人是死的，但可以复活吗？他现在不再多说了，这再清楚不过了，而她必须等待，看看会发生什么。石碑上一旦有了眼睛，上面那个蛛网般的人影就能看见了吗？那样的话，他书中那些神兽不就从页面上腾空而起了嘛！除非有人待在石头里。或者，她想，除非在不知不觉中，这个世界已经发生了巨大的变化，就连石头也会苏醒，在地球上如人类一样行走。她希望这位隐士知道他在做什么。

那么，这是否就是即将到来的国王，那个即将解放他们的北方国王？否则，在这个遥远的海岸上，别的国王怎么能找到这里来呢？

她飞回去提醒弟弟们。虽然他们非常信任隐士，但他们必须提防这块即将变成一个阴森恐怖的人的石头。作为"阴森人"的创造者，隐士的命运掌握在他自己手中，但他们四个必须保持足够的警惕。

一天夜里，伴随着湖泊处传来的喧闹声，隐士在他的石屋里进入了梦乡。梦境中，壁炉里的余火不安地跳动着，然后突然变成一团活的火焰，轻盈地摆动着身体，溜到了他床边的地板上。那是一种生动而透明的无形之火，他不由得心跳加快。他扔掉盖在身上的兽皮，急切渴望能把它拉到床上，让其与他来一场赤裸的肉体与肉体、灵魂与灵魂的亲密接触。即便在梦中，他也知道它是爱他的，所以他不必害怕，唯有接受它的爱。他张开嘴，但无法说话，也动弹不得，就像是一块石头。他只能躺在那里凝视着，盼望着它过来，用它那蝙蝠翅膀般的火焰将他揽入怀中，任它为所欲为。尽管依然充满期待，但他感觉此情此景似乎以前就曾发生过，即便只是在梦中。在神秘的火焰生命形式形成的过程中，他的血肉之躯与火焰的生命形式神奇地融合在了一起。化身就是从神的形式降级到血肉之躯中——他仍然属于这一级，成为一个圣徒或一个生活在他自己创造的物质世界里的世俗之人。如果不是这样的话，那化身还能是什么呢？他听到自己喘着粗气，看到自己所处的险境，感受到由于太早醒来而被抛弃后的更加不堪忍受的危险。他脑海里的景象逐渐模糊，变成碎片，尽管他拼命想要拥有和抓住，直到最后，他的全身被它疯狂地包裹着，翻滚着，然后在一个无边的旋涡中被炙烤，发出噼噼啪啪的响声。当再次睁开眼时，天已大亮。他一丝不挂，独自躺在那里，内心极其平静，经过一夜的"献身"，他没有受到这个恶魔、天使或他一直崇拜的神的任何伤害。而且，如果它再来的话，他还将义无反顾地再次这样做。

终于开始读"母亲与孩子"那一页了。他们靠在一起，静静地凝视着他手里那本半开着的书，仿佛它是一扇门，让她有生以来第一次在脑海中看到了那件血色丝裙穿在身上的样子。她仿佛看到了丝裙面料是如何在祖父城堡里一个昏暗卧室的织机上像一张被风吹动的蛛网一样抖动的情景。那时她还小，或者尚未出生，而那丝裙甚至还没开始制作呢。

"圣母。"她最终开口，但几乎语无伦次，"红裙子。"

"在我们所有的教会书中都是这样描绘圣母的。"他说，"穿着朱红色的裙子，披着天蓝色的披风，头戴金环，她的儿子耶稣要么躺在她膝上，要么在她怀里吃奶。"

沉默。

"可我们的天鹅外表并不是一件可以自由穿脱的衣服。"她终于又开了口，是在对隐士说，也是在对弟弟们说，更是在对她自己说，"我们四个的肉体和骨骼被重新编组，裹在我们的天鹅外表里。"

没人回应。

"或者，至少对我们来说似乎一直是这样，但我们对咒语又了解多少呢?"她说。

此时,隐士正双膝跪地,对上帝的恩典、宽容和启示连连道谢。

又到了一年中的金秋时节。一场绵绵细雨过后,轻柔的浓雾和晶莹的露珠点缀在细密的蛛网间和蓬松的穗头上。睡莲花在缓慢节拍中再次张开又闭合。天鹅一次又一次地在湖面上振翅南飞,剩下的数量越来越少,但总有一些会留下来过冬。树木在阳光下闪闪发光,她再次看到每片叶子上缓慢燃起的火焰。叶子的"骨架"就像那只正忙着将一片树叶用丝线与一根光秃的细枝相连的红蜘蛛的骨架一样精细。在一棵至少与她同龄且树皮粗糙的巨树下,一些小蘑菇正在向上生长,像一只小天鹅似的顶着白色的头颈,只是没过几天就化为一坨黑色的烂泥,而其他细嫩的幼小蘑菇仍然闪着光芒,宛如脚下乳白色的牛奶珠。这是一个古老世界秋天的景象,时间和记忆仿佛都在这里消失了。她欣赏着这里的一切,就像第一次看到这样的美景似的。或者,是最后一次?他们怎样才能知道自己的时间到了?他们曾有两次突如其来的强烈冲动体验,一次指引着他们飞往荒凉海峡,另一次提示他们来到这些西部岛屿。最后这一次还会以这种在寂静中突然降临的方式进行吗？就像船夫们所说的，现在是潮水转向时的静水期。此时，那个咒语是不是即将走到尽头了呢？

在一个红金色的黄昏，平静的湖面和安静的天空都被染成了红金色，四只天鹅结束觅食后来到沙滩上他拉渔线的地方。"他们要宣布某个重大的事情。"他想。然而，当他们张开嘴时，却唱起了一首由多首歌曲交织而成的长歌。他可以清楚地听到那些回荡在寂静的夜空中和湖面上的歌词，却无法跟上那复杂多变且相互缠结的音乐节奏。他毫无心理准备，被这份突如其来的殊荣和特殊礼物惊得目瞪口呆，只能凝视着他们，竭尽所能地倾听。他辨认出九首歌曲，有时是一个在独唱，有时是另一个，有时是四个一起合唱，有时则独唱和合唱交织在一起。听着听着，他开始逐渐放松，慢慢进入了他们的爱情恋曲和天鹅之歌的美妙旋律中，而他却并不自知。当他们贴着水面溜走时，夜幕已经降临。在歌声的共鸣中，他们最后一次——如果他们知道的话——感到无比失落。在月光下，男人的双眼一直盯着四条银色的尾迹，看着它们逐渐变得越来越长。

当所有树木都已光秃——枝杈在白色天空和银色

水面的背景下像一张张蛛网——的时候，海面上不知从哪里突然冒出一丝红色亮光，接着几只小船便摇摆着出现在视线中。那是一支皮艇船队，上面载了很多人，其中领头的皮艇上飘扬着一面带着暗色阴影的红旗。看到这一景象，年龄最大的天鹅变成了女孩——虽然时间很短暂，红色的倒影出现在水面上，高空回荡着一个疯婆子的尖叫声。（自由啦！自由啦！）"国王终于来了，"她告诉弟弟们，"现在我们就要重获自由了。"

以为姐姐指的是他们的父王，弟弟们欣喜若狂；当看到一群陌生人的船只在岸边摇晃时，他们同时也感到莫名的失望。兄弟们从未亲耳听过继母最后的狂言疯语，只从姐姐那里听说过一些，而国王和他的人马在这里会做些什么，对他们来说是毫无意义的。当然，对于正在前去迎接访客的隐士来说也是如此。

隐士只听说过钟声的事，对北方国王这一情况一无所知，再说他并未在人群里看到国王，只看到一面旗帜和一群强壮的劫匪。于是，他在岸边停了下来，斥责他们不要对一座荒芜的岛屿和一个圣人肆意妄为，并命令他们离开。面对这个多毛的家伙和他滑稽的动作，他们面面相觑，咧嘴而笑。普通船员们谁也不知道天鹅的秘密，因为直到他们返回时也没有看到天鹅的影子，天鹅们却一直在观察着他们。此刻，大家聚集在石屋里，隐士发现确实需要国王及其新娘在解开咒语中发挥作用,大家对此都寄予厚望。碰巧,或者是命运使然,几天后,当整个船队在黄昏时悄无声息地再次造访时,领头的是一艘更加豪华的船,而船上正好有一位国王。

有人说,当北方国王从南方带走他的新娘时,曾经听过这个故事的新娘告诉国王,只有他把四只会说话的天鹅作为结婚礼物带到她面前,她才会考虑与他同床,因为新娘听到很多关于天鹅们唱歌的故事,都说他们能高声唱出超凡脱俗的歌曲,令所有听者惊为奇观;他们还说,尽管国王想做的是好好教训她一下,让她知道谁才是主人,但以后有的是时间来做这件事;与此同时,他得到口信,已经找到了这些天鹅的下落,他们得到了一个住在小石屋的孤岛隐士的怜悯和庇护。

那天晚上,当上次那群造访者赫然出现在门口时,从梦中惊醒的隐士感到非常愤慨。那些士兵穿着靴子,全副武装,并用灯笼把灯光打到他脸上。他毫不畏惧,弓着腰,双手紧紧抓住海豹皮做的门襟,不让对方进入小屋。然而,国王已经发现了他们的猎物,他告诉隐士,只要交出天鹅,就会保证他的安全。此时,士兵们已经逼近隐士身后,并发出恐怖的声音。故事里说,当时在火光的映衬下,四只天鹅的眼睛瞪得通红,他们不停地扇动着巨大的翅膀。隐士也伸出双臂试图阻拦,但是国王厉声斥责着将他推到一边，他的两名亲信则冲到四姐弟跟前，像猎狗追捕猎物一样同时扑了上去，试图通过控制翅膀将天鹅们压制住。然而，刚一接触，就听到一阵微弱且颤抖的尖叫声，就好像从很远的地方传来似的。只见四只天鹅身上所有的皮肤和羽毛都一次性脱落了，只剩下四个剥了皮的"骨肉架"站在那里，嘴巴张得大大的，没有牙齿。紧接着，他们两腿发软，栽倒在地。

国王吓了一跳，他愤怒地指责隐士，咆哮说自己已对天鹅施了咒语，不允许隐士解救他们，否则隐士将会付出惨痛的代价。

"我也可以假设自己有施这样咒语的能力。"隐士说，"你这样威胁我真的很不明智。你我都没有施咒语，而是被施了咒语的他们奇迹般地获得自由了。他们不会进入这样的世界，过这样的生活。愿上帝的旨意得以完成。"

"他们自由了吗？"国王嘲笑道。

"他们终于自由了，虽然并不是他们所预见的那样，也没有像他们所希望的那样。而且，并非出于我的意愿。"

"这并不是我的想法，是我的新娘非要让我办这件蠢事。"国王道，"另一个世界会唱歌的天鹅！你听过这种事吗?"他等待着对方的回应，但隐士跪在那里一言不发，陷入沉思。国王最终一无所获，除了几副空荡荡的兽皮！

"什么?"

"天鹅皮，伙计。作个见证。我不远千里来到这里，可不会两手空空回家。"

"那太远了吧，而且那几只天鹅已经消失了，一起消失的还有他们的所有歌声，他们本该在这里唱的。"隐士一边说着，一边咬着嘴唇用手比画着十字。四只羽毛稀疏的可怜天鹅对一个女人有什么好处呢？除非——愿天保佑——她是个女巫？"这些皮毛可能来自世界上任何一只老天鹅！你把她当傻瓜，她难道就不会知道了吗?"

国王皱了皱眉头。他知道，她确实有可能会这样认为。至于强占这些尸体，他心里大致有了底。

"来吧，现在。"隐士说道，"这里有一种更高等的力量在起作用，那是你我都不敢违抗的一种深不可测的力量。一切都结束了，不管以何种形式，它们都永远不会再活过来。如果你愿意，留下来吃点儿东西，休息一下，然后我们一起守夜吧，就我们两个。记住，你可以拿走他们现在还有价值的一切。"

很快，国王的手下就开始卸下行装，搭起帐篷，收集木材，准备生火。他们将野味串好放在烤架上，开始大口享用面包和烤肉，并把酒袋传来传去，很是惬意。虽然身处世界尽头，但他们至少可以在陆地上自由地歌唱、跳舞，然后打着呼噜入睡。他们邀请隐士加入，但他拒绝了，一来是他正在斋戒，二来是为了安静守护四位死者。

他们的眼睛一如既往地如水滴一样清澈，但他们的新面孔却空洞干瘪，仿佛在骨头上贴了一层薄纱，或一层浸了水的丝绸。怎么会变成这样？他用手挨个合上他们的眼睛。接着，用碗盛了一些黏土，把他们身体上的缝隙和漏洞一一堵好，然后擦洗双手，把污水从门口泼了出去。他非常遗憾，本应把他们的尸体清洗干净并摆放整齐的，但它们太脆弱了，经不起任何折腾，只能任由其僵硬地躺在一起，一丝不挂，甚至连一根头发都没有。他能做什么呢？他无法将那副陪伴他们历经漫长磨难的天鹅皮囊套回到他们身上，也找不到合适的裹尸布盖在他们身上。他的长袍？他皮艇上的风帆——他的命脉？这两个疯狂的想法都不可取。他也不会向国王讨要一块布料，即便国王在彻底悔悟的情况下——这怎么可能呢？——同意了，但他们被裹在国王的布料里是一件多么讽刺的事啊！毕竟，更高等的意志已经规定了这一点，这就是他们的最终化身。他所能做的就是顺其自然。这样想着，一股酸楚在他的喉咙里升腾，为曾经的所有希望和耐心，还有那永远逝去的时光！他抚摩着他们的新脸庞和脆弱的爪子——他们的手脚。他之前总能分辨出他们，现在却无法做到，除了她。干瘪的乳房、细长的腿骨和张得大大的嘴巴让曾经爱做梦的她看上去像个丑妖婆。"哦，比天鹅还要洁白。"他呻吟着。这种痛苦就像两眼间被重击了一拳，让他弯腰抱头，翻滚抽搐。"哦，适婚的年纪！"外面风平浪静，国王大声下令的声音让他回过神来。他匆忙擦去眼泪，蹲在灰烬旁，用力吹着，让炉火重新燃烧起来。

士兵们依然在晚餐场地喧闹欢腾，现场一片狼藉，到处是烧焦的骨头。国王走进挂着干鱼的石屋，同隐士一起坐在那里。炉火将国王的身影投到墙壁上，对面就是那四具可怕的尸体，他依然不敢相信他们已经死了。他们一丝不挂地躺在那里，身体已经扭曲变形，就像演出结束时被解开绳子的木偶。国王不寒而栗，转身背对着他们，所有的头发都竖了起来。隐士则唉声叹气，身上沾满了灰烬。他要给国王讲一个冗长的故事，说这个故事适合王后听。国王有些愁苦，但经历了漫长的一天后，他还是想尽力听他讲完，但由于他同手下一样尽情吃喝，很快就不由自主地打起盹儿来，鼾声不断，只剩下隐士依然对着他的念珠滔滔不绝。隐士十分清醒，他内心平静，但也保持警惕；今晚，他不会躺下，不会合眼，也不会让炉火熄灭。他手里拿着一根树枝，炉里的火焰已经啃噬到原木的中心。那些长满节疤和皱纹的木头，与其说是实物，不如说是火焰和阴影，更像是活木的幽灵。思绪再次回到他尚未讲完的故事：很久以前，另一个国王的几个孩子受了诅咒，而施咒的火妖婆也因其残忍的做法被抛向四面八方。小屋幽暗，温暖而通红。他身旁是他最亲近的人，他们的骨头多处开裂，但仍然披着羊皮纸一样细腻的皮肤。是的，他们的皮肤如此细腻，就连骨头的凹陷处都闪着光芒，就像安静下来的火堆里的余烬一样波光潋滟，映射在他酸痛的双眼之中。

黎明时分，国王被唤醒，同手下开始享用早餐。此时，他心里已经有了定论。那些天鹅其实只是隐士从别处随便找来的老乞丐，通过妖术和故弄玄虚的方式诱骗其附体到天鹅身上。毕竟，这些是隐士们惯用的伎俩，除非他疯了，相信自己编造的故事。一个持续了近千年的咒语！谁会相信？如果他们真是吓死的，那对他来说太不可思议了。但老奸巨猾的国王不露声色，他招呼隐士过来一起吃早餐，但被有斋戒要守的隐士再次拒绝。国王耸了耸肩。

"好吧，我看出来了，你是个坚定可靠的家伙。"他一边嚼着饭,一边说道,"你和别人一样,以自己的方式做到了脚踏实地。人们说,你们这些隐士虽然谨慎而固执,但终归是信守诺言的人,但你守在这里有什么好处呢?跟我回我的王国,把你的神圣之种撒在更肥沃的土地上吧。"

隐士只是他的神的忠实仆人,并不是别人的傻瓜,更不是用来弥补失去的四只会唱歌的天鹅的战利品。他再次忍住了怒火,礼貌地谢绝了国王的"盛情"。

"不着急,朋友,考虑一下。你那狗窝连狗都不适合住,还有什么好失去的呢?"

"在这里,我可以做我自己的仆人。"

"在那里,你可以做到既是你自己的仆人,又是你自己的主人,同时还对这个世界有所贡献。"

"无论身在何处,"隐士说,"我只是一个仆人,而不是任何人的主人,尤其不是我自己的主人,我要侍奉我的神。这是我的神指引我前来播种的地方,我将顺从他的意志,继续留在这里。"

"如果我还有点儿头脑,"国王咆哮道,"我们两个最好有一个还有头脑,我该做的就是亲自动手,把你扔进舱底,这是为你好。"

隐士苦笑了一下。"这样做确实有很多好处。"

国王站起身,低声咕哝着:"昨晚,你说他们唱歌了？"

"唱歌？"隐士缓缓地摇了摇头，拉长的脸上带着傻傻的笑容。

国王受够了。一边嘀咕着，一边收拾行装，率领人马踏上了颠簸、漫长且潮湿的海上归途。空手而归的他情绪低落，根本没有期待见到新娘的心情。

他怎么会知道？隐士看着船只一个接一个地摇摆着经过黑色巨石，然后渐渐消失在视线之外。他是怎么知道的？他派遣了间谍四处收集情报？还是在大海上安置了一条瞭望的小船，让那个本无害人之心的渔夫在捕鱼后顺着潮汐溜走，将秘密卖掉以换取更多的利益？或者是定期来往于这个海岛的某个船夫——他的隐士同僚中信仰最不坚定的那个——被贿赂了？世界上总会有这样的裂缝和缺陷，总会有人为了银子出卖灵魂，只要有一个就足够了。然而，谁会知道这个秘密呢？他自己从未告诉过任何人，也没有留下天鹅们的任何痕迹。每当有船只驶近时，天鹅们总会消失不见。令人懊恼的是，他永远无法知道是谁背叛了自己，无论背叛者多么频繁地和大家一起兴致勃勃地扬帆归去，他都会伪装得严严实实。"他的罪孽与我无关，"隐士安慰自己，"只是因为他，我比以往任何时候都孤独。我失去了一条我曾经拥有却从不自知的生命线。也许只是一个人背叛了我的信任，或者，可能有很多人，这样可就麻烦啦。从现在开始，我的世界一片黑暗，我再也没有可信任的人。"

"没有人？"他用手在胸前比画了一个十字，马上改口道，"不是这样。我信任你。愿你的旨意成全。"

现在，在潮湿且土地松软的上午，整个岛屿上只有他一个人。经过大钟时，他尽自己的心意将其敲响；他为他们挖一个泥泞的坟墓，让其面朝东方——他们出生之地的太阳。终于，他可以一个接一个地将他们抱在怀中。他们身体赤裸，就像来到这个世界时一样；尽管年龄深不可测，但他们仍然和儿时一样矮小。他小心翼翼地将每一颗头颅捧在手中，鼻子里弥漫着阵阵霉变的气味，他深知那是头骨里散发出的气味。他来到坟墓边，墓坑里充满了水坑、天空的倒影和他自己的影子。他双膝跪地，俯下身子，把每个孩子都面朝上放进坟墓，然后不停地为他们祈祷。他突发灵感，从橡树上折下两根带叶的细枝，将其捆扎成十字架的形状放在他们身上，成为他们永恒的生命之树。最后，他将四把泥土撒入墓坑，每人一把。做完这一切后，他喘着粗气，将坟墓填平，再用铁锹拍打，然后将一块布满绿色和金色地衣的巨大平石压在上面，使之与大地融为一体，虽闪着亮光，却无法辨别。最后，他将枯叶撒在上面。羽毛般的褐色枯叶、散落的蜗牛壳和珍珠般的蘑菇，以及泥土下树叶的腐殖质，所有这些，即便在他自己的眼中，也像是一片从未被开挖过的土地。

他把那些天鹅皮囊收拾好，将其中三张裹在另一张里——就像他们活着的时候经常做的那样，折叠成一只巨大的四头八翼的纹章鸟，再紧紧捆在一起。然后，他背着它们走向海滩。它们几乎没有重量，这也是好事。此时，已是一天的尽头，太阳几乎落到了大海的边缘，雨早已停了，只有寂静的树林里依然传来轻柔的嘀嗒声。他解开绳子，带着无比悲痛的心情将它们抛入波涛之中。不大一会儿，它们便舒展、散开了。他那四个可怜天鹅的皮囊！他拨弄着念珠，站在那里看着它们随着海浪起伏，直到消失在地平线的迷雾中。

只是在视线的某个角落，残存着一簇火红的碎片，可能是一只火鸟，抑或是一缕霞光。

当他拖着疲惫的身子往家走的时候，四周已经雾气蒙蒙。没过多久，他前面的路便浓雾弥漫，宛如无边的乳白色牛奶湖，而他的靴子正在渐渐隐去。脚下的雾越来越浓，越来越深，仿佛整个世界都在往下沉，而他则行走在云端。头顶的夜空清澈而幽深，每经过一个地标处，他总是鬼使神差地期待那些天鹅能一如既往地出现。对于所发生的一切，无论是好是坏，心里接受起来总会慢一个节拍。因此，过去似乎依然没有成为过去，依然在一遍又一遍地提醒着他那无法挽回的损失。对他来说，每一个黑夜都将是充满幽灵的梦魇，每一个白天都将是一片荒漠，现在的他就像一个被施了咒语的流放者，一如曾经的他们。每当敲钟或打开圣书时，他总会想起他们；无论行走在海岛的哪个地方，他总会突然感到一丝兴奋和宽慰，因为所有的沙沙作响声、响亮的俯冲声、飞溅的白色水花、睡莲上飘落的羽毛，以及蓝天中的十字架，最多不过是一只飞鸟的"作品"，根本无法超越四只天鹅。他们是令人惊叹的传奇！归根结底，他们是那唯一的神的杰作。虽然知道他们的创造者肯定已将他们纳入庇护之下，而且他们正在享福，但他依然保留着一颗血肉之心，尽管它已成为一块冰冷的石头。但愿它一直如此。

太阳已在背后陨落，星星和月亮依然照他前行。

这是一座充满迷雾、幻觉、幻影和显灵的海岛，是一个故事情节会像云朵一样松散多变的世界。有人说，不管怎样，北方国王确实带走了天鹅，把他们关在他的宫廷里，但他们始终保持沉默，最终新娘并未与其同床；有人说，国王用武力夺取了天鹅皮囊；还有人说，隐士用天鹅皮做成了寿衣，它们最终被埋进了绿色坟墓；还有人认为，咒语刚一解除，天鹅们就在原地彻底消失，羽毛、血肉和骨头都化为尘土了。

有人认为，天鹅们把他们的漫长故事讲给了隐士听，由于他们已经很久没有说话或需要说话了，所以说得结结巴巴，一只停下来，另一只接着说；隐士还让他们唱歌，这对他们来说非常轻松，石屋里飘满了歌声，那旋律如溪水般自由流淌，像石屋里的火光般自由；他告诉他们，对他来说，那歌声让他预先体验到了天国的美妙，如果让他猜的话，对他们来说也是如此。还有人坚持认为，隐士本可以教会天鹅们向那位将他们五个聚在一起的上帝祈祷，并给他们洗礼——无论以天鹅的形式还是以他们真正的生命形式，这样的话，他们的身体在死亡之前或之后就不会像木乃伊一样干瘪；他用来洗礼的泉水，虽然极少，但那是受过赐福的圣水，其能力比从东方到西方的所有湖泊和海洋中的水都要强大；而且，尽管他们和我们所有人一样都会化为尘土，但他们的灵魂仍与天堂的圣者同在，而隐士就是其中之一。

另一些人认为，隐士的钟声——这片土地上从未有过的声音，更可能是打破女巫咒语的主因，并非某个无名小国国王的突然造访。还有一些人认为，天鹅可能对隐士的善意表示了感谢，但告诉他，他们是来自另一个时代的迷失孩子，在他们眼里，天堂属于他们儿时的那个绿色时代；尽管隐士在他们眼里既是兄弟又是亲密无间的朋友，但由于害怕圣水会永远将他们与亲人隔离，所以他们无法接受洗礼，并且通过自身不懈的内在力量，最终回到绿色家园与所爱家人共度幸福时光，或者回到了他们祖先位于海底的永恒之家。

由于这么多年来从未挖掘到他们的任何遗物，有人推断隐士并没有将他们埋在这个荒芜的海岛上，而是将其葬在了大海里，或者这个海岛上某个湖泊的深潭里，或者干脆埋在了大陆上，这样就不会有人打扰到他们的尸骨了；或者，他是以一种狡猾的方式故意这么说的，以确保没有人来挖掘。还有一些教友——并不属于隐士自己古老教会的成员——坚持认为，不管他们当时是活着还是已经死了，隐士最好是将他们葬于他的火海之中，因为他们蛊惑了他，是他罪过的始作俑者。无论如何，他发誓始终保持缄默。人们说他从未离开过海岛，在那里度过了充满忏悔的一生，在石屋里睡觉，同太阳一起起床，按时敲钟，空闲时在那块高耸的黑色巨石上凿刻出上帝神圣的躯体和面容，使之成为一座纪念碑。有些人甚至声称曾登上过那座海岛，并发现一块巨石下面有四个光滑的圆石——也或许是颅骨或蛋壳，巨石上面雕刻着一个带有光轮的隐士，双臂张开，凝视大海。

有人说，他们曾划船绕着那些海岸和海岛转来转去，但从未发现这样一个有着小海湾、湖泊和绝壁的海岛，更不用说隐士的大钟、石屋——无论是完整的还是残破的——或刻有神像的高耸巨石。或许正如另一些人所说的那样，岛屿总是在不断变化，也许那个海岛早已消失。还有很多人并不关注那个海岛是否存在，而是认为就在隐士死去并在遥远东方的金色殿堂放弃灵魂而获得永生的那天，旧世界就终结了；他的死亡打破了那个咒语和其他所有类似的邪咒；而早在隐士出生之前，四只天鹅就已死于深不可测的高龄并化为尘土，所以他们的命运从未有过交集。

还有人甚至认为，在西部任何海岛上都未曾有过这样的恶毒咒语或圣洁隐士。他们坚信，继母亲手刺死或淹死了孩子们，或两者兼有，孩子们的尸体连同衣物一起漂到湖中，沉入水底，直至今天，他们依然沉在湖底的淤泥中。继母因罪孽深重，被抓后处死，尸体被投入火中。

根据从一位极为久远的国王那里流传下来并在许多孤独的壁炉旁讲述了无数年的故事的说法，有人坚持认为，不管隐士自己是否知道，就像他们中的许多人一样，他其实就是一个可怜但并无恶意的疯子，被迫用幻觉、忧伤、歌曲和天使的影子来充实自己乏味的流放生活。

那片水域留下了他们永久的印迹。直到今天，在他们化为天鹅的那个湖泊中依然有他们存在的迹象。每当湖面披上红色霞光，甚至在正午的强光中，如果你有这样的法眼，就会时不时地看到他们在水面上游动，时而溅起一片水花，时而泛起一阵涟漪，湖面上荡漾着他们自己或空中云朵的倒影。这样的景象在夏末和初秋时节尤为清晰。夏末，空中白云低垂，湖面则是另一个天空，二者交相辉映。如镜子般平静的湖面铺满了白色云彩，只有边缘被一层温热的绿色包裹。此时，你或许会瞥见一个快速闪过的侧影、一只鹅腿、一根镀金丝线，或者一股深藏在水下的鲜血，一闪即逝。如果你进入浅滩，穿过呈环状从你身边流过的湖水，来到长满天鹅绒般水草的湖边，像曾经的她一样潜入水下，看看玻璃般的水面上是否真的已经没有了她的印迹。玻璃般的湖面被你打破，当一切都安静下来后又恢复如初。虽然它就在眼前，却永远无法触及。

如果你能明辨是非，最好远离深水。

岁月如梭，夏去秋来。海岸周围树木上最后的叶子被晚霞点燃，闪着金光，一些已经卷曲的叶子成为蜘蛛们的藏身之地。潮湿温润的树林仿佛来自另一个世界，林间的蘑菇长得正旺，它们大小不一，形状各异，如肌肤，如嘴唇，如耳垂，每一个都是凝固的火焰。海岛上的所有东西——扇贝壳、珊瑚、海胆、田螺、海绵和水母、花瓣、宝石、毡帽、圆顶、铃铛、珍珠、月石、蛇头、飞蛾翅膀，以及常青藤和落叶中的血色碎布和红色丝绸，都在快速变化，快速出现，又更快速地隐退。每一场秋雨过后，湖水就会涌动上涨，在阴影的映衬下，无论是天空，还是湖水，都是一片深蓝，深不可测。

这些雪花、睡莲，还有天鹅，为何消逝得如此之快

我迷失在深渊里，弄丢了我的血色丝裙，也找不到另一个自我

湖泊见证了一切，但它总是保持警惕

水莲的花瓣在湖面上缓慢地张开又闭合

一只天鹅在水面上游动，漂浮在被淹没的过往和阴影之上

白昼之火将我从深渊里救赎，透明的湖面如肌肤般丝滑

白色湖面上留下四道尾波，半空中出现了八只扇动的翅膀，我们是天上的云朵

我们是高空中的黑点，是半明半暗湖水中的白莲

我们是通往大海的路径，是上升的圆月和落山的太阳的尾波

血 舌

啊

我

浴血重生 我是你耳边 滚烫的声音 啊 听听我的声音吧 我是一只火眼 是深渊里的一颗宝石 是无尽黑暗中的一缕生机 我是冥府里的幽灵

啊，成为完整的血肉——即使现在只是一个干枯的空洞

筋疲力尽 钻进大地深处

洞中没有泥土 只有石头

洞穴向下蜿蜒

烟火翻腾 云迷雾锁

更深处岩石熔化 火海翻腾

火光如雷 喷涌而出

只有在这洞穴上层 才能看见

一缕亮光闪过，岩浆如鲜血般渗出

长长的血线向我奔来

一如深扎的根

却又在半空断开

最终变成不朽的石头
又像涓涓甘泉
从肿胀的岩石乳头落下
当我闭上嘴巴
一滴，一滴，又一滴
通过干涸的岩石被吸吮
在这个日夜交替的世间
因为只有死者的鲜血才能流淌至此
清水早已迷失了方向

我伫立不前 屏住呼吸
我曾在光明中行走
我看到蜘蛛网在阳光下伸展 在雨水中发光

我所去之处只有风与水可以到达 只有大地上的一片阴凉可以驻足

我知道鲜活的血液如何在坚硬的血管里流淌 它比阳光稀有 比黄金珍贵 是血液让人睁开双眼 张开嘴巴

我知道 我们也有些人渴求思想、言论和表现力 但这些靠水——淡水 是得不到的 只有血液才能给予

当岩石乳头中涌出血液时 死者终于能够吮吸 开始诉说或倾听

终于看见了自己 看见了我们彼此
哪怕光线微弱 视线模糊
一个涡流,一片寂静,一阵膨胀——
如同被捕的海蜘蛛
在渔灯下迷失
在黑暗的水中猛烈地扭动着它的肢体

请记住 我 就是我所知道的 我

  我知道 在我生活的时代 一心要发动战争的人编织了一张巨大的战争之网 将它撒向世界的岛屿和汹涌的海洋
  那场战争 全是为了那个荡妇 那个误入歧途的女人 一切都是因为她 用成群亡灵的鲜血浸染的筋骨和头发编织了裹尸布

  我的鲜血 编织了一个女儿 而她的鲜血 编织了一张厚网

  我的意愿就是在岩洞的灯光下秘密编织一张丝网,然后把它搁置在那里,年复一年地收集灰尘。用来火葬的柴堆也在年复一年地等待,一座座柴塔在山顶与山顶、岛屿与岛屿之间夜以继日地守望，跨过大海，到达东方的高墙之城，那里有另一座柴塔正在等待时机。秋天到来，火焰开始欢呼雀跃，火带在海面上飘动，像一座火桥，在狂风的吹拂下，蜿蜒曲折地爬上一座座峭壁，向大陆延伸，最终点燃了我所在的峭壁——蜘蛛崖。接着，油灯的队伍从一个海岸延伸到另一个海岸，一盏接一盏的油灯被点亮。我们的街道在骚动中沸腾，热闹非凡。我们的万王之王正在凯旋的路上，再次回到他的王后与她的秘密丝网的旁边。那个丝网究竟秘密地生长了多久？在她的岩洞里，她把它展开，像一张丝绸之帆，正适合万王之王的黑色帆船，让风把它吹满，迎风飘扬。不过，他自己也能将其填满，并且正合适、贴身，因为它是用蛛丝缝制的，袖子和身体缝得紧密，肉眼甚至无法分辨，这样，就可以做他的裹尸布了。她试了试，她确实这么做了，这位女王正在等待国王的归来，她抚摸着它长长的侧翼，将它无法分辨的手臂高高举起。我们听说有一位女王，她在战争中度过了多年时光，白天编织，晚上解开这裹尸布。我没有那样做，我一直都在编织。

只有 我 是 有 耐 心 的 人

只有他配得上那块布,它正符合神灵的心意,让他倒在自己的血泊中。他不配作为归乡的国王踏上这片光秃秃的土地。对他来说,她不仅是一个穿着深红色衣服的女王或妻子,而是一个火精灵,她在这块布的另一端等待着,从入口之处一直跑到大门,舌头从石缝中伸出来。我们至高无上的国王不该受到如此惩罚,他的战船顺风而下,沿着赤红的道路向东行驶,而这风是用鲜血以不公正的方式换来的,并不是他可以讨价还价的。但愿他能伴随着七弦琴和凯旋的圣歌,赤脚踩在血红色的丝绸上。但愿人群的咆哮声响彻他的耳畔,淹没那些失去亲人的女人的尖叫声。她们活着,就是为了那些黑色的船把她们的父亲、丈夫和儿子带回家,可是她们直到现在才知道,他们早已被国王的战争带走,湮没在尘土和灰烬中。听听他们对他的诅咒。看看他如何从阳光中大步走向阴暗的大门。大门两侧矗立着两只石狮,是两只母狮吗?抑或是一只母狮和她的镜像?

我是最后的灯塔 我干涸的心燃起熊熊火焰 我的时刻即将到来 我要回到自己的世界去战斗 肢解死敌

他的荡妇,那个粗野的女人,披头散发地从他的战车上跌了下来,发出刺耳的尖叫声。我对她说:"你用绝唱掩盖了你高贵的出身,在你沦为我们国王的牺牲品之前,你也曾是其他国王的女儿。"她说:"陛下,你掩盖的是什么?"

她的嘴里充满了鲜血。陛下有陛下的本分,我不会降低身份与奴隶争辩。

当我解开他散发着船舱臭味的衣服时,浴池里的水已经很低了。他轻叹一声滑入水中,闭上了眼睛。我抛出了我编织的深红色的网。它落下并散开,将其紧紧缠住。随着一声怒吼,他胡乱地挥舞着拳头,但都落在我缝制的袖子里,而袖口早已被牢牢缝死。操弄梭子的我此时已经拿起双斧,斧头犹如一只青铜色的蝴蝶,直直落下。我借鉴了精湛的蜘蛛工艺,将网编织成环状,使其牢不可破。让他尽情地捶打咆哮吧,被高贵的丝绸堵住了嘴巴,困住了手脚,他从浴池的避风港中被抛入了隐匿之处。

浴池的波浪向我袭来。我俩立刻被我编织的网和他在水中挣扎流血形成的层层叠加的深红色所包裹。受到如此惊吓,他一会儿萎缩成一团,一会儿又猛扑几下,一会儿收缩变小,一会儿又肿胀变大。当章鱼紧紧抓住岩石或海底时,会呈现出岩石或海底苍白的颜色;当他在大理石浴池里跌跌撞撞地被淹没时也是如此,全身像大理石一样惨白。最终,他停止了挣扎,安静下来。我舔了舔自己的嘴唇，咸咸的，然后俯下身子，用双手捧起这鲜血，这美酒，这水，痛快地将其送入嘴里。这是生命之水，也是死亡之水。而我，则独自待在旁边，脸上映衬着通红的火光，还有鲜血的光芒。

火光还在岩壁上摇曳，那是他在浴水中翻腾拍打时泛起的漩涡展开的光影。这里的水正适合一个血洗了一座城市的国王享受他应得的宁静。他现在享受的，不是血色红酒，而是他自己的热血。带着张开的嘴巴和开阔的伤口，他被奴隶们抬上棺椁送往陵墓，只是并未走那条他凯旋时踩过的铺着如血舌般的红色丝绸的路，而他的王后也穿着同样高贵的礼服走在棺椁旁边。他惹得一群流浪狗在他棺椁后面嘶吼哀鸣。

我的身形模糊难辨　不再是血肉之躯　而是黑暗之躯黯淡无光　又如一条鳗鱼般弯曲的倒影

于是，我终于明白了嗜血的欲望，终于明白了是什么魔咒让我们的士兵在城墙之下长久等待。于是，当我目睹大祭司砍杀我的宝贝，当他的精液喷射到她的丝裙和皮肤上时，我浑身痉挛，身体僵直。

他们日复一日地待在那里，等待顺风，但他们拥有的只有一阵黑暗的风，阻挡了他们前往海上那座遥远的城市。先知提出了一个办法，那就是找到一个祭品，献给这个地方最伟大的女神，那是国王最昂贵的赎金，她是国王的女儿，让她被残忍地杀害，而所谓的英雄们却在搁浅的船只旁喝酒、淫荡、嬉戏。他们从未因为一个女人而被束缚在战争中。都是骗子。对他们来说，她算什么？我的妹妹？还是我的女儿？他们为了杀戮而来，为了掠夺和黄金而来，为奴隶而来，为篝火而来，为狂欢而来，为血流成河而来。

女儿的首次血液献给了他。万王之王。伟大的王啊，竟然策划杀害自己的孩子，他的第一个亲生孩子。哦，多么光彩的全盛时刻。这是她的第一滴血。她躺在自己丝绸般的鲜血中，像是穿了一件血衣，从头到尾都是深红色的，不仅仅是新婚之夜在床单上溅出的血斑，证明纯洁，她必须全身都是红色的。他用谎言，把她的心脏之血洒在祭坛之石上。这是恶名昭彰的证据。

一旦风向改变——注定会改变，他们就没有时间可浪费了。最终，风向变了，国王的好运来了，他们迅速登船，顷刻便消失在海上。他一句话也没说就走了。

我跑向神殿，但他们挡住了我的去路。他们说她是女神的猎物，并且不肯告诉我他们把她放在了哪里。

我试图跑过去，他们把我脸朝下摁在尘土里。我不能见她。难道他们对她为所欲为后，她就不适合被看到了吗？

他们是不是吸干了她的血，把她烧死在神圣的柴堆上，贪婪地吃掉了她的肉？除了他们的内脏，她就没有葬身之地了吗？除了我的哀悼，难道没有别人为她哭泣吗？他为什么能得到他所拒绝给予的东西？

时间一到，死神会带走一切，即使是至高无上的国王也不例外。那么她为什么不在幽灵之中呢？是变成了死神的新娘吗？她是否在血肉之中重生，行走在这片土地上，含泪流亡至今？抑或是她和诸神在一起？是哪些神呢？他们又在哪里？对着那些青面獠牙的复仇者，那些黑猎犬，那些女巫，我呼唤着正义，但只有当我唯一的儿子让我鲜血奔流之际，他们才嗜血而至。他们也都死了吗？成为自己的鬼魂？鬼魂是什么？不过是虚无、回声，是投射在水中、空气中和心灵的眼睛的倒影，是洞穴里阴风的气息。无论如何，只要喝一口温热的血液，我们就会重生。一旦没了生命，就再也不会拥有。我们怎么知道我们现在和过去是什么？活着的人知道吗？众神知道吗？

活着的人如果不只是骨头上的一片组织，还能是什么？所以很快就被毁灭了。

至于众神，古老的传说和祭司都说有光明之神、黑暗之神、雷霆之神、海洋之神和天空之神，还有一个咆哮着嗜血的月亮女神。我知道这些传说和祭司。女祭司。施咒者。光天化日之下的杀人犯。

关于我的消息比我先到这里。在新娘的囚车里，我独自一人愤怒和悲伤，从城市里的女人们身边颤颤巍巍而过，无论是年轻的还是年老的，她们每个人都有一个在船上的男人，她正为他的生命而焦虑担心。像往常一样，我目视前方，不左顾右盼，我是一块大理石，是一尊宝座上的雕像。我从马上下来，派人去圣殿，下达了命令，锁上城堡的所有大门，准备赴死。

但是，即使是这些巨大的城墙也阻挡不了哀悼的浪潮，也阻挡不了悲伤的妇女的意志。当我的声音嘶哑到停顿时，其他人接过我的呐喊，开始哭喊起来，女人呼唤黑船上的男人，呼唤我，呼唤孩子，呼唤妹妹，呼唤女儿，呼唤母亲，让我们进去，直到我崩溃，我不得不让步，张开双臂，推开大门。

她们像是一个女人，也是我自己的形象，拍打着翅膀，黑压压地涌进来，凝结着淤泥和血浆的碎头发遮住了她们的面孔，她们拖来一具用新鲜的绿色月桂树枝搭成的灵柩，放下灵柩，在上面摆放了一个白色的枕头、一个花环和一件不成形的礼服。

我们把一堆煮熟的小麦种分给众人，麦种上点缀着石榴籽，就像流着血的伤口，我们倒出美酒，祭奠亡灵，手拉手围着灵柩跳舞，为她哭泣，灵柩周围是熊熊燃烧的火炬，火光冲天，浓烟弥漫。我们高耸的影子开始倾斜下弯，然后一个接一个将头发剪下，将其披在她外露的肩膀上，并亲吻枕头上那个幽灵般的额头。一个名字。我们呼唤着她的名字，让她回家，在所有的哀悼词中编入她的名字。（对我而言，这是一个如同她本人一样将会永远失去的名字！我还要苦饮多少血泪才能想起她的名字？）只有我没有头发可剪，因为在她死亡时我就剪掉了自己浓密的头发，任其在神殿的残垣断壁和可怕的浊浪中随风飘动。

于是，她在自己的房间里安息了。我们并没有将她的尸体用美酒和香油沐浴，也没有用红色丝绸像蚕蛹一样将其缠绕包裹，做成她的坟墓。在这种情况下，如果说我们的守灵只是嘲讽般地走走过场，那么对于我和这里的其他人——这些不请自来的人，这些异口同声地表达哀思的人，还有这些来自城市的女人——除了在我们内心的空洞中点燃对她命运的愤怒之火去填满墓穴，还能做些什么呢？

啊 香消玉殒了！啊！尚未出嫁且并未安葬的女儿

船只靠岸前,我的国王丈夫的一位族人——同时也是敌人,也有自己的血仇要报——就跟在我的身后。他来回走个不停,却从未敢踏足这里,只是在石头通道的拐角处徘徊等待,他的阳物高高耸起,我的正午情人,拥有野山羊般的眼睛、笑声和难闻的体味。"我要得到你,"他说,"否则就去死。"他做到了,确实死了。

我编织的网是一个宽大的蜂巢,在波光粼粼的火红水面上展开。在阴魂笼罩下,他躺在那里,奄奄一息,停止了挣扎。"他死得缓慢而庄严,"我说。耐心是我们这些编织者骨子里与生俱来的东西,我们姐妹俩同孪生一般,如果我们的奶妈讲的故事是真的,那我们就是天鹅的女儿,我们的妈妈就是这么教我们的。

在另一个城市,我的妹妹年复一年地编织着一张战争之网,就像我一样,只不过她在城市塔楼上的宽大织布机上编织,而战火已经烧到了城下。她的网在灰烬中化为乌有,她也本该落得如此下场。除非她把自己裹在网的褶皱里,和她的绿帽子奸夫悠闲地躺在床上?而我把我的网埋在石头里,让其安息。

那些鲜血淋漓的人,无论是死是活,也加入我们中间。他们掉入裂口和缝隙,进入一座石头坟墓,鲜血随之流淌下来。血可以变成石头，也可以在石头中孕育，然后从黄金般细腻的血管中被吮吸出来。石头形成了长矛，垂下来，变长，滴着血。语言的力量是一根石柱，浸满山羊、马、蛇、蜥蜴或那些被压垮、屠杀、倒下的人的鲜血。是命运——而不是我——将它们放在石头边缘的薄壳上，通过屋顶的缝隙滴落到这些有棱纹的圣器上。

我曾经有过一个母亲，也曾有过一个女儿。她是我年轻时的自己，我的镜像，我的心肝宝贝。他们把她怎么了？没有人会说出来。骨头、脂肪和毛皮都献给神，先知说。除了他，还有谁能享用这些残羹剩饭呢？先知，为神灵代言的智者，他为所欲为，心怀叵测。

至于她的父亲，他的内脏裸露在外，暴晒于阳光下，在他的肚子里，曾经装过几代人的鲜血。他吞噬了整座城市，直至城市被血洗，被烧成了灰烬。这对你来说是一种净化。那天狂风大作，吹走了他的鲜血和污秽，乌鸦发出刺耳的尖叫，秃鹰扑腾着翅膀，狗嗷嗷狂吠着、咆哮着，为他唱响了安息之歌。他的坟墓可以等待。它们大快朵颐地享受这盛宴，普通百姓都捂着鼻子与嘴巴。

他就在这里，我们至高无上的王。没有一个英雄敢舔石头长矛，尤其是他。他是一缕青烟，是空气中的涟漪，无声无息，就像飞蛾在橄榄丛中飞舞，飘荡着尘埃，一片寂静。战争是他活着的理由，而战争的理由是什么？一座城市被洗劫、纵火，人们被谋杀、强奸，为了什么？就是为他那个被戴绿帽子的兄弟报仇。他和我妹妹生了一个女儿。为什么不选他们的女儿？还有谁比他们的女儿更适合被献祭？为什么是我们的女儿？先知这么说，国王也这么说，"她是我的，我有权处置她，这是作为父亲和国王的权利。"难道一座城市的价值还不如一个多余的女儿吗？他还有其他女儿，而且可以再生。他有这个权利。他避开血流如注的石矛，因为每一滴血都令他恐惧，他受够了鲜血与语言，可是为时已晚。

我 不是我 名字已丢失 随着已故的女儿一同离去 全都消失了 她叫什么名字？我的名字是什么？既然是血肉之躯 名字又有什么关系呢？去哪儿又去向谁打听她的消息呢？如果我只知道她的名字 那需要太多的血 那就这样吧 我没有杀人的能力 我亲吻过的嘴唇没有伤口 我只是在漫游 在寻找

在充满鬼魂的死亡世界里，我所寻找的只是一个名字，一个影子，一个我心中的孩子。这就是我的全部请求。他们就在这里，熙熙攘攘，无影无踪。她在哪里？我的长女，她一直都爱着我，很多年前她去世时却相信我与她的死有关。

　　声音 在虚空中飘荡 声音 随洞穴之风缥缈 远远地捕捉到 有一个名字 不 谁的母亲 失去母亲的 有母亲的 失去母亲的凶手

　　啊，在石阶转角处托架上燃烧的高高的红色火焰的映衬下，他如一头漂亮的年轻雄鹿般横冲直撞。我追随着他奔跑的身影，来到他藏身的地方，在阳光下，在岩石间，在一片凉爽的空地上，美丽的橄榄树荫下蝉声嘶鸣，海水被下午的阳光染得黯淡。在那里，他撕开我的裙子，把一根手指伸进我毛茸茸的私处，然后又伸进另一根，他的影子冰冷地覆盖着我。在橄榄树林里的日子，银光闪闪，皮肤和头发上带着咸味，在炎热的天空下，这是一次享受自由、遗忘和长眠的好时光。在婚床和新娘浴室里，他一次又一次地和我做爱，我那蓬头垢面的山羊男。那是我生命中的秋天，我的佳酿，就连空气都沉醉在新葡萄酒的芳香中，令人沉醉，闪闪发光，蜜蜂和黄蜂也沉醉其中，翩翩起舞，然后昏迷过去。那是我在荆棘上采摘浆果的时光，是我的无花果、石榴和葡萄结满果实的时光，是在树冠上缓缓燃烧、将它们烧干的时光，是我的播种时光、蜘蛛时光，是我向圣者、母亲和女儿感恩的时光，是我的洪水退去的时光，是我没有冬天的时光，是全部时间里没有死亡的时光。

鬼魂都躲避着 我 害怕我经过 低语着不要让任何人踏上她的足迹

我，那个被击倒的人，要为女儿向丈夫复仇，结果却倒在儿子的刀下。有其父必有其子，他们都是屠夫。血，是生命之乳。我流的是谁的血？他的血，他奔赴战场，用血与火毁灭了一座城市。对他而言，死亡算得了什么？

他的罪行？他杀害了我的心肝宝贝。我的罪行？我为她报了仇，她从大地深处流出血泪，只凭着一个母亲的权利，我为她的哭诉发出呐喊。

一座灯塔在远处闪烁，那是燃烧着的城市的火光，从山顶传到海面，直到城堡发出回应的光芒，守望者才高喊着走来。

那些充满燃烧烙印的通道是熔化的岩石，是通向地心的通道。事实证明，同所有事情一样，国王总是先行一步。

树根穿过洞顶，伸入冰冷的洞穴，裸露出来，一触即生。冬天的树木，只剩下干枯的树影和瘦弱的枝干。

如果你们的耳朵有血有肉，在大地上就能听到，当鲜血流淌并消失在视线之外时，它并没有结束，而是在你们的脚下呐喊，无论你是否听到，它在呼唤正义，所有活着的人的脚底都带着地上的污迹，正如我在洞口发出声音。

我 是迷宫 我 是鬼魂

先知说，为了让黑船启航，神殿的女神必须有合适的祭品。谎言。他能代表女神说话吗？难道众神不能为自己说话吗？他们是石头吗？风和海，天和地哪里知道神是什么？这里没有黑暗之神统治我们，没有从绿色世界掳来的王后，也没有悲痛欲绝的母亲女神，她在我身上看到了她悲伤的镜像，可能会怜悯我，她有乳房，就像藤蔓上的葡萄，有一个巨大的子宫，其内脏就是这些洞穴。谎言蒙蔽了眼睛。真相也是如此。

嘘 我是一个鬼魂 朝一个方向或另一个方向盲目摸索 我发出刺耳的尖叫

啊，地下奔腾的河流，汇入池塘、深邃的湖泊和只有石头味的水的隧道；火焰的河流，熔岩石的湖泊和喷泉都是冰冷的。地下有冰和火的缝隙。我们这些阴影有一个迷宫，凹凸不平，布满纹路，这里的穹顶、乳房、石柱、石像、尘土和沙砾在黑暗中发出嘶嘶作响的呼吸声，还有水面、水体，这个地下世界，这个巨大的躯壳，包含了传说中各种蛇的模样。我在一个又一个房间里高举着火把。有些房间有结晶，形成冰冷的花纹，有些有鱼鳍，还有一些有薄膜和红色的静脉。有些是我喜欢缠绕和吸吮的雕像，尽管它们没有血色，双眼无光，却是我神圣的见证者。在上层通道里有一缕缕金红色的日光照射进来，或者在距离太阳很远的地方，呈现出微弱的灰色。扑面而来一阵阵青草的气息，还有牛粪、葡萄渣的味道，这是一个失落的世界。白色的盲虫从石头的裂缝里爬出，散发出石头的气味。蝙蝠从石壁上俯冲进来，叽叽喳喳地飞来飞去，睡在高高的墙壁上毛茸茸的热气团里，然后又在黑夜和白天的通道里飞出去，偶尔有一只会掉下来，躺在湿漉漉的石头上，骨瘦如柴的翅膀撕裂，流出滚烫的鲜血。两只眼睛像灰尘里的硬币，毛皮僵硬地贴在在骨头上，像一块废弃的裹尸布。热血中蕴含着如美酒般灼热的语言。白蝙蝠在火光中变成光秃秃的骨头，它们是如此精美，由蜘蛛网和分支血管编织而成，它们甚至还有一口血。到处都有一只蜘蛛在它的蛛网上摊开的景象，就像死去很久的人印有图案的手一样静静地张开，周围弥漫着被吹散的灰烬和死亡的气息。一只无血的蜘蛛仍然可以吮吸并爬进裂缝和洞中，把骨瘦如柴的自己挂在蜘蛛网的中心。一个如此干瘪多刺、支离破碎的子宫是如何能迸发出如此强大的力量的？网很结实，像水一样柔弱、坚韧。网是蒸发的水蒸气、烟雾、冰雪、霜冻，看不见，瞬间即消失。

　　我们这些鬼魂不就是一张张网吗　在黑夜织成的　毫无知觉的网　只有水的存在才能抚慰岩石血液　铭记肉体舌尖渴望血液　像水蛭一样浓稠　啊　洪水般的声音　成为鬼魂和栩栩如生的语言　成为看得见的形式

　　我走到哪里，火就到哪里，石头上血光冲天，我像呵护新生儿一样哺育着它。当我舔舐时，在我的光亮中他们看到了我，认识了我。他们听到了灼热的心跳声，那是火焰的翅膀。墙壁也燃烧起来，像是来自远方的黎明。他们畏缩了，那些阴影，像紧贴在墙壁上长有翅膀和爪子的洞穴蝙蝠一样。但蝙蝠会猎食，俯冲下来，贪婪地攫取鲜血，而鬼魂永远不会。我听到他们经过时的沙沙声，他们蜷缩在一起，抽搐着。他们是谁？他们既不知道也不关心。她没有和他们在一起。她在寻找从未离开过她一天的母亲，直到她把她交到黑船上。

她失去了一个女儿，伟大的女神，如果传说是真的，她就是最伟大的女神，她像我一样拿着两支火把在寻找她的女儿。有团火焰像叶蜘蛛一样缠绕在两根巨大的茴香茎上，那是永恒的火焰，她最终找到了她，在地下找到了她。我走在那条路上，双手握着火团，一团是悲伤，一团是希望。

她赴死时穿的婚纱是什么样的呢？它是深红色的，是我们这些皇室的女人亲手为她缝制的，是她的裹尸布。

在她少女时代的最后一天，她安详地躺在父亲家中的新娘浴池里。在火光的映衬下，大理石发着亮光，她的身体在阴影的褶皱中同样洁白，这是她人生中的最后一次沐浴，接下来却没有新娘的婚床了。死亡地点定在他这里是否合适？什么样的母亲会把孩子带到阳光下，却让她的父亲将其送回黑暗中尖叫呢？她自己的新娘浴池将为她复仇。

万神之神在水面玷污了她的祖母。而轮到她时，是祭司的刀刺进她柔软的喉咙里。多么卑劣的血统！众神怎么会允许这样的事发生？

你们对她做了什么？

她与众神同在。

所以现在他们埋葬我们,对吗,众神?

闭嘴,女人。你怎么敢侮辱众神。

众神在上。请回答我。

沉默?

你会为我们尖叫吗?为我们扯出你的头发,你的血肉?

女人,你会为此付出代价的。

我已经付出了。我现在一无所有。

(直到我们下次见面,我挥动着双斧)

我在水潭边的一块岩石上等待着。我的火把将光线照射到上方的墙壁上,在水面下形成摇曳的光网,河谷中形成了一个岩巢浴池,我将双脚伸进池里。夏日里,我们与家中的妇女和孩子们也会坐在河岸的树荫下。夏天的城市一片火红,火热的太阳炙烤着石墙和干涸的城堡,琥珀色的热浪反射到我们身上,就像仲夏时刻的蜜蜂闪着毛茸茸的光,那时河水太远,无法到达,奴隶们就跳进浴池中,我们脱下衣服,我和我的孩子,还有我们的仆人,在水中嬉戏,四肢雪白,黑发蓬松,直到灯光消失,星光下的大地才凉意袭人。

光吸引着我，就像它吸引着你一样，你在我的苦难中堕落，就像我一样。不要害怕。对你而言，空气的形态算得了什么？照亮我前行之路的火焰之舌算得了什么？我是什么？两手空空，微不足道。透过你伸出的手，看到骨头在燃烧。瞧，你没有被烧死。难道只有我一个人能看见吗？凡人中很少有人能找到这里，能够离开的人更是寥寥无几。让我来拯救你，照亮你前行的路吧。作为回报，我只希望你去找她并告诉她，我一直在找她，永远在找她，否则你将会像我一样得不到安息，我年迈而无助，又失去了亲人。你难道没有怜悯之心吗？我是你最后的希望，你为什么躲着我？在千百个黑暗之口中，只有我知道一条出路。但这需要幻象、记忆。不是靠我流出的鲜血，需要一边舔，一边捻，最终解脱。

　　只有我懂得　光线掠过和照亮　有一段时间　火焰摇曳　黑烟笼罩　我在虚无的空气中形成　我是湖面上　水池里　浴池中　以及黑暗子宫褶皱表面的图像　我发出声音　我是我自己的迷宫

　　在洞穴深处有一阵潺潺的水声，声音并没有听起来那么近，这是一片明亮的水池，破碎的阴影和气泡聚成一团，漂浮在水面上，水流清凉、甘甜，散发出石头的味道。

一座城市在血与火中倒下，他是多么荣耀！而我则为他——那个让这座城市倒下的人——在血泊中倒下而感到荣耀。自从他踏上征途，我再也没有见过他，一切都没有改变。一个夸夸其谈的无赖、一个英雄、一个耻辱之家的长子，为了奸淫掳掠而献上自己纯洁的女儿，又从那座破城找到一个少女供其快活，并毁了她。他付出了什么代价？什么都没有，只是一个女儿。他用黑船把另一个少女安全地带回了家，黑船穿过狂风肆虐、波涛汹涌的大海。我很快就解决了他们。

我的火把将岩石深处的余烬点燃。它们在一面又一面墙壁上涂抹出一片片红色光晕，点燃了一支阴影大军。

它们的生命已经燃尽，只剩下灰尘，一片灰色的烟雾。只有我保持警戒。愤怒驱使着我，那是血与血的呼唤。

智慧从蛇的舌中流出，然而所有活着的人都害怕蛇。当我们经过时，它们抬起头，舌头在空中颤动闪烁。蜜和火从我身上流出，血和水汇聚成光明。

这是一个石头的世界，到处是血石、绿石、水晶、石灰石，以及石头宫殿。

还有带状岩石的薄膜和叶片，岩石的眼睛和手、纺锤、肋骨、蜡质锥体、斑点，它们不断生长，始终在滴水、静止、蒸馏。

一次又一次，我跳着肉体与影子的舞蹈，我的手臂在肉体、影子、蛛网和飞舞的刀刃上升起、落下，升起又落下。

你害怕我吗？我不想伤害你。在岩石表面，一只蜘蛛在一片巨大黑色光影中摸索着，一只红宝石蜘蛛挂在网上，吓得溜走藏了起来。小家伙，你看到的是你的影子。所以就像你躺在这里畏缩不前时一样，你应该知道我只是一道影子，是明亮光线中的一点瑕疵，是火焰中的一处褶皱，是孤立无助的一个幽灵，仅此而已。

我 不如蜘蛛 我没有影子 我就是影子自身

我们这些鬼魂，时隐时现，总是不停地卷曲着、环绕着，在幽暗中形成烟幕和火焰带，或者游动的头颅和水母，在水中泛起涟漪；我们松散、柔软，时而闪耀，时而消失，在风的潮汐中被簸扬和吹拂，直到风潮减弱，我们才被安抚入睡。我们随着呼吸的潮汐自由流动,穿越世界的表层,洞穴的气息,大地的气息,石头的气息。你看到了什么?说话的力量。舌头的呐喊,火焰的幻象。听到了什么?嘘。

我掌握主动 在这里 死者在悄声细语 拖着长长的回声 这神秘的网 我将解开

我在死亡之河的边缘等待,想在这里找到我的女儿。当她的弟弟刺穿我的心脏时,我唯一想的就是我的女儿。想把你拥入我被劈开的胸膛,让你的心血与我的交融在一起,你在哪儿找我呢?不要屈服于悲伤,我是不会屈服的,我是悲伤的躯体,是悲伤的鬼魂。每次当她的孩子退缩到地下时,神圣的大地母亲难道不会悲痛欲绝吗?为了她,我们会把我们的大厅变成一个烤炉,烘烤全麦和蜂蜜,仿佛她还活着。稀薄的空气。饥饿。我不想让她吃死人的食物。

丝质披风鼓起来,水的深处变红,就像挣扎的八爪鱼鼓起身体,她的黑暗吞噬了水面,就像他曾经所做的那样。水深黑绵软,如同她的墨汁,在火光中血流成河。我也开始肿胀,像一只涨大的水蛭,但八爪鱼和水蛭可以嬉戏。

黑船载着我们为数不多的生还者回家,留下塔楼的灰烬和无数人化作的尘土。一粒又一粒，大地这具巨大的尸体，复活了，改变着自己，永远只是她自己。

　　我是编织哀悼的那个女人　在死亡之城的空中铭刻下她的哀悼　她和她的网在血光中燃烧　她的火焰被高高举起　幽灵在飞舞　她手中有火　无法逃脱
　　在黑暗中的地下水池中发出嘶嘶声和盘旋声
　　一个金色的面孔　在嗡嗡作响的空气中的铁饼　谁？我看到了　我的鬼魂　看到　水下岩石处的蛇　在上下游动
　　像蛛网但不是渔网　是活的线或者说如果不再是活生生的线　从活生生的身体上纺织出来　像一个刚出生的婴儿　被悬挂在扭曲的双线上
　　平原被烤成了一个疯狂的拼盘　山峰裸露
　　我与男人们同寝同眠　他们放弃了血液、呼吸和灵魂　他们的骨头上只剩下干瘪的皮肤
　　风吼雨哮　电闪雷鸣　我听到　从大地的深处传来的声音　我必须坠落　回到幽暗深渊　我渴望　点燃火炉歌唱炉火和面包的蜂房

　　在洞穴的空气中，我颤抖着，叹息着，就像池塘、湖泊和河流中的水一样看不见，如同随着我的灯笼行走

的空气一样无形。我并不感到寒冷而是火热的,一只手或一只脚浸入其中却毫无感觉的水池,一个血液沸腾的水池,在空气中飘浮,充满活力,深得足以把人淹死。你眼睛看不见的东西可能会看见你。附近有一个水池可以解渴,还有一条通向生命之光的小径,这是一个嵌在岩石中的深水池,就像我曾经拥有的浴池,而且离得不远。

我在寻找,一个没有名字的肉体。她的命运不是由我安排的。我失去了一个孩子,她叫什么?我是谁?我知道母亲、孩子、护士、儿子、丈夫、父亲、姐妹。啊!是的,我的女儿。

流淌的血液啊,这血液之火注入我们的躯体,使我们放松,让我们解脱,就像很久以前的血红葡萄酒一样。只要它还在,哪怕已经干枯,甚至变成岩石的血脉,也比没有好,新鲜流动的血液能让我们的舌头丰满。

一旦看到岩石,就会有更多的岩石。当我在岩石中抽出血,那是最细的血线,我的眼睛就会从长时间的沉睡中睁开,进入光明的世界。藏在石头里的血液,交织着,交织着,它是我的生命线,我的重生之线。

思想的漫游,洞穴中的蠕动爬行,隧道里的刮擦声和颤动声,这里像一个巨大的发光管道,充满了虚空和黑暗的气息，一个像猫一样粗糙的舌头在我的皮肤上灼烧，尽情地舔舐、吮吸、啜饮。

"女人，回到你的织布机旁去吧，"他们说，"这事你管不了。""闭嘴，女人，"他说，"战争是男人的事。你们的职责是创造，我们的职责是摧毁。"

我们的职责是创造肉体和血肉。我照办了，坐在织布机旁。我在那里织的网，无人能解开。

城市里又有多少死人被他遗弃，任由他们被焚烧或在尘土中枯萎，沦为乌鸦刺戳的腐肉，就像他们在这里，戳进成熟的无花果和石榴，撕下一粒粒红色的种子？就因为他的这种行为，他就应该得到厚葬吗？他大摇大摆地从门口的红地毯上走进神龛，而这是不洁的。难道他没有错吗？

饱餐之后，我和我的牧羊人躺在岩石嶙峋的山峰上，看太阳和月亮一起升起。我们啜饮着丰收的美酒，用石榴和无花果互喂对方，从火中抓出烧焦的栗子，然后舔着手指。我们用蜜糖、面粉和香油喂食死者，仿佛他们十分饥饿似的；我们只是不喂给他——那位高高在上的国王，我们把葡萄酒洒在坟上，坟上的石头已经被烤得面目全非。我们躺在皇家浴室和床上，白皮肤和棕皮肤，女人和男人，血脉相连，合为一体。

我遇到了一个活人

我的头发在水中漂动

掠过他的脸和颈

他也许感到寒冷

但内心依然热血沸腾

我的嘴在寻找

他浅浅的颈索

我的嘴唇压下去

他的喉咙里

传出一声尖叫

他的战栗使我颤抖

他的血液填满了我的口腔

他的种子填满了我另一张嘴

痛快地喝着,我现出了原形

他大吃一惊,畏缩不前

他的眼睛像蛋清一样

在我的火炬之光中

未有丝毫恐惧

活人可以饱饮血液

死人只需一口

当国王发动战争时,我和我的情人一起统治着城堡，他与国王有血缘关系，也有他自己的血债，与我同枕共食，同仇敌忾，他把他的血与我的血混合在石板上，用我儿子的刀劈了两下，他是家族里最后一个杀人者，心中只有仇恨，生来就知道男人的职责是什么。果然是父亲的儿子。

我是悬挂的蜘蛛，是盘旋不散的蛇，是鲜血喷涌的章鱼，是滑落在凌乱的墨水和鹰嘴中被撕裂的眼睛。我是黑暗中颈背上的网和刀刃。

这些洞穴和大厅，是地球的空洞，在这里，空手从燃烧的红雾中伸出，它们会将女人吞噬，尸体变成阴影，喉咙被割开，就像我的宝贝一样，没有了呼吸，然后被抛弃。这就是男人们的所作所为，所有一切都将熔入并埋葬在这片坟场。

我是火眼，我是血舌。我握着燃烧的茴香茎，这是女神所赐，或者我就是她。我一手握一根，紧随在她的阴影之后。

谁杀死了国王？
我说是我的双斧
我说是我在沉默中编织的网
我说是洗澡水
我说是对手

我说是竖琴
我说是我

"啊,是我,是我的同胞们。"我说。看啊,我们在这里捕获了什么样的深海怪物。他们大叫着说谋杀。背叛。难道这不是背叛吗?当他钻入木马的腹部,以背叛的手段赢得了他用武力永远无法赢得的荣誉时,他除了背信弃义,在其他任何方面都不占优势,这难道不是背叛吗?当他对穿着婚纱的女儿动手,把她喂给众神时,难道不是背叛吗?当他年幼的儿子为他报仇,用剑刺向哺育他的乳房时,难道不是背叛吗?"如父如子,"我说。在这个充满背叛、血流成河的房子里,你们都安抚他,向他卑躬屈膝,追随他,屠戮你们的女儿们。继续吧,还是说完成这样的英勇事迹需要一个国王?哦,父亲。父亲是一个何等有威望的名字啊。

我把她带到这个世界上,她像我一样是家里第一个出生的女孩,让她在我的大理石浴池中浴血而生,我把湿漉漉的她放在我的胸前,生命之血把她绑在我的腹部和子宫之间,这就是我做的一切。

"把她带到船上吧,"他在信中写道。"把她打扮得像一个英雄之王的新娘,不要拖延。"于是,我带着作为新娘的她去见他。我真傻啊。这是她父亲的命令,但她母亲也参与其中,她还是个新娘,却被残忍杀害。这就是男人为你做的一切,他拥有的一切,他所做的一切,你们来评判吧。

哦 他们为他铸造了一个神灵般不朽的面孔 那是至尊国王的金匠们打造的 一个死亡面具 一个金色的面罩 用于将亡灵关在 谋杀的真相之中 一团污秽 爬满蛆虫和蚂蚁 空洞的眼睛 全身腐烂的毛皮 只需要那么一点金子就能使他成为圣人

我们的老奶妈在睡前为我们梳头时低声哼唱:你们两个是长女,你们是王后的女儿,而你们的母亲不是别人,正是众神之神的王后。神从天上看到沐浴中的她浑身赤裸,像芦苇丛中的天鹅一样光滑,他激情如火,飞驰而来,踩着她的翅膀,拍打着水面,电闪雷鸣般将她包围,进入她的身体,然后腾空而起,在猎物上方的天空中展翅翱翔。当救援人员赶到她身边时,她已经烧得忽冷忽热了,全身撕裂,浑身颤抖,看到在没有天鹅的地方,却有一只天鹅在空中燃烧,她开始胡言乱语,在痛苦中吼叫。她躺在床上祈求死亡,肚子一天天隆起,直到她尖叫着产下一个又一个巨大的蛋,就连你的父王也不得不相信她的话。我们的奶妈,也就是我们母亲的老奶妈说:"你们是先孵出来的,我的小金蛋们,你和你的妹妹在那半只蛋壳里大声啼哭,我就把你们放在怀里。接着你们的弟弟也孵了出来,每逢圣日,城堡的大礼堂里都会有人弹琴歌唱,述说你们四个是怎样来到这个世界的故事。"

先知、占卜者、神谕者、亡灵法师、撒谎的祭司,他们都以欺骗和杀戮为生,以祭坛上的烤肉为食。这里是否有像豺狼一样觅食血肉的神灵,无论是在地上还是地下?我从未见过,你也没见过,我们也不该认为所有的生命都被牢牢地固定在基岩的火焰之中。如果这里有一个统领万物的神,还有一个新娘——她曾经拥有母亲,但后来却失去了——同他在一起,他们为什么不向我和我失去的孩子伸出援助之手?因为我们与至高的神灵是近亲啊。作为肉体和灵魂,难道我们不是在同一台巨大的织机上织成的吗?为什么只有我一个人被抛弃?还是她被困在了神所无法企及的地方,那是希望和绝望之外的地方吗?

苦涩和甜蜜是我的肉体生活 感受到我是如此柔弱顺从 我不是来伤害你 而是来拯救你的 浑身毛发的你多么高贵 那红酒啊 烤焦的山羊肉、栗子肉 抹了蜂蜜的发亮的苹果 大地的雾气啊 落叶的霉点 一口咬在你

的喉咙 嘴唇 还有蘑菇柄上 两个枯萎的小包 沾满鲜血的大腿 鲜血啊 他们对你做了什么？我一无所知 挡住了我的路 回去做你们女人该做的事 她如果不是 我的女人职责 那又是什么呢？

谁能想到呢？那时并没有先知在他的肩头占卜，没有牧师、大祭司或任何形状或形式的神在他身旁，只有一个荡妇当着我的面向他献殷勤，那个疯女人，居然是用我女儿的血换来的。多么讽刺的奖励啊！他日日夜夜像海豚一样在大海的盐雾中穿梭，他是黑船舰队的至高国王，他乘风破浪，横跨大海，让敌人在燃烧的塔楼中血流成河，他是所有人中最蔑视神灵的人，却被击倒在自己的浴池中，耻辱啊。

这是死亡的时刻吗 抓住这一切吧 你还没有死去 鼓声 你心脏的鼓声说着 哈 难以死去 那临界点 那光明的陨落

我骑跨在你的身上，用力压住你，当你战栗着醒来，我们头上的空气中飘动着金色粉尘。只有你有呼吸和心跳，但很快就会成为一堆白骨，不过又是一条羊皮纸粘在书脊上，又一个鬼魂消失在黑暗中，守丧很快就会结束。感受到岩石上的震动，红色的裂缝是岩石中白昼的缝隙。振作起来吧，在人间你是某个女人的儿子、父亲、爱人，而她整日整夜被悲痛折磨。鬼魂如繁星般密集，他们没有一个不忌妒你，即使你饥肠辘辘、焦渴失明、鲜血干涸。

  那就啜饮这汪甘泉吧
  母亲之于你
  就像你对我一样
  我说，活下去
  夜色降临
  最后一次
  重生
  穿越大地
  我失去的宝贝
  只要
  在这地下
  我仍是
  永生的
  不必害怕我
  也不敢

我将追逐你

　　陨落

　　让这个洞穴

　　成为命脉

　　只要一会儿

　　信使

　　爬行

　　金线

　　在那里找到她

　　让她现身

　　她或她的命运

　　你将活下去

　　当你最终

　　失去生命

　　又多了一个阴影

　　将认出你

　　试图骗过我

　　圣洁的母亲啊　凄苦的母亲！　火炬和火心的第一传递者　啊　指引我去哪里
　　我
　　啊

冰雪新娘

在遥远的四荒八极的黑暗边缘，孤独地坐落着一个雪球般的王国。王国的中心是一座富丽堂皇的宫殿，宫殿的顶部有一个水晶穹顶，犹如一只失明的眼睛"凝视"着宇宙。

这是一个属于他的世界，宫殿穹顶就是这个世界的精美王冠。就像他经常对她说的那样，她就是王冠上那颗璀璨的明珠。穹顶之下，是迷宫般层层叠叠的房间，一个套着一个，被一堵堵冰雪筑成的墙壁分割开来。那些房间空空荡荡，在永恒灯光的映衬下，它们的墙壁犹如一排排半透明的高架；而蜿蜒曲折的通道两边的墙壁，则如远处的冰雪世界一样闪烁着微弱的白光。通道后面连着更多房间，房门有的开向外面，有的开向里面；房间空白的墙壁透着微弱的光芒，屋内的景物模糊难辨。每个房间的上面和下面都有更多的房间向远处延伸，在视线中变得越来越小。穹顶之外，整个宇宙被黑暗笼罩，只有闪烁的星光点缀其中。这里既没有白昼，也没有黑夜，只有时不时降临的雪花和浓雾，将其笼罩在它们反射出的微弱光芒之中。

当他出现并把她揽入怀中时,他第一次为她而存在。而她,则说出了有生以来的第一句话:"你是谁?"

他吻了吻她,说:"我是冰雪王国的主人,而你是我的新娘,我的杰作,是我正在创造的新娘典范。既然我们已经结婚,我就把一切都告诉你吧。我要用誓言和规矩——同时也是我们共同的责任——将你我约束,那就是忠贞、耐心、诚实、奉献和信任。随着时间的推移,你也将体会到寂寞、缺席和孤独的滋味。"

她答道:"我明白了。"他微笑着,再次吻了吻她,对她有了更多了解。"别害怕。当你变得完美时,一切都会变得更加容易的。"

整个穹顶自上而下一片洁白。天空晴朗的时候,从远处望去——如果远处的冰雪荒原上有眼睛的话,汇聚了星月之光的穹顶熠熠生辉。这是一个节奏被放慢了的世界。盛夏时节——她尚未见到过一缕真正的阳光,更不用说真正的夏天了——冰晶折射着阳光,让白昼在这里永恒。黑夜在这里无处落脚,因为太阳从不落下,只是低垂又升起,而月亮也时不时地留下淡淡的白影。随着太阳从一个地平线移动到另一个地平线,其颜色从橙色到金色再到白色,又从白色到金色再到橙色,如此反复，阳光也在昏黄暗淡和熠熠生辉之间来回变换。到了深冬，太阳则永远不会升起。她是冬天的新娘，而她的冬天犹如一个漫长的黑夜。如果天空晴朗，星星在头顶闪烁，月亮时而消瘦，时而圆润；时而在这里，时而在那里；时而从穹顶的这边穿过，时而从它的那边穿过；月光时而微弱，时而刺眼。有时，片片光芒或翠绿，或金黄，在空中悠闲地飘动，犹如盏盏灯笼展开又卷起，让整个冰雪世界的表面熠熠生辉。偶尔会有湛蓝的天空，那便是最难得的景象。在盛夏和严冬之间，是漫无边际的朦胧白昼。这种所谓的白昼，处于白、灰、黑之间，有时会迷失在浓雾中，有时会笼罩在云朵里。新雪时而如旋风般扑来，时而猛烈地落下，将那些墙壁堆得高高的，将其封冻；有时，在内部灯光的映衬下，整个穹顶沉浸在浓雾之中。时间似乎在这里静止了。

穹顶内外的一切，始终如一，永恒不变，过去是，将来也是；王国的主宰者和那个冰雪新娘，亦是如此。这穹顶便是他们的归宿，每当他像个幽灵一样不知从哪里冒出来，突然出现在她面前时，他便会这么说。在这片广袤的土地和星空下，再没有第二个他或她，也没有第二个这样的穹顶，自从他出现在她的身边时，他就一遍又一遍地如是告诉她，她早已铭记于心。对于周围的一切，她不知其然，更不知其所以然，只有一颗愿意学习的心，而他则无所不知。他让她心满意足，而她所渴望的就是以他想要的任何方式取悦他。

在看到他之前，她就已经在穹顶里了，但他是先来到这里的。这是怎么回事呢？原来他以前就来过这里，然后又离开了。他是这么说的，他总是来来去去。"总是。"他又说了一遍，注视着她的眼睛。虽然并不明白他所说的"以前""离开"和"总是"是什么意思，但她知道自己已经爱上他了。她难道不是始终如一的吗？她不就是恒常的化身吗？难道她也曾来过，然后又离去吗？为何她必须留在这里？

"为何要走？你非要走吗？"

"不是为了快乐，亲爱的。我的快乐就在这里。"

"你去哪里？"她低声问道，把脸埋进他柔和的颈弯，"带我走吧。"

"你属于这里。"

"你也是。"然而他并没有回答，只是伸手托起她的下巴，吻了吻她的脸。

故事的开头是这样的：每当站在外墙旁眺望外面的世界时，她的脑海里就会令人惊讶地浮现出一个光点，它缓缓走来，逐渐变大，然后停止，最后又回到黑暗中。突然，随着身后一阵窸窸窣窣的声音，一个幽灵般的幻影隐约出现。她转过身子，发现一个与她的影像极为相似的人影，同样穿着带有褶皱的白色衣服。虽然没有她的影像那么像她本人，但他确实是实实在在的，不像她的影像那么模糊朦胧。他越来越近，越来越高，直到来到她身边，撩起她的面纱，用丝绸般柔滑的手臂将她搂住，把一张柔软的嘴贴在她的嘴上。

她的心跳得像脚步一样急促，在一阵慌乱中，她抽离身子，重新凝视着黑暗。但那光芒已经像流星一样熄灭了，她转过身背对着窗户，面对着他。

他说，"这里什么也没有了，只有我们，你和我。"

"只有我们，你和我。"

"我爱你，你也爱我。"

"我爱你，你也爱我。"

"永远，我的新娘，"幽灵接着说，"我的爱人。"

她再次抓住节奏，重复着他的话，凝视着他的脸，如醉如痴。他笑了。

"要叫我'我的主人'。"

"我的主人，我的爱人。"她会永远记住这样呼唤他。她转身回到窗口，他们再次相依相偎，身体交织在一起，面对着两个明亮的自我。"我的新娘夫人。我的主人。我的爱人。永远。只有我们两个。"

他牵着她的手，领她走上螺旋楼梯，来到穹顶上为新婚准备的床榻。床榻用白色的毛皮和丝绸装饰，顶上是用同样布料制成的华盖和侧帘。整个城堡，只有他们和他们的床有布料装饰。他们脱掉衣物，滑入被褥，抚摸着彼此柔滑的肌肤。有时，他会帮她脱衣服，有时她会帮他脱。从一开始，无论是白天还是黑夜，她都喜欢将帘子拉开，这样就可以看到天空。然而，他从一开始就总是在躺下之前把它们拉上，不管温存多长时间都不会拉开，即便离开时也让其保持合拢。她永远无法知道过去了多久。每当醒来，她会把帘子拉开，看到一片变幻莫测的天空，有时雪花飘落，有时星轮转动，有时或大或小的月亮在空中闪耀。当他睁开眼睛时，她问："光是从哪里来的？"他则用轻轻落在她眼睑上的亲吻予以回应，让她再次入睡。当她再次醒来时，他已经不见了。

穹顶上是一排深不可测的通道和晶莹剔透的房间，它们的墙壁是透明的或半透明的白色，地板和高高的天花板也是如此。有光的地方就有阴影，无论是室内的光线，还是通过穹顶和外墙圆形窗户进入的光线都是如此。那些墙又高又窄，仅可容下一人站在那里眺望外界。她很好奇，从外面看里面会是什么样子。她沿着墙壁行走，冰墙里面也有影子在转动——那是她自己的影子，也在追踪着蜿蜒曲折的路径。也许是感觉到了其他某种存在，她停了下来，走向最近的窗户，身影逐渐变得更加高大，直至与她本人重合。

但据她所知，这里并没有进出的路，也没有其他人可以看到里面。至于他是如何来去自如的，只有他自己知道。

城堡之内，包罗万物，房间一个连着一个，里面藏着他在旅途中收集来的珍宝。他一个房间接着一个房间地向她展示。只需轻轻一挥手，他就可以在没有门的盲墙上打开一扇门——这时她总是惊讶地叫出声来，而他则微笑着。她仔细地观察着，想看看他是怎么做到的，但始终无法弄清其中的奥秘。但是，一旦他把她领进去，亲自带她看房间，这扇门就会一直开着，只要她能再次找到它，她就可以自由地进入这个房间。在走廊的尽头，她可以通过每扇透明的门投射光线的倾斜度来判断哪些门是开着的。穹顶被薄雾或浓雾笼罩时，光线往往不足，她迷失在层层的通道中。她想寻找最外面的通道，但最外面的光线一样昏暗，且所有的光线相互反射重叠，难以识别。这时，她才意识到自己仿佛迷路了，不禁恐惧起来，身子开始不停地颤抖。为什么会这样？她只是在摸索前行，似乎并没有明确的目标，她只是迷失在自己的沉思里，又不是真的迷路了。如果她所要做的只是跟随某种直觉，等他来牵着她的手，通过一扇隐蔽的门，把她带到明亮的、充满珍宝的新房间，她怎么可能走错路呢？然而，她还是害怕得发抖。

如果他不在那里怎么办？他笑着说她无须害怕，因为她是所有人中最明亮的，是他唯一无瑕的永恒新娘，是他王冠上的宝石。

所以每次总是以他的幻影再次出现在她的窗前开始，一抹微光在窗外的黑暗中渐渐消失——虽然有时并不消失，这取决于她站在哪扇窗边；有时他在月光下出现，在雪地上逐渐变大的黑暗中出现；有时在一场暴风雪过后，新雪又像眼皮一样加了一层外框，雪白一片，直到他出现在她的身后，将她拥入怀中。无论他何时到来，她总会醒来站在窗前等他，似乎有一种感应和对他的渴望，把她吸引到这里来恭候他。于是，他们的影像一次次重叠在一起，每次都因角度不同而独特，在一堵又一堵的墙壁中折射出来。

有时他会送给她一个宝贝，尽管她已经拥有一切。送她的第一个礼物是一枚金戒指，他在她不注意的时候悄悄戴在她的手指上，然后亲吻着她。

她挣脱开来，低头凝视着，手在颤抖。

"我的夫人，"他说，"我的新娘——"

"它的光辉如同月亮，但又不同——"

他们停下来，开始说话。

"用心拥有，永远珍藏——好吗？"

"谢谢你——我的主人。"

"——永远戴着这枚戒指,作为新娘的标志。"

"我会的,"她说,"用心拥有,永远珍藏。"

"这既是你的权利,也是你的责任,"他说道,"我的新娘。"

她愿意这样做,尽管并不确定要拥有和珍藏的是她还是戒指。

他以前从未这样说过,而她也并不明白为何需要一枚戒指作为新娘的标志,毕竟她就是新娘的化身,而他的存在、他的幻影、他的本体,就是他所拥有的全部标志。戒指牢牢地套在手指上,闪闪发光,吸引着她的眼球。但这一切都无以言表,因为她不知道自己是如何悟到的。她被时间、沉默、爱等无形的规则所束缚,她甚至忘记了这些规则的名字,而这戒指将这一切紧紧套在她身上。

在穹顶最显眼的地方,是他送给她的另一件珍宝,一个被装在独立房间里、运转着的机械装置,虽然被安置在离穹顶很远的下面,但它十分明亮,流光溢彩。有时,月亮悠长的光辉会穿透进机械内部,与灯笼的光汇聚,有时明亮的星光也照射进来。机械装置的运动在其内部,在自身的包裹中,静静地旋转着精美的部件,仿佛在与自己共舞,同时洒下金色的光辉。

当他第一次牵着她的手沿着水晶房间四面走的时候，他的脸在金光中闪烁，而她跟在他身后，脸上一样闪闪发光。

"这是一座时钟，一种计时器，"他打破寂静，解释道，"它会显示时间。"他进一步说道。但她困惑地皱起眉头，依然不解。此时，他的脸上露出了一丝愁容。

他再次告诉她那装置可以记录时间。她终于点点头，他的眉头舒展开来。然而，每当他们站在一起凝视这个不停转动的装置时，她都在想，它到底是怎么记录的？那些被记录的东西在哪儿呢？这个复杂的机械装置对她沉默无言，它只是在沿着轨道以复杂的节奏不停地摆动着它的轮子和关节臂，这个扭曲的格子金属架，毫不掩饰而又威严地呈现出一个个细小的结果。如果它的存在就是要告诉人们月亮和星星早已告知的事情，那还有何必要呢？是的，不管天气怎么样，月亮和星星都是稳定不变的，一切都会按部就班地流逝，就像机械装置一样，即使它停下来，一切仍然会以同样的方式继续。"时钟永远不会停的。"他向她保证这一点。如果他想让它一直不停地走下去，她又有什么理由希望它停下来呢？然而，它把时间当作一个秘密，从未透露。它是穹顶中心金色的寂静，本身就很美，因为当它运动时，它的表面沐浴着金色光芒。她在水晶中看到了自己的影子，也看到他在这里时的样子。他在水晶中的影子十分高大，但在钟表装置大大小小的部件上的影子非常小，总是断断续续的，且随着钟表不同部件的运动而不停地变化着。它还带走了他们微弱的影子，将其投射在墙壁上。它有着自己无声滑动的影子——然而，当她把自己紧贴在水晶墙面上时，她看到了皮肤下面一种微弱的悸动和波纹，就像在她自己身上，也一模一样地在他身上——或者，那是反射出来的他们自己的悸动吗？有时，当她离开时，会留下一丝痕迹，显示她曾经在哪里，一种存在的气息，很快就消失了。但水晶房间里从未留下过这样的痕迹。

它是怎么告诉他时间的呢？它就像戒指，他的戒指——现在是她的戒指，只存在于她脑海深处，无法触及。时钟和戒指属于同类，都是物质，只是有着不同的外形。但是，一旦她出去，时钟就会一次又一次地从她的脑海中消失，而戒指却永远不会消失。虽然戒指本身就是简单的，但她永远无法像他那样，清晰地记住时钟的形状、图案和光滑的旋转。每次她重新进入它的房间时，都会一阵惊讶，直到她再次认出它。如果对他来说，它的意义像水晶一样清晰，那么对她来说，它总是像灯光投下的光影和反射一样无形。无论她如何努力，在她的记忆中，它的存在就像一团缓慢缠绕的光线，像水或酒一样流走。

　　这些是她最了解的物质，因为是它们维系着他和她；这里的水是如此纯净，清澈到仿佛空无一物，摇晃时会出现的微弱银色波纹才昭示着水的存在；而这里的酒也几乎如此，只是多了一抹金光。在爱与恐惧中，当她每次喝水，每次喝酒，只要高脚杯一空，它们就已经从她的脑海中消失了。他们每次在房间用餐时，她都仿佛获得了新生，她成为一个新的生命，一位新娘——如果不是水和酒的功劳，那又是谁的功劳呢？除此之外还有什么呢？这里应有尽有。是否有一双无形的手在满足着他们的一切需要，这只有他自己知道。他说她就像他从水罐里倒进高脚杯里的水一样纯洁，尽管这水通常更多是银色而不是金色，这取决于灯笼或月亮的光芒，对他们而言这是生命之水。它在运转时的美感和其复杂的程度都不亚于钟表。而当水以其惯常的、松散的模式运动时，好像水更重，更自由一样。如果她将高脚杯侧向一边，水就会向前滑动，保持平缓。如果她摇晃高脚杯，水就会顺着杯壁晃动，然后慢慢地停住。她喜欢它的行为，因为它像高脚杯一样光滑透明，所以后面或下面的东西都能透出来；也喜欢它呈现出高脚杯形状的方式，无限柔韧，自由而灵活，在她看来，就像他和她，他们自己就是银色柔韧的生命。

除了纺布、水和酒的流动，其他一切都是坚硬的、凝固的、一成不变的。

有一天她说道："我看到水是什么样子的了！"他抬起头，专注地看着她，"通往穹顶的螺旋楼梯，楼梯上的水晶！"

他说："是的。"他微笑着。

"它还像，它还像其他东西……"

"我知道。"他说着，把她抱在怀里，吻了她的唇。

在她看来，在某种程度上自己也是透明的，至少对他是透明的，就像水或酒一样，尽管自己并不这样认为。虽然她永远看不透他，但他能洞悉她的一切。为什么只有她一个人是茫然无知的，而在其他方面，他们两个人是如此相似，几乎是彼此的倒影？"别在意。"他说，于是她也不在意。她能学会的，她一直都在学习。她理解他所说的每一句话，虽然并不总是理解他的全部意思，但总会随着时间的推移而逐渐明了。其实，即使她对自己一无所知，但他能看透她，了解她，这就足够了。他能看懂她，能读懂她，就像他能找到从一个房间到另一个房间的路一样轻松，像能看懂钟表蜿蜒起伏的舞蹈一样容易。对于他而言，他从来不介意她是不是看得像他一样清楚，不介意需要他再告诉她一次她现在应该知道的事情。"时间会说明一切的。"他告诉她。她可以慢慢来。她有世界上全部的时间。

她正在学习玩游戏。她看到他从迷宫的某个遥远的地方走过来,穿过一片片微光,她必须抓住他,而他必须尽可能地躲避她,或者反过来,或者他们可能会在中途互换,直到她很快就头晕目眩。他们的身影在将他们分开的冰晶中扭曲变形。他们不必匆忙,而是保持着行进的步伐,也不必大声喊叫,在无声的游戏中,他称之为"欢乐"的舞蹈——而她称之为"婚礼"之舞,在她的纯真中——他在引导着她。最后,他赢了,她被发现了,输了。她是那个瘫倒在地,无可奈何地投降的人,然后他会马上出现在她身边,微笑着追上她,仿佛他一直就在她触手可及的地方。

"你迷路了吗?"他说,"现在我找到你了。"当她赢了,他偶尔会让她赢,她说他是输的那个,他也同意。他说,"是的,刚才我迷路了,现在你找到我了。"

即使她对他的了解只是停留在表面上,一次又一次地停留在表面上,她也乐于如此,因为他就是这样取悦她的。和她一样,他全身苍白而光滑,他们都是晶莹剔透的苍白色,只是他的脸颊、下巴和上唇上有一些细小的银白绒毛,她喜欢那种贴在裸露的皮肤上的感觉。他那一绺淡金色的头发像她一样垂在背上。她那长有挺翘乳头的乳房柔软而松弛,而他的乳头则平平地贴着胸膛。除此之外，在白色束腰外衣下，他的面容和身体轮廓与她几乎一模一样；就连他们的影子都是一样的形状，落在哪里都是一样的蓝色雪影。他的眼睛像被灯笼照亮的水一样闪闪发光，随着光线的变化而变化。她想，这是他唯一会改变的部分，但不，还有另一个。他们嘴唇轻轻相碰，然后慢慢打开，张开嘴来，舌头缠绕在一起。他的手指轻轻抚摸着她，她的手指也沿着同样的轨迹在他身上游走，直到他紧紧地抱住她，更靠近她，在她两腿之间的嘴唇之间，不知不觉地进入她的身体，她不停地扭动着身体，恍惚之间，似乎忘记了周围的一切。后来，她发现他的两腿之间是如此不同，这让她着迷。他面对面抱着她，她是看不见其他地方的，但她看到了他的下面，也用手抚摸过，那里并没有另一个嘴唇，却和她的嘴唇一样饱满光滑。此时他们完全不用说话，而是用身体的动作表达所有爱意，直到最后终于静止不动，相拥而卧，如醉如痴。这便是他最爱她的方式，也是他渴望她的模样。

然而，就在他们最亲密无间的时候，他却显得最为疏远，对她无动于衷，尽管他内心也深受震撼，尽管她也柔弱无力，迷失在彼此的爱慕之中，至少在她看来是这样。她睁开眼睛望着他紧闭的双眼，感受着他躺在自己怀中的放纵。他们就这样紧紧相拥，彼此交融却又彼此疏远，直到她发觉他从恍惚中醒来，离开了她。她独自醒来，却再也感觉不到他的面容、他的身体，甚至他的气息。每一次相爱都是第一次，每一次睡眠都是更亲密的独处。

"你走了，没有了你，我自己也迷失了。"她有一天说。

"我想过这一点。"

他带着另一件宝贝回来了，一个金线球，当她在迷宫里走的时候，她可以把它解开，然后再把它卷起来就能回到她之前所在的地方。

"先把它系在灯笼的支架上，"他说，告诉她怎么打结，"然后让它在你身后滚开。要想找到回去的路，轻轻地把它拉进去，卷起来。小心别把它弄丢了。"他说，好像它会跑掉藏起来似的。

他们的丝质长袍是半透明的，柔软而有光泽，在移动时，光线会透过长袍的边缘，有时他们的四肢若隐若现，有时身体的褶皱和轮廓会在表面留下阴影。它们或如锦缎般光滑，或如水般柔顺，除了光线在褶皱中留下的蓝色或黄色的色调，它们总是白色的，就像周围的雪一样。有时，流水、亮光、水洼、沟槽以及她和他衣服边缘的阴影会分散她的注意力，以至忘记了他正在告诉她什么。如果他发现她的注意力在游移，他会坚定地制止她。她永远无法让他明白是什么吸引了她的目光，以及她想抗拒却多么无能为力；然而，他眉宇间隐约的不耐烦时刻提醒着她，她很快就学会了在这种时候坚定地看着他或低头看着她的手，目光不再游移，而是保持专注。

穹顶的地下世界充斥着冰晶的透明和反射，在柱子上、走廊上、墙壁上和架子上，在蜿蜒盘旋的楼梯中，到处都是晶莹清澈、深浅不一的白色，无休止地变化着，世界一片深邃和透彻。这一切他都记在脑子里，不久，她，他完美的新娘，也会深深记在他脑子里。

一听到她的脚步声，他就转过身来，把他一直拿着的一个闪闪发光的球交到她手里。她用手捧着，估量着它的重量。

"这是什么？"

"你能看到里面吗？"

她只能看到她皱巴巴的手掌。"对着光线往深处看。"他说。她把它举得高高的，发现里面有细小的裂缝、雾气和混浊，光线进入时会闪闪发光。他伸手拿过它，把它放在架子上的一个水晶碗里。然后他轻轻地把水倒进去，直到球变成了半镜像，并且变大了。它膨胀到水线，在灯光下倾斜和滚动，最终达到了一个完美的平衡。

"它长得多大啊!"她说,"看它有多大!"

"就像我们在浴缸里一样,亲爱的。"他说,"但它是怎么长出来的呢?"

"就像我们在浴缸里一样,亲爱的。"她回答,"它在和我们玩吗?"

"是的。这是一个表象问题。"

一旦进了浴缸,他们的肢体就会舒展膨胀起来,弥漫在一片光网中,身体像清澈的水一样轻盈。在那里做爱时的动作是平滑的、柔软的,后来,当他们一起躺下时又像石头一样沉重,像水晶球一样,经历了破碎、闪耀、穿透、闭合后,变得坚实,最终合二为一。

有时,当她醒来时,他已经回到外面的世界了,他的离开折磨着她,她用整个生命来承受失去他的痛苦。现在,她将在金戒指的控制下独自度过一段时间,但至少可以完全自由地拥有金线球。她虽然不知道自己是怎么知道的,也不知道自己是怎么感觉的,但她知道,在这个恒常之地,她对"一段时间"有一种感知。她发现自己越来越多地爬上水晶楼梯,进入巨大的穹顶,直到她独自睡在那里,在永恒的星光下、在月光下,月亮来来往往,就像他一样;虽然星光并非完全不变,有闪烁、坠落、变化和消失;但月亮的轨迹,即使在晴朗的天空中很容易跟随,却也和他的轨迹一样反复无常,无论当他在还是不在迷宫中都是这样，都像月亮一样在玩捉迷藏。但月亮在群星之上编织出一种图案，一种不断重复、不断发展的图案，使它更像那块黄金时钟。月亮是一个还是多个？它是银色的，或者是像这个世界和星星一样的冰雪？她时而看到黑色的天空中月亮的表面透出斑块——总是相同的斑块，那是它恒定的面孔；这个迹象是不是表明它始终是同一轮月亮呢？有时它的表面会有一抹金色，在雪山的边缘后面升起又落下——总是在边缘的不同点上，忽上忽下，反常得让她莫名其妙。这一切就像穹顶一样。只不过有时那里根本没有月亮，只有星星在移动，它们几乎总是像一个整体，不停地旋转。除了那些松散的星星，它们四处游荡，或者坠落，然后消逝而去，还有中间那颗从不移动的明亮的星星，它是天空中静止的一点，就像穹顶在她自己平坦的世界里一样。

有时，在群星间追寻月亮的轨迹时，她看到自己仿佛也在以同样缓慢的步伐转动，独自在夜空中闪耀。偶尔，她会看到一个黑色的身影，像是一个自我，张开双臂穿过月亮。在它的旁边和背后，有其他类似的自我穿过月亮的脸庞，仿佛它们是一个形体，仿佛它们连在一起，但又是自由的，她的心也随之飞扬。她张开双臂。它们是什么？噢，到月球上！与它们融为一体！然而它们是自给自足的，一起穿越宇宙，不需要别人，可是她却有她的孤独。

突然，不知从哪里冒出来，她的主人又回来了，他走过来牵起她那只戴着戒指的手——她看到那戒指就像钟表的碎片，"假如碎片要脱落的话"，在她还没回过神来之前——他领着她沿着蜿蜒盘旋的楼梯上床睡觉了，到那时，飘浮在她头顶上的自由的自我已经看不见了，也想不起来了。

有时，当他不在的时候，巨大的暴风雪遮住了天空，山丘、山谷和城墙慢慢被淹没，最后巨大的圆顶都被暴风雪笼罩，她自己也被困在黑暗的世界里。里面的一切都静止了，她被时间冻结了，还是时间本身被冻结了呢？她日复一日地忍受着这一切，如同时钟的嘀嗒声，如同那穹顶内部来来往往流动的水，永恒不变。

她等待着，有时裹在丝绸中，有时沐浴在水中，她的皮肤像丝绸一样柔软，几乎感觉不到什么区别，丝绸、水、皮肤，一切都融为一体。他又走了，再也没有回来，她越来越意识到现在有多长时间了，意识到曾经有一段时间她独自一人，自己竟然浑然不觉；意识到当他来的时候，她便不再孤单；意识到现在他不在的时候，她又变得孤独难耐。一种时光流逝的感觉在她心中滋长，不是出于她自己的意愿，也不是因为她的过错，而是他一手造成的。他的离开就像他的戒指一样沉重,时刻存在。她不需要学习她的职责。那天他们第一次相遇时他曾说过的三个最后的束缚是什么呢?寂寞。孤独。缺席。当然是指他的缺席。

当圆顶的表面泛起微光,一切似乎苏醒过来,慢慢地随着时间的推移,出现了光的脉动,漫长的黑暗过去,一开始亮光的时间很短暂,后来越来越长,雪开始滑落。很快她就能看到外面,看到比满月更亮的光,像葡萄酒一样微微泛着金色光。这景象让她激动不已,她不厌其烦地注视着玻璃外的雪面上和最远的山上的光线的变化。接着,一个球体出现在环形山天际线的低处,她终于看到了这一切的起因,一个圆圆的红金色的幻影,那是第二个月亮,在白色世界洒下了色彩,把黑暗染成了蓝色,星星的光芒不见了,她心中充满敬畏和狂喜。她看到,影子的颜色不是来自投射它们的东西,而是来自雪地或地板表面,只是颜色加深了,仿佛表面流淌着溢出的水,或者影子本身就是水。阴影呈蓝色,微微移动着,随着它们滑过表面而改变形状,有时会有一个小小的影子穿过或停在那里,缩成一团,张开双臂,然后又渐渐消失。这难道是冰封世界自我的影子吗?她想知道他是否知道这一切,他现在在哪里,为什么。她喜欢这些变化,并希望有更多的变化。她推测也许有一种通过影子来记录时间的方法。

后来他回来了,有一段时间,世界里只有二者成为一个完整的存在,一个自我。

她问起她在月亮上看到的那些黑色的自我,他说它们是在世间飞行的长着翅膀的生物。它们并不都是黑色的,有些是白色的,是它们背后的月亮让它们看起来都是黑色的。而月亮本身就是一个世界。

"是这样!它还玩弄我们的眼睛?而星星是?"

"都属于自己的世界。"

"和我们在自己的世界里一样白。"

他双臂交叉,看出了她的意图。

她接着说,"我们和它们一样是白色的,但只有它们才能在黑暗的天空中从一个白色的世界到另一个白色的世界吗?"

"这是你自己的说法。"

"我们只有一个世界?"

"你还想要更多?"他说,"我们只有胳膊,没有飞翔的翅膀。"

"翅膀怎样才能飞起来?"

"这些生物头朝下躺在风中,"他说,"这样拍打翅膀。"他张开双臂,挥动着,"而它们的腿向后伸展。"

"我明白了!它们从不降落吗?"

"不在这里降落。"

"在其他星球?"她自己试了试,踮起脚尖,张开双臂,"像这样吗?翅膀到底是什么样子的呢?"

"它们就像长满羽毛的手臂。"

她的眼中露出迷茫之色。他的笑容消失了。他说等一下,然后拿着一块灰色的石头回来了。他握着她的食指,描摹着石头里显露出来的一个形状,脊椎、作为翅膀的手臂、腿。多么奇怪,这样一个自由的身体被一块石头封住了!但她现在满脑子都是飞行和其他的自我及世界。仿佛着了魔似的,从那时起,她就在月光下寻找它们的翅膀,渴望着它们。

她问他是否还有其他这样的石头,他展示了一大堆。

他的宝藏陈列在水晶架子上,沿着一个又一个房间的墙壁摆放着,不像钟表那样被墙壁隔开。但他几乎没向她展示过其中的任何一个。这些物品是按种类分类的。这里有各种形状和厚度的无色水晶,而在隔壁房间里,有各种发光的颜色,光线投射出每一种明亮物体的图像;一个房间的架子上排列着金银盘子,另一个房间的架子上摆放着白色的盘子,还有如薄丝绸或薄冰一样的杯子，握在手中时指尖如影子一般显现。一间又一间的房间里摆放着大大小小的石头，在倾斜灯笼的光照下，能看出它们透明或具有光感的纹理。它们投射出的影子和一层层叠加的反射形成了一片光网，这种效果并非依赖于雪光或月光，完全不受偶然和变化的影响。每一块石头都是美丽的——她的眼睛告诉她如此——但她最喜欢那些能透光的石头。他很快就给每一种石头起了名字，她也很快就学会了这些没有任何意义，只有声音的名字：翡翠、黑玛瑙、血石、花岗岩、石灰石、玄武岩、绿松石、燧石和大理石以及砂岩、钻石、蓝宝石、红宝石、石榴石、琥珀、蛋白石。这些石头颜色各异，石头表面有条纹，深处呈现晶体结构，并有斑点和耀斑。现在她对这些石头了如指掌，他已经教会她红、橙、黄、绿和蓝等这些颜色的名字。这里的颜色比名字还多，只有蛋白石有全部的颜色。她以前见过类似的东西，微弱的光带在雪地上一闪而过，消失在她眼前。只有蛋白石闪耀着强烈的光芒，非常明亮，在灯笼下随着手的转动不断变换着颜色。

即使他自己没有抚摸这些石头的冲动，但他很高兴看到她在走过时几乎无法抑制地伸出手触摸的冲动。她把石头举到灯光下，抚摸着它们粗糙或光滑的表面，而他则微笑地看着。一天，她正把一颗钻石举过手臂，看得入迷时,他问她是否最喜欢钻石,她说:"钻石就像星星,但又像水滴,里面蕴藏着所有的颜色。"她头上的钻石和它淡淡的彩色光带交织在她身上。

但是,她同样喜欢她的手指在钻石下的样子,甚至更喜欢她那丝滑的手指膨胀起来,上面刻满了她永远不会知道的褶皱和螺旋。她还喜欢蛋白石——它的光芒如此强烈,抓人眼球,一旦放下,就会留下一个相反的倒影,让她头晕目眩地在黑暗中徘徊。蛋白石最令人激动,它的颜色和钻石一样,有些颜色只能隐隐约约被看到,这取决于她拿着它的角度。

但是,最好的是琥珀。房间里摆满了琥珀色的水滴和珠子,比石头或水晶还亮,种类繁多。它们有斑点、有条纹,像阳光下的雪一样清澈或苍白。琥珀色是月亮低垂天空时的颜色。

当他回来时,她问他是否愿意让她看着他的眼睛,他耐心地坐着不动,她凝视着这双眼睛,从左眼到右眼。

"你看到了什么?"他说,他的呼吸在她的脸上飘动。

"交织的线条,还有阴影,中间还有一个黑洞。"

他说,"一个可以容纳一个世界的黑洞。"

"我的眼里也有吗?"

"当然有了。"他一边抬起眉毛,一边靠近仔细地看着它们。"是的,它们也有。"他庄重地说,"每只眼睛里都有一个世界。"

"真的吗?"她只看到他的眼睛里映照出自己的圆脸。

"而我在它们那里看到的世界就是我自己。"他微笑着说。而她,在他的这种挑逗下,眼睛总是离不开他,她抬起脸等待他的吻。

"你的眼睛像水一样,"她后来说,"没有一块石头比你的眼睛更美。"

"为什么像水呢?"

她靠近他,看着他的眼睛,发现自己在他的眼中。他吻了她。

"那么,它们像水吗?"

"我确信是的。我的眼睛也一样吗?"

"你觉得呢?"

"我想是的。"她说。

"那么它们就是了。"

"是吗?你对此感到高兴吗?"她感激地靠近他。

"这里的一切都使我高兴,这就是它的目的。"他用一种她从未听过的刺耳的声音说,"事实上,这里的一切,无论是人工塑造的,还是太阳、风和水以外的其他力量塑造的，都没有缺陷。"

她哑口无言地站着，被他的回答惊呆了，然后恢复了镇静。"水，我知道，"她说，这时她眉宇间出现了一道皱纹，他用手指把它抚平，"但太阳是什么呢？"

"是天空中琥珀色的眼睛。"

这让她很高兴。"风呢？"

"风就像它的呼吸。"他说着，轻轻地吹在她的脸颊上。

"像它——但不是它？"

"风是驱动云和雪的气息。是外面世界的呼吸。"

"我见过风或呼吸吗？"

他把一块水晶举到眼前，她被水晶中浮动的肿胀图像吓得后退，喘不过气来。

他说，"风、呼吸，只有在它们发挥作用时才会被看到。风是看不见的。"然后，他拉着她的手，但并没有像她希望的那样，带她去外面的世界呼吸，而是上楼去睡觉。

有一天他说："你知道水，还有石头，但你知道当它们凑在一起会发生什么吗？"他牵着她的手臂，走到一个水晶碗前，碗里盛着布满纹路和斑点的石头。

"这是普通的石头。"他说。

她伸手去拿一块，但他拉住了她的手。

"等等,"他说着,把水壶里的水倒进了碗里,"这是被水浸湿的石头。"他说,他的脸像石头一样闪闪发光,看上去神魂颠倒的样子。

就像他说的,石头的形状变了,就像她知道的那样,变得更大了,甚至它们的颜色也加深了。

"它们变大了,就像我们在浴缸里变大一样,"她大声说,"颜色也变深了。是水的作用吗?"

"拿一个出来。"他说。她抓起一块绿色斑点的鹅卵石。但她的手指一出水面就变细了,鹅卵石也变小了。

"它仍然有深深的颜色。"她说。

"只有在它湿的时候。"

"当它干的时候呢?"

"又变回原来的样子。"

"所以这是水的功劳!"

"两者兼而有之,是两者的结合。"

"那怎么算是结合呢?是一块石头在水里面待一段时间,然后水流走了,"她说,"就这样让石头变干吗?"

他的目光变得坚硬如石。"我看,我没法说服你,"他说,"也没法让你满意。"

"恰恰相反,"她说,"各种各样的事情都使我高兴。"

尽管他已经转身要走,但他仍留恋不舍。

"即便与我无关?"

"比起其他东西,你最让我高兴。"

他的脸上再一次容光焕发。当她未能取悦他时,他可能会很严厉,但在这种时候,他的美一定会让她痴迷。她是他的囊中之物,他的艺术才能使他从不会操之过急。当她伫立凝视,动弹不得的时候,她全身的肌肤对他来说都是鲜活的,他会把这一刻画出来。他自己也一动不动,沉浸在寂静中,直到最后,她仿佛睡着了,但每根神经都是清醒的。她伸出手来,放在他的大腿上,然后他的心就会软下来,把她抱在怀里,他们又和好如初了。

他不在的时候,有时她会看到影子滑过雪地,看到把影子投在那里的人,看到他们真实的自己,穿越天空,飞得高高的,很快就消失在视线之外。有一次,一片卷曲的白羽毛像雪花一样,在窗玻璃上摇曳着,从她身边飞过,消失在茫茫白雪中。她的眼睛看不见了,但它就在那里,她立刻就能知道,它是从一个在世界之间飞行的带翅膀的自我身上掉下来的。她多么想抓住它,把它占为己有啊!她渴望得到它,但知道最好不要开口。她宁愿要那片羽毛,也不要宫殿里所有的石头。

尽管如此,在他不在的时候——她认为穹顶就是他不在时的形状，把她包围起来——在金球的指引下，她围绕着石头转圈，那些像尖顶、像犄角、像立方体、像一簇簇发亮的黑葡萄、像水一样光滑的石头。星星。水晶发出乳白色的亮光，绿色的石头就像重新冻结的融冰，它们的深处是蓝色的，或者是绿色的。带条纹的菱形和红色的石扇。裂片、羽毛、叶片、牙齿、乳白色花瓣。蓝黑色的石头，闪烁在光芒的夜空。石塔、高脆性轴、斜坡和楼梯。亮红色和白色石头上的珠子和刺状凸起，如冻结的毛皮。环形的眼睛和手指。斑点。光滑或多面的球体，以及充满裂缝、气泡和针状空气的透明椭圆体。这些水晶的形态包含着它们相互贯穿的自我形象。就像它们出现时一样，它们在头脑中留下自己的印记；她对在宝石上看到的东西几乎没有什么看法。然而，就像新娘床上的帘子一样，一层薄膜在思想边缘处磨损，几乎要被思想推开，有时出现在她的梦中，半透明的，通向远方，只有当她睁开眼睛时才消散。

他回来了，现在她对他小心翼翼，他也注意到了。

"这是新的。你要时刻保持警惕。"

"当你不在的时候，我会留意一些迹象。"

"你从不休息吗？"

"睡觉的时候我可能会看到你的一些迹象。但外面总有新鲜事物。"

"或者只是看起来是这样，"他叹了一口气，"即使从远处看。"

"什么意思？"

"如果外面有生命，它永远不会像我们在这里看到的那样完整。"

"外面有生命吗？"她说，"那它肯定知道得更多。"

"知道什么？"

"知道在外面是什么感觉。"

"每一刻。它的各个方面。"

现在轮到她叹气了。

"这一边还是那一边？"他问。

"如果我们出去就能知道。"

"在这里，我们知道我们需要知道的一切，这就是真相。"

"我还是看不明白——"

"的确。"他回过头说。

"我只是想象你在外面的世界一样真实地了解冰雪，而不仅仅是表面上的！"

"你以为你愿意知道你所知道的真相吗？不管你喜不喜欢。"

"然后再回来？"

"为什么不呢？"

"为什么不呢?这可能是你要知道的第一个真相。小心不要走得太远。"

"在无处可去和太远之间,我怎么知道呢?"她对着他的背影说。

有一天,她在珠宝室里说,"琥珀比水晶或其他石头更像光。它喜欢被放在人的手掌里。"她在灯笼的光照下取出一个清澈的琥珀球体,举起来,却发现它的中心有一团东西:一个延伸的网状物,一层毛皮,一颗珠子,像一只长长的眼——不,两只眼睛,两个黑坑。

"里面有东西!"她叫道。

他立刻站在她身后。"真的有啊。"

"是什么呢?"

"一只蜜蜂。一种生物。"

她畏缩着,把它举到眼前。"就像你和我吗?"

"是的,而且同样完美无瑕。"他在灯笼下转动它,"看到它多小巧精致了吗?"

"它是不是比看上去要小,像在水里一样?"

"这是个好问题,"他承认,"稍微小一点。"

"只有它在里面!"

"它的同伴们很久以前在一个失落的世界里进入了虚空。只有它留下了。它和裹着它的琥珀。"

新娘愣住了。

"完好无损,"他说,"永恒不变。"

"它知道自己是完好无损的吗?"

他露出一丝微笑,眯起了眼睛。"我们知道。它的美丽永远完好无损,日夜如一,对于我们这些用眼睛看到的人是这样的。"

但对它呢?新娘想。"小家伙,你有眼睛,"她对着琥珀说,"但是它们看得见吗?"

他的嘴唇卷了起来,"我们怎么知道别人的眼睛看到了什么?"

"从我日日夜夜亲眼所见,"她说,她的声音又高又颤,"我开始明白,美是一时的事,转瞬即逝。"

"完全正确。"

"我是说,美在瞬间——"

"你怎么啦?"

"——如果有的话!"

"如果有的话?"他凝视着,说道,"这是你自己的看法。我要的东西我会牢牢抓住。"

现在他又走了,空气中还弥漫着他们对抗的紧张氛围,而她独自站在黑暗的窗格前。他被打了个措手不及,正如她经常被打击一样,但直到现在他才明白。他怎么了?是因为看到了蜜蜂吗?"我的爱人,除了石头,你还捕获过什么?"她深情地问道。当然,他还捕获了她,就在他的婚礼之舞游戏中,但后来她也捕获了他,他们互相捕获了对方。她孤身一人,又回到了迷宫里茫然游荡,找不到终点。但是她仍旧心事重重,她还在苦苦思索——"交换"到底是怎么回事。她跌跌撞撞。她只能回忆起她响亮的回答,以及他的脚后跟一跺,脸色变得铁青的样子。他把琥珀滴带走了吗?虽然她一次又一次地回到珠宝室,但只有在睡梦中它才会出现,在半空中熠熠生辉,触不可及。不知怎么的,她失去了方向。他拿着这样的东西干什么?他做了什么?

有一次,在探索的过程中,她被金线绊倒了,那只珍贵的球掉了下来,这是第一次发生这样的事。球滚开了,她去追它,弯下腰想抓住它,却发现自己站在一扇半开着的门前,她以前经常走过这扇门,但从来没有进去过。是开着,还是关着?两者都不是。两者都有。这意味着她要进去吗?这是他给她留下的信号吗?而当她在门槛上犹豫的时候,她的眼睛还没有反应过来,就在远处的黑暗中瞥见,离灯笼很远的地方,有一只眼睛,两只眼睛,一道突然的光芒,一双注视着的眼睛。或许这是光的把戏?

她走了进去。

起初,这个房间没什么东西。一块块石板笔直地堆放在墙壁四周的架子上,直到窗外的一缕光线在门边的一块棕色石板上刻下了她从未见过的形状,那不仅是一只眼睛——一个铁箍,一张牙关紧闭的针拱,一个杯状的眼睛。她停下脚步,用指尖摸索着边缘。这次不是光线捉弄人,而是一张凹陷的、清晰无误的脸。

她急切地把石板翻过来——一片空白——然后继续看下一张。那里也有一张脸,一个嵌在里面的躯体,长长的关节,蚀刻得很复杂。所有的石板和薄碑都是如此,一片树叶的花边,一块大理石的碎片,一根有棱的脊骨,一圈又一圈苍白的线圈,里面是空心的。形状一个接一个,不可思议地与她脑海中的图像相吻合。暗淡沉重的厚石板,却有人居住,比那些宝石、大理石和水晶都更有生命力,它们有星星点点的裂纹和光辉——只有一个例外。它们就像琥珀中的生命。如果她——他称之为她——是完好无损的,那么这些也是。然后她遇到了他之前给她看的那块灰色石碑,里面有一只鸟的形状,她睁大了新的眼睛看着它。

这不仅仅是一个形状,这是一个生命,一个被石头所掌控的自我,一个令人恐惧的东西。

既然他给我看了这些,她想,用手指描着,为什么不让我都看看呢?但是你真的看到了吗?她问自己,还是直到现在只有你的眼睛看到了?现在似乎是他们,这些住在石头上的人,主动把她吸引过来了。他们想要她做什么？她只想离开这里。现在怎么从这扇门离开？它原来就这样，一定是半开着的。但是，怎样才能确定能再次找到它呢？是金球把她带来的吗？不知不觉中，她学会了不信任。她从裙摆上抽出一根细线，把它绕在离门最近的石头上，在她身后的白色地板上留下一条白线，和那条金线一起散开，直到她回到熟悉的地方时，她的衣服已被抽掉了一半。

  但这些无名的影像总是挥之不去。她无法抗拒它们，总是不由自主地被吸引回去。她一醒来，就必须顺着她的金线找到自己的路，它伸向半开的房间和它的奇妙之处。她越往里走，发现的东西就越多。她依次拾起每一块石头，欣赏每一块石头的表面，发现有叶片和花纹穿插其中，贝壳的碎片、绳结和蛛网、脊椎和鳞片的嵌入物都紧紧地捆绑在一起。她无法把这一切与她所知道的任何事情联系起来，但她觉得自己了解它们。这些石头有一只睁开的眼睛，或者两只都睁着，或者在应该有眼睛的地方有一个空洞。它们的牙齿在瘦骨嶙峋的嘴巴里伸展得很宽，仿佛正在被这些石头吞噬。想到这一点，她不禁打了个寒战，在恍然大悟的瞬间，她从这个吸引她的房间里退缩了。这怎么可能呢？难道自己也会被吞噬掉吗——当他回来的时候，他也会被吞噬——像这样被困在石头里，双目失明，束手无策吗？

房间本身安静得像石头一样。然而当她回来时——尽管她害怕,她还是不得不回来——有时她会发现其中的一些石头生物与上次不太一样,仿佛它已经移动了,伸展了,或者更深地沉睡了。这些石头自由而鲜活,以另一种她所不知道的秩序存在着。

他从未带她进来这里。他让她自己发现。所以等他回家后,她也不会对他说什么,而是等合适的时候向他摊牌。她只知道,这是婚礼之舞的新一步,是一个让她去跟随的秘密信号。而他,一旦他知道她已经找到了房间——但是他会带她去吗?因为没有白线或金线可以跟着,而且她走的时候已经把线卷起来了——他要么说出来,要么不,游戏就从这里开始,她必须自己想办法找到自己的出路。

或者他会跟着她进去?她屏住了呼吸。这是她想要的吗?这一次她不确定。他甚至会像对待蜜蜂那样背叛她吗?她大多数时间都与石头生物独处,几乎没有与宝石打交道。也许他本就想让她远离它们,为了她自己好?她是不是犯了一个错误,走错了一步?如果她真的错了,他会说什么,他会怎么做?把门关上?把它封在墙上,再也不让她找到?把她关在门外?或者里面——把她关在里面!她在战栗?他为什么会那样做呢?难道那是婚礼之舞隐秘的暗流吗?

虽然目前看来，这不过是她内心深处的一阵疑虑，但他们之间似乎竖起了一道看不见的墙，一堵比水晶还透明甚至是不存在的墙，一堵隐秘的墙。她学会了怀疑，他也知道她学会了怀疑。紧随其后的是恐惧。

这些张牙舞爪的眼睛和嘴巴萦绕在她的睡梦中，它们流畅的动作如此不同，与石头截然相反。她以前在哪里见过这样的面孔呢？

当她躺在浴缸里，半闭着眼睛时，答案突然浮现在她的脑海中。它们曾经都在水中的某个地方，不管在哪里，它们都曾在水里，这些石头肯定和水里的东西一起喝了水。它们是生活在水中的生物！那块琥珀中的生命也是其中之一吗？但它会飞——除非这些生物是在水中飞翔？这么多石头上都有波纹，在石头吸入水之前，这些波纹可能就是水。她以前见过这种水，但在哪里呢？流动的水，充满了有生命和会飞行的生物，被浸没的颜色越深，颜色面积越大，越浓烈，而且淹没得越深，速度越快。

那天晚上，当她在另一个时间里沿着白雪皑皑的岩架入睡时，两个自我交汇在一起，在呼吸中、在白雪中、在白色水域中、在白色羽毛的交织中，与她并肩而行，彼此也步调一致。她突然惊醒，很快，幻象消失了，但她知道，她已经在另一个世界或时间里认识了它们。她坚持着，静静地躺着，等待睡眠把她带回梦境。在她脚下是一条灰绿色的冰道，上面有水坑，还有一块大玻璃窗格，窗格下面水流深邃而黑暗，里面有像织物一样的灰褐色碎片，有棱有角，树叶飘动翻飞，她知道那是树叶，还有眼睛是黑色的，镶着金边的躯体，当她向下凝视时，看到一大片各种颜色的皮肤，斑斑驳驳，水汪汪的，嘴巴大张，眼睛大瞪，警惕地注视着。一切如同一个幻象。

她突然想到，他从来没有说过蜜蜂是用翅膀游泳的——飞行的——，但她已经知道了。她也从来没有想过要问它们为什么要飞，飞到哪里去，或者永恒是什么，在哪里。他去了哪里？有时在她最深沉恍惚的睡梦中，他又回来了，当她向他敞开心扉时，他会默默地把她搂在怀里。但是，她越来越少地醒来，因此她总是孤独一人。

当她再次醒来时，她发现自己置身于一个明亮的新世界，到处都是光线、倒影和阴影，一切都变了。她曾花费那么多时间沉迷于贝壳和骨头、破裂水晶的错综复杂中，而现在她发现自己和其他一切都沐浴在纯净的光芒中。在灯笼光下，那些失落世界中的失落碎片看起来好像发生了变化，其实这只是脑海中光的幻觉，实际上它们并没有发生真正的改变，尽管她一直在观察。但是此时此地，她渴望的是外面被照射的世界，渴望近距离地看一看，渴望看到冰雪和月色降临，渴望感受它们——如果不行，为什么不行呢？她叹了一口气，又继续盯着窗外看。

"那里有什么吸引你的目光？"她仿佛听到他在路过时说道。但他看起来只是在这里。

"倒影。影子——"

"在石头中没有生命，但在影子中有生命吗？"他说。她对此毫无答案，也没有回应，她的脸深深地沐浴在光芒中，如同一道影子。

"影子和倒影都有它们独特的美，"声音继续说道，"我难道否认过吗？"

经过长时间的沉默，她终于让步了。

"抑或是我，否认了石头中的生命吗？"她回答。

一个失误。他的眉头皱了起来。他知道，她想。

"影子和倒影并不是我们所看到的真相。不是它们本来的样子。如果有的话，它们会掩盖真相。仅此而已。"

"你知道我看到了什么吗？"

"你看到了我看到的。但这不是重点，"他叹了一口气,"但是……"

"但如果我们不能相信我们的眼睛——"

"我们可以相信它们看到了,但只能看到表面,看不到隐藏在深处的东西。所以要小心。就我个人而言,"他补充道,"它们是唯一可以信任的。"

她聚精会神地听着。但陷入了沉默。

现在,每当她拾起一块石头,仔细端详,反复摩挲,感受它的独特气韵时,她的心中都会涌起一个疑问:究竟是什么让他对这块石头情有独钟?他并不在乎石头是否平淡无奇。如果她对石头的喜爱程度不如他,那么她会为了他而爱屋及乌。是因为他亲自挑选了这些石头,无论怎样找到的,无论在哪儿,所以他才更加珍视它们吗?他是否如此喜爱那些在昏暗房间里的石头,以至于想独自占有它们?她像他爱她一样爱他,甚至比之更甚,她一直认为他希望她不仅仅只是爱他,更希望她能爱他所爱。如果她做不到这一点,他会因此而减少对她的爱吗?他在她身上看到的是她缺失对他所爱之物的爱。这是一种缺陷吗?想到这里,她不禁黯然神伤,就像弥漫在穹顶的雾气一样,只不过这雾气存在于她的体内。被爱意味着没有瑕疵。那么失去爱呢?她不寒而栗。爱会消失吗?这里什么东西都出不去,还能失去什么呢?可以失去的只有他。但这里除了他什么都没有,别的什么都不重要；这就是问题所在。这些石头都可能消失，甚至那些住着人的石头也可能会消失，她根本不会在意，除非他会在意。为了他，她会在意的。这是否足以不失去爱？她无从得知！失去是什么？迷失又是什么？他来了又离开了，就像他的离开使她迷失一样，就像他们跳的婚礼之舞一样。你在哪里？你又归来了！我的爱！我的永远！这么说什么都没有失去吗？迷雾散去，她很快酣然入睡。

此刻，雪花漫天飞舞，有时几乎飘到了她的脸颊上。她紧贴在窗户上，每一片完整的雪花都清晰可见，六个棱角舒展着，徐徐落下。雪花轻盈翩跹，宛如催眠魔咒一般，将她送入梦乡。当她醒来时，雪已经停了，整个世界清晰可见，变成了金色的空洞，在高高的白色天空下闪闪发光。这一切究竟是何时发生的呢？她从一个窗户跑到另一个窗户，四周的墙壁深深陷入雪中，比以前更加光滑，还闪耀着微弱的金色光芒。每个阴影都如同迷宫里的阴影一般湛蓝。月亮的阴影却是黑色的，绝非蓝色。一颗巨大的金球点燃了被暴风雪横扫过的每一条山脊的边缘，山脊裂开——雪、冰、蓝宝石和翡翠都出现了裂口，有雪花飞溅出来，伴随着一阵呼吸，一阵风。但他肯定说过风是看不见的吧？的确，因为她看到的不是风，而是明亮的雪花在飘动。云像雪一样升腾，雪飘回到它来的地方，留下了暗淡的阳光，使其变得光影斑驳，纹理突出，像一颗琥珀色的球。

最令人惊奇的是，在那耀眼的白光中，外面竟有一个身影直立着，起初她还以为那是她的主人回来了，正在等待她发现他。然而并非如此，那个身影比她的主人更矮小粗壮。很难说清楚，那耀眼的白光中，白色的身影究竟是何物，但是她感觉那似乎是一位新娘。她眯着眼睛，试图遮住眼睛，几乎可以看到一个和自己一样的身影，与她不同的是，这个身影的胸前有两个明显的突起，在锥形的头部下面，有两个丰满的雪白乳房，比她的大得多。

她目不转睛地站着，希望那个身影能够转身看到站在窗边的她，然后朝她走来。然而，那个身影却始终一动不动，过了很长时间，这身影和她自己的影子一起似乎开始随着太阳的移动而移动；就像圆顶本身似乎随着其水汪汪的阴影边缘一起移动一样。那个身影的形状随着光线的变化而变化。它全身披着一件白色的斗篷，时而飘动，时而陷入阴影的褶皱中。但即使在这新的光影下，她仍然看不到那张脸——她在看哪一边？她离得有多远？她是不是也像新娘一样蒙着面纱？无从得知。她断定一定是暴风雪把这个身影卷到了这里，除了暴风雪，还能有什么呢？一个雪新娘或冰新娘就这样诞生了——不同于她的主人，但她永远分不清。这就是一切的开始吗？现在这位新的新娘会来住在这里吗？

突然间，巨大的圆顶对于窗前的新娘来说变得太小了。她已经习惯了当他们分开时，他和她在彼此眼中会变得越来越小，只有再次靠近对方时，他们才会变回原来的样子，直到恢复正常大小。她看到在他眼中，她的脸是多么小，尽管实际上她和他的脸大小相同。她知道自己的眼睛是不可信任的。尽管如此，她还是几乎无法将目光从雪中的陌生人身上移开。

有一次，她在白雪茫茫的世界里，在光明中守夜，她编了一个自己的游戏，在这个游戏中，她在窗前摆好了一个姿势，完全可以看到外面世界的另一位新娘，并尽可能长时间地保持这个姿势。她观察着是否有回应的迹象，但她没有得到任何回应。随着时间的推移，她们之间因为这个游戏产生了一种亲密感，一种任性的依赖关系，这不是她所理解的爱，而是一种比爱更轻松、更快乐、更自由的感觉。现在她试着晃动身体，躲着另一个新娘，趁她不备时抓住她；现在她又转过身来，或者挥舞双臂，希望能得到一个回应的动作，有好几次她几乎可以确定自己看到对方抽搐了一下，注意力集中了，转了转头，侧目瞥了一眼。另一位新娘难道无法透过墙看到她吗？她是多么想被看到啊！

她最后一次看到那个可怜身影时，她已经爬得更近了，个头也变得更大。她宽阔的脸颊从紧闭的双眼向下皱起了皱纹，仿佛被她的手指抓挠过，又或是被冻结的水流冲刷过。

随着时间的推移，光线的变化模式越发清晰可感。一段漫长的黑暗被短暂的光明打破，在此期间，她不想入睡，只想进一步观察和探索。这是一个持续不变的模式，除了有一次她在黑暗中毫无征兆地，在她的睡眠中又变成了白天，当她站在窗前时，雪白的身影终于越过皑皑白雪向她飘来，穿过融化的窗户，放下她的白色斗篷，真相大白！——胸部挺拔，双臂高高举起。但尽管新娘的眼睛仍然睁得大大的，她却独自躺在床上。没有人和她在一起，也没有人会代替她的位置，没有人会把她抱在怀里，照顾她。

"我知道我是里面的新娘，"她对着黑暗说，"是真正的新娘。但这里还有房间留给别的新娘。"

她闭上了眼睛，想回到她在梦中的地方，去寻找那个入侵者，那个闯入者，另一个迷失的自我，如果她听到了她说的话并进入她的梦乡。但她再也睡不着了。她努力回想发生的事情，想看看当毛茸茸的披风滑落时，她是否看到了她的形状，但那一瞬间只在她的脑海中一遍又一遍地重复。这个他者，这个找到她的探寻者，这个隐蔽的沉默者,到底是由什么构成的呢?她没有留下任何痕迹,甚至连一个脚印都没有。

接着,新娘的心猛地一沉,仿佛她的主人第一次离去时那般。她整个人因为失去而空虚。她不仅学会了悲伤,还学会了怜悯,不是通过单词,而是通过实例。她无法入睡,躺在星光闪烁的穹顶之下暗自悲伤。星星在她眼里看起来也像雪,但是固定的、凝固的,不像雪花飘落时那样飘动和闪烁,星星仿佛是有生命的,只是悬浮在无尽的黑暗中。没有银碗般的月亮在这漫漫长夜中升起。她告诉自己,如果穿着雪斗篷的哀悼者像月亮一样,她可能就会再次出现。漂泊不定,却始终如一。

很快,光明的时刻变得越来越频繁,且更加明亮,但是不知道光源于何处。直到有一天,在雪的远处边缘出现了一个看似红色月亮的轮廓,然后又消失了。但它又回来了,而且每次都升得更高,持续的时间更长,在雪地上散布着微光、倒影和蓝色的阴影。它所触及的一切都会变成红色,而在阴影中的一切都变成了蓝色。这个可见世界中不断变化的新美景令她着迷,她睡得越来越少,以免错过任何转变的过程。有一天,明亮的形状从世界上升起,圆圆的,是一轮新的满月。之后它变得越来越亮,升得越来越高,失去了红宝石般的红色,燃烧得越来越白,只有在接近世界边缘时才会变成金色,紧接着在最后一刻变成红色，这是她最爱的时刻。现在它直接照进了室内，在一个又一个架子的边缘闪烁和迸裂，形成了各种颜色的小条纹。即使在石头房间里，它也能点燃石头、贝壳和碎片，并在墙壁和令人眼花缭乱的地板上洒满倒影和阴影。它也在她身上流动——为什么他不在这里看到她光彩照人的样子？在这奇妙的过程中，他一直不在，错过了这一切。她发现自己不再像这个世界一样仅仅是白色；光线如潮水般洒在她身上，像金色的葡萄酒一样，将她包裹其中，直到她看起来就像刚从浴缸里走出来一样湿漉漉的。

一天，就在她渴望有人陪伴的时候，她在徘徊中惊奇地瞥见一束金色光芒，那光芒来自一盏灯笼，它在迷宫的房间之间移动着，照亮了迷宫中没有一丝光亮的最深处，照亮了她从未涉足的地方。

她抬头看了看，生怕那只是月亮的倒影或一颗闪亮的星星，但都不是。在下面的某个地方，点着一盏灯笼，据她所知，那是一条她从未冒险进入过的通道，甚至她的主人也没有引导她走过。那光不像其他灯笼那样固定，而是摇曳不定的、闪烁不定的，仿佛在墙壁和地板之间是水，而它在水面上漂浮着；不仅如此，她还看到它在下面移动着，速度和她在水晶地板上行走的速度一样快。她加快了脚步，试图跟上它并甩掉它。她的主人是否背着她回来了？这是婚礼之舞中的新舞步吗？她匆匆穿过一个又一个没有门的通道，穿过一个个只有空架子的房间。灯笼的步伐没有改变，但它仍然让她难以捉摸，有时更远，有时更近。这是她第一次不顾一切，顾不上谨慎和迷路的恐惧，只是为了跟上它。她走近了，当距离只有一两层水晶时，她终于看到了一个影子，一个披着斗篷的身影，一个戴着兜帽的头俯在灯笼上。它不同于其他任何灯笼，而更像是某种有生命的东西，像水，或者是太阳和风的结合。突然，一张脸突然蹿了起来，粗大的鼻子上有两道黑色的阴影，两侧闪烁着红宝石灯笼的光芒，那是它的眼睛，紧紧盯着她。

她被吓坏了，直接昏倒在地。当她睁开眼睛时，她发现自己孤身一人躺在迷宫深处，她不知道为什么。她在哪儿？她是怎么来到这里的？然后她又想起了那一堵又一堵墙上的光芒，那盏灯笼带着她跳了一场婚礼舞蹈。在她的脑海中，她循着自己的路追踪而来，时而近，时而远，直到那个穿着斗篷的身影转过身来，眼睛闪闪发光，面对着她，但那并不是她的主人。他在这里做什么？他为什么跑了，跑到哪里去了？他想要什么？接下来会发生什么？

她花了很长时间，小心翼翼地卷起她的金球，终于回到天空下那个更高、更明亮的房间。这里是她的领地，不容侵犯。真的是吗？但是，现在她清楚地意识到，除非她先找到他，面对面，否则她将永远无法安心。她再也无法安然休息或入睡——在有一个不速之客逍遥法外的情况下，她怎能高枕无忧？他此刻正在注视着她吗？那盏黑暗的灯笼是否隐藏在斗篷之下？如果他在她毫无防备的时候突然袭来，又会做出什么事情呢？就在一瞬间，她领悟到了一个压倒一切的法则，那就是致命的恐惧。

尽管如此，当一盏灯笼在黑暗中本不应该出现灯笼的地方再次亮起时，她还是跟了上去。她坚定地追着它，身体因恐惧而颤抖，但她一次也不回头，它带着她越走越深，走到了一组石阶和一扇半开着的圆形石门前。石墙密不透光，照亮它的不仅是一盏灯笼，而是一种更深、更柔和的光——涟漪般的红宝石色，就像石壁一个阴暗角落里的那双眼睛。

她睁大眼睛，起初在黑暗中捕捉到的只是闪烁和流动的光，那是隐藏的宝藏，这闪烁的光芒照耀着这里的一切，也照耀着她，将她的衣服和皮肤都缀上了颜色，然后，在这间最奇妙的房间的石壁和天花板上，投射出它自己的模仿影像。然而，当她的眼睛变得清晰时，却发现这里没有灯笼，也没有在半空中飘浮的红色的手或披着斗篷的身影。它不可能到达任何其他地方，否则，她就会在她漫长的闭关过程中透过无数厚厚的银色水晶看到它。

即便如此,只有在经过了一段空虚日子,没有出现任何迹象的情况下,她才敢屏住呼吸,带着熟悉的恐惧,沿着通道爬回来,坐在石凳上,再次凝视这个幽灵:它在壁龛中叽叽喳喳地拍打着,散发出一股气息,当它持续时,她自己的呼吸都停止了。对于这个琥珀色、持续不断的物体,她找不到一个合适的名字。她能想到的最接近的东西是太阳或云朵——但根本不接近,因为它是有生命的。她闭上眼睛,眼前黑暗中出现一片蓝色,有时甚至会被房间里的嗡嗡声和噼啪声带入梦乡。

有一天,她睁开眼睛,看到一个浑圆饱满的东西,像气泡一样,喷涌而出,膨胀后又缩回,变成火焰,发出微弱的咝咝声,闪耀发光。这会是什么呢?她惊慌失措,不敢移动,拼命地等着它变成什么样子,同时也盼着它快些离开。然而,事与愿违,它的形状和实质变得越来越坚固,至少表面上看起来如此;即便如此,她还是被好奇心和恐惧吞噬着,不敢逃跑,也不敢紧跟着它,不管它是什么——她呆呆地站着、凝视着,直到最后,一个身影突然冲出火焰,站在石板上,高高在上——是入侵者!他似乎是从火焰和火焰的阴影中走出来的，看起来是这样，在黑暗中她双眼迷离，房间里的红色迷雾模糊不清。但这怎么可能呢？

他走上前，身体四周发出闪闪微光，把帽子从它燃烧的头上摘下，深深而优雅地鞠了一躬，称她为"夫人"。

"你是干什么的？"她喊道。

"哦，夫人，您的仆人！您认识我！"他从一头几乎遮住嘴唇的红头发深处发出声音，他的眼睛深深地凹陷在阴影中，只有他的眉毛闪闪发亮，又硬又红。

"我不认识你！你是从那边冒出来的！"她指着，小心翼翼地后退，"我看见你了！"

"从壁炉里冒出来的？对于眼睛来说可能是这样，但是夫人，事实并非如此。"

她明白这一点。

"你是谁？你想要什么？你为什么跟着我？"

"难道不更像是夫人您在跟着我吗？"

"是你开始这个婚礼舞蹈的！你在这里做什么？"

"您不如问问自己会更好，夫人。"

她进一步退缩。"你不说就算了！"

"夫人，我只是在这里保护您，并遵循您的命令。我是您的仆人。"

"那是什么？"

"那是一个关心您一切需求的人。"

"我不需要!"

"看起来是这样,夫人,但即便如此,我仍然是为您服务的。"他深深鞠躬,"我是属于您和主人的。"

"我从来没见过你!你是从哪里来的?"

"我是为主人和您服务的管家,夫人。您的仆人和您的傻瓜。"

"我们的傻瓜?"

"您的傻瓜,我负责让夫人笑和陪伴您。"

"为什么?"

"这是主人的命令。这不是我该问的。"

"但他不在这里!"

"我只能遵命。"

"为什么现在出现?他为什么没说过?"

"这是他的方式,夫人,您知道的。"

她知道。所以这是一个教训,就像半开着的门和那个婚礼舞蹈一样。

陌生人燃烧的胡须里露出牙齿,挥动着他的手臂,指向移动的光说,"现在,您能过来坐在火边吗,夫人,如果您愿意的话?"

"那是它的名字吗?火?"

"正是火。"

她微笑了。"火知道它的名字吗?"

"我想不会,夫人。"

她明白了。"我知道我的名字。我叫新娘女士。"

"我是您卑微的傻瓜,愿为您效劳。"

她点点头。"既然如此——火,刚才你说的是吗?在那之前呢?是心脏吗?"

"壁炉。但类似心脏。那是火的住所。也就是它的床,夫人。"

"那么,火是用来做什么的?"

"火是用来燃烧的,夫人。奇怪,您不知道这个。难道您没感受到它的热度吗?它所散发的热气?"

"热?"她摇摇头。

"什么都没有?"

"那是什么意思?我感觉到一种深红色的光像水一样移动,但在空中,就像一盏灯笼。"

"像太阳吗?"

"太阳?"

"天空中的那团金光就是太阳。"他伸出双手,手掌朝上,边缘闪着明亮的红光,"走近一点,夫人。"

她轻轻走近,直到离火焰很近,以至于她的白袍在火焰的光芒中发光,她伸出自己的双手,就连她自己也散发着一种微弱的炽热光芒,一种她从未意识到的内在的光芒。这光芒环绕着她的衣服和她的手臂,她被这突如其来的美迷住了。

"很好,夫人。"她仿佛听到他在她背后说,"您深陷冰封之中。但时间会证明一切。"

"我的主人也这么说。"她睡眼惺忪地说道。

后来她就什么都不知道了,当她再次醒来时,发现自己躺在壁炉旁的石凳上,火苗已经变低,自己刚才在石床上睡着了。现在,是时候离开了。

再次见面的时候,她问他什么是"笑",他把头往后一仰,发出一阵狂喜的嘶哑的小叫声,他的肚子在红色夹克下面跳来跳去。

"现在轮到您了,夫人。试试看,不会有什么坏处的!"

"坏处?什么是坏处?"

"没关系。也许您永远不需要知道。"

"为什么不需要知道呢?"

"我们来看看,您到底行不行。"

她感到困惑,但她喜欢他的样子,喜欢他的光芒。正当她不知所措时,他一跃而起,围着她转来转去,一会儿转到这里,一会儿跳到那里,她也情不自禁地跟着他的动作,着迷地追随着他的一举一动。当他完成最后一个华丽的动作并鞠躬时,他的胡子碰到了地板,一双红色的小眼睛一直盯着她，炯炯有神，每个瞳孔的核心处都有一个火点，她突然颤抖起来，就像他一样，有节奏地大声喘息着，眼睛紧闭，嘴巴张得大大的，发出一声又一声叫喊，声音并不嘶哑，而是颤抖的、无助的，这是她从未听过的声音。她大笑不止，怎么也停不下来。当她终于停下来的时候，她的眼中流下了泪水。这就是笑吗？不，这没什么，就像他说的那样，重要的是那种无助的感觉。"再也不要让我这么做了。"她睁开眼睛说道——但他已经悄悄溜走，只留下她独自与火为伴。

她双手紧紧抓住裙摆，漫无目的地跑开了，从未像现在这样跌跌撞撞，手中的金球也没用了，最后只能借助穹顶上方的灯笼找到方向。她说过再也不要这样做了，但他已经做了。如果他伤害了她怎么办？为什么会这样？她躺在白茫茫的天空下，几乎无法呼吸，直到心情平静下来，缓缓睡去。

"夫人。"那个幽灵低声咆哮着，低头鞠躬。

"你确实是从火中出现的！"她控诉道，"我看见你了！"

"来吧，夫人！"

"你住在火里！"

他嘶声怒吼着，弯着腰，而她则冷冷地看着他。她不需要自我保护，不会有跟着他一起笑的危险。当他们坐在壁炉两侧的地板上凝视着火焰时，她斜眼看着他。

"为什么我直到现在才知道这个房间？"

"时候到了。"

"时候到了？是你不辞而别。"

"我知道了，夫人。请原谅我，因为我有事要忙。这样的事情偶尔会发生。"

"是吗？好吧，笑可不行，你听到了吗？"

"我不能笑吗，夫人？我的笑声有那么——"

"如果你必须要笑，不要在我面前笑。"

"随您便，夫人。可是，从您嘴里发出的笑声，难道不是在这个地方听到的最轻盈、最甜美的声音吗？哪里有害处呢？它对心脏有好处。"

"告诉我什么是伤害。"

他把胡子塞入他的领子里，摇了摇头，她再次不予理会。"那么你的工作是什么？"

"哦，好吧，总的来说，我在这里照看东西。我偶尔会为我的主人拉雪橇。您知道雪橇吗，夫人！不知道吗？漫漫长夜在雪地上滑行？"

"你在说什么？"她小声说。

"请原谅我，夫人，难道不是我亲自驾着雪橇送您来的吗？主人站在您身边，我在后面抓着缰绳！我们都裹在皮衣里,跟在白色的大野兽后面,它是一只不知疲倦的大野兽,它呼出的雾气把我们都遮住了?而您竟然什么都不记得!"

"据我所知,"她以同样微弱的声音说,"我一直都在这里。"

他站起身来。"我知道,夫人。请原谅我,这只是我的愚昧。"

她皱着眉头,低下头表示同意。当她抬起头时,他已经离开了,还是没有道别。他令人惊恐不安,而且很唐突,她不想和他有任何关系,她决定从今以后要远离他。

但她还是回去了,哪怕只是为了那团火。他不在那里,但是火还在燃烧,她很快就目不转睛地凝视着火焰的中心,凝视着火的流线、火的变幻和拍打飘动着的光影。有一天,他出现在她面前,就像火堆前的一个影子,生出一阵火花。她尖叫一声,捂住了耳朵。

"夫人,您来了。这儿没什么好怕的。"

"这真是令人惊诧,"她说,"闪闪发光,就像夜空一样。"

最后的一丝火花爆裂,跳跃着,熄灭了,她嘴巴张得大大的,向后退了一步。

"像星星一样。"她坚持说。

"很像，其实白色的火焰是它们的内心。"

"白色的火焰？它们是吗？"

他用一根木棍戳着火堆的中心，直到火在壁炉里慢慢安静下来，余烬泛着一层红色和琥珀色的光。

"在那里，"他说，"火知道谁是它的主人。"

"白色的火焰？它们不是由雪和冰构成的吗？"

他又摇了摇头。

"那是火？全部都是由火构成的吗？"

他又点了点头，"我只能说，多数是这样的，夫人。谁又能说得清呢？"

她伸出一只手，随着火焰的方向来回转动着，火光下黑色的手指镶着红色的边框，戴着一枚金戒指。听到他的话，她把手缩了回来。

"我们住的地方不是，"她说，"还有月亮，它们是雪和冰。"

他咧着嘴笑着说，"我也许只是个愚蠢的傻瓜，但我认为我们所处之地是一块儿大岩石，月亮也是。"

"岩石？月亮——"

"——月亮上可能有雪，也许没有，夫人，但在它的下面是坚固的岩石，我的意思是，就像太阳是坚固的火一样，如果您明白我的意思的话。但这个世界就是岩石组成的，上面是雪、冰和水，在岩石的深处，它的心脏也是一团火。"

仿佛在回应他的话，炉火突然在壁炉中噼噼啪啪地燃烧起来，火焰上下窜动，令人眼花缭乱，她被光亮炫得闭上了眼睛，房间里顿时一片漆黑。她无法一下接受这一切，呆在了那里。当她回过神来睁开眼睛时，他又不见了。

那天晚上，她躺在穹顶下的皮草上，辗转反侧，难以入眠。她抬头仰望，眼前竟浮现出一幅不属于这个地方，不属于这个时间的幻象：她看见一架雪橇，但不是如他所说的那样，她自己坐在雪橇上，更没有他在上面，雪橇在一片雪花中滑动着，在夜幕降临时，雪花沿着雪橇的尾迹从雪地上蒸腾而去，留下一点亮光，宛如一颗低空燃烧的星星，随后便熄灭了。

如果他说的是对的，她就是坐着雪橇来的，那么其他新娘是否也曾来过这里呢？这里已经住着别的人了吗？如果有人，她们为什么没有住在一起呢？但怎么会有呢？她应该会看到她们的。她告诉自己："我是新娘，只有我一个人。"如果新娘可以独自一人，那她又是谁的新娘呢？我就像金戒指、金钟和金球一样，沉默、疏离和孤独的新娘，是一个被遗忘的新娘。

"我有一个疑问，他是谁？"

"谁,夫人?"他反问道。

"我的主人。请告诉我。"她回答道。

"您知道的,夫人!他是冰雪之王——"

"这我知道。"

"——也是此时此地的主人。他是一切有形之物的主宰,甚至更多——"

他挥舞着手臂,一时语塞,而她则屏住呼吸,等待着他的下文。

"他是一切表象的主人。"他终于说道。

"我明白了。"她迷惑不解地说道,然后点了点头,仿佛她真的明白了。

"他是黑暗中的光明,也是光明中的黑暗。"他继续说道。

她陷入沉思。"你说你是主人。"她说道。

"我是火的主人,夫人。我说过,你也听到了——只是这么小的火——不过,请注意,火并非微不足道。"他弯腰走到壁炉前,摇了摇头,又生起一片火花。"火比它看上去更加厉害,就像我们的主人一样,远比他看上去更加重要。"

"然而我们是如此相像。"她说道,"他和我……我是否也比看上去更加重要呢?"

"或多或少,但我有什么资格评判呢?您应该去问他。他是一切表象的主宰。"他回答道。

"一切表象？那么，在哪里呢？"她问道。

"这里，那里，无处不在。看起来是什么，是个问题。"

"那么答案呢？"

"是的，还有答案。"他耸了耸肩说道，"我只能说，看他喜欢什么，夫人，他似乎能随意变化成各种形态，有时又什么形态都没有。"

"什么形态？"她问道。

"据我所知，任何一种。现在别再问问题了。"他说道。

"表象。"她自言自语道，更多的是说给自己听，但声音很大，"还有消失。"

傻瓜正凝视着火光，迷失在其中，使火焰重新恢复了生机。不知道他是否听到了她的声音。他穿着平常那副厚重的、乱蓬蓬的、没有形状的毛皮，毛皮像他的头发胡须一样黑乎乎的，直到火光映照在他身上，他全身开始泛着琥珀色的深沉光芒，一会儿与空气接触的地方逐渐变淡消失，一会儿又散发出壁炉中的黑色余烬之光。除此之外，这件皮袍看起来就像她睡觉时盖的白色毛皮；但同时又如此不同，以至于她越来越好奇地被它柔软多变的厚度和蓬松的绒毛所吸引，如此柔软，正如她有一天偷偷发现的那样,它就像头发一样柔软松散。从第一次触摸开始,她手掌的皮肤就痒痒的,渴望再摸一摸,很快她就抓住任何机会——佯装懒散的、偶然的,顺手时——让一只手落在皮袍上,此时毛发就会竖立起来,变得粗糙,挠痒她的手掌。即使他曾经也感觉到了(好像他能透过所有皱巴巴的厚度感觉到),他也没表现出任何迹象。

又有一天,她的主人正在向她解释什么,她却移开了目光,他的声音立刻变得生硬而冰冷。

"请专心听我说话行吗?"

"我正在听着!"

"如果你对我失去了兴趣的话,你就不会专心。"

"失去兴趣⋯⋯?"

"你的目光不在我这里。"

"有东西吸引了我——"

"——好吧。"

"——但不是我的耳朵!"

"看样子你还需要掌握一下集中注意力的艺术。"他说。

"我很抱歉——"

"抱歉?"他回头看着她,"是吗?在我看来并非如此。"

现在轮到她盯着他离去的背影了。

又有一次,他和蔼可亲地说,"现在给你点你从未见过的东西。"他拿起两个灰色的碗,是用同样带斑点的、闪闪发光的石头雕刻而成的,一个小而朴素,底部有一个洞,另一个碗的内部有一圈一圈的条纹。

"这石头里有钻石斑点!"

"你觉得它们是干什么用的?"

"我——它们是干什么用的?这些斑点吗?"但她心不在焉,转动着她的头,这样钻石就会忽闪忽闪。

"盛水用的。"

她用逗乐的眼神看着他,但他的神情很严肃。"小碗的底部有个洞!"

"是的。"

"那它怎么能盛水呢?"

"把它放在另一个碗里——"

"——那水也必须放在里面!"

"确实是这样。当水从上面的碗流到下面的碗时,它会上升到另一个碗里。条纹一条接一条地沉入水中。"

"就像是在浴缸一样——"

"——其实每个条纹都代表一个时间单位。"

"哦。"她耷拉着脑袋,"原来是计时器。"

"或多或少吧。"他叹了一口气,"当然,和金钟的原理相比,这很简单。"

"是的,但是时钟就是这样,始终如一。"

"这也是一样的。时钟是极其复杂和多样的,永远在变化,永远在运动。"

"我知道。但只是它的组成部分永远都在进行相同的运动。它把自己卷进去,又把自己卷出来。就像金球一样。"

"如果你知道的话,水碗也是一样的原理。"

"让我们放些水进去看看!"

"今天就到这里吧。"

"你知道的,"她恳求道,"我只能知道我所看到的。"

"取决于你的选择。"

"是吗?我感觉不是这样。我的选择重要吗?"

"比你知道的更重要。"他说。

她叹了一口气。"好吧,如果我必须选择,我更喜欢这些碗。对于时钟来说,除它之外的一切都不重要……"

"这就是它的美……"

"但是一旦碗里有水,尤其是当一个碗在另一个碗里时,碗就会活起来。碗就像水的眼睛……"

他盯着她。"是吗？它们在看着你吗？"

"你是什么意思？"

"或者让你在水中看到自己的倒影？"

她张开双手，一脸茫然。"我们的眼睛看起来一样——难道它们看到的东西不一样吗？"

"看到什么？"

"我想是水看到了什么。"

"继续吗？"

"看到我，看到我的一部分，或者你，或者太阳，或者月亮、星星。你自己看吧！"

他的笑容很冷淡。"看到我自己——为我自己。"

"就像我们在水里一样。"

"你觉得水是有生命的吗？"

"比冰更有生命力。"她颤抖着说，"或者石头。就像我们对于水而言是有生命的一样，我敢说。"

"这些天你总是胡言乱语，"他说，"我并不喜欢这样。"然后便转身离开。

"真奇怪，这水总是以同样的方式流动着，好像是被驱动的，几乎像时钟一样。天空也是这样。"

"确实如此。而且必须如此。"

"必须吗？"

"它看起来和我们一样松散而自由地移动，甚至更自由。它看起来总是那么自由！"

"更自由吗？像我们一样，水只按照它的存在规律而运动，而它的美就在于此，也只在于此。"

"我不明白你的意思。"

"这是我观察到的。"

"我不懂什么规律——"

"等你解密水的行为这样微小的事情，我的新娘夫人，"他干巴巴地说道，"你就可以解密整个宇宙，这就是规律。"

"解密宇宙？"她疑惑又激动地重复着。她闭上了眼睛，"我，可以解密宇宙？"

现在，她的主人比一开始更加频繁地离开，而且大多数时候把仆人也带走了。她孤零零一个人留在寂静的宫殿中，焦躁不安，孤独无依。于是她又回到了她这个牢笼的水晶墙边，透过它注视着外面的世界，并在壁炉房间里寻找着慰藉。在其中一次冒险中，她偶然发现了自己一直渴望知道的东西——一扇通往大厅的门。大厅似乎是外面世界的一部分，地面上覆盖着冰雪。

穹顶的奇迹难道是无穷无尽的吗？这里一片广袤，她期待着能在这里找到哪怕是很小的一席空间，那里到处灯火辉煌；火光的影子荡漾在墙壁和天花板上。但是，这里只有静止不动的闪闪发光的冰，还有透明的冰窗格，后面是一片开阔的沟壑、蛛网，以及祖母绿和青金石洞穴，外面是柔软的雪地。穹顶的最内层看上去和外面一样。一扇她从未见过的半开的弧形门通向一个高大的圆形房间，房间里只有一扇窄窄的冰窗，光线昏暗，除了墙与墙之间的毛皮地毯外，别无他物，就像在穹顶里一样。但当她一踏进房间，脚下就是松软的积雪，一步步踩上去，在她身后留下了一行光秃秃的脚印。雪下面的地板和外面一样都是冰。她怎么会知道呢？她是清楚的。她蹲下身子，拂开一片积雪以确认，是的，下面就是冰，这是一块巨大的圆形冰窗。原来冰是这样的。还有雪！松散、柔软、易碎，在皮肤上如针刺般轻盈，如水般滑落；而冰又干又硬，紧紧地贴在上面，缩成一团，看上去就像大理石；这些她似乎一直都知道。她向前蹲下：是的，昏暗的冰层深处，一片片清晰可见，布满银色裂缝，边缘则是洞穴，蓝宝石和祖母绿的空洞，微微发亮，像天空一样。她向冰面吹气，用手拭去一层薄雾，把雪拍掉，然后向下望去。

然而，就像天空一样，冰也不是空的。当她俯身凝视冰面时，一个头发包在长长头巾里的倒影浮现在冰面上，在冰窗格下面，有一双眼睛或是光秃秃的眼窝正凝视着她，发出无声的笑声或尖叫声；这张脸裹着一块骨头，鼻子有一个洞，在冰的重压下露出长长的红色牙齿。新娘吓得后退了一步，滑倒了，失去了平衡，双手撑地。当她站起来时，在一个新的清晰空地上，另一张脸隐约闪现，她再次看到一个僵硬的头颅，长长的身形在袍子里伸展开来，袍子的褶皱就像她自己的丝绸长袍一样，腰间系着银带，只是这件长袍是深红色的，上面覆盖着黑色。抑或它是影子？她们裸露的指关节都扣在胸衣上，手上戴着金戒指。她迫不及待地用袖子扫了一大圈地上的雪，然后蹲下身子，在朦胧的冰雾中一次又一次地看到面孔和长袍，宛如冰霜雾凇中的火光。在更深的下方，更小的地方，是另一片黑色、白色、红色的模糊躯体，还有更多，到处都是，像池塘底部的树叶一样小而多，每一只紧握或伸出的手上，都像她自己一样，戴着一枚金戒指。她们栖息在深不可测的冰层核心。她惊恐而又怜悯地用手捂住嘴，手上的雪灼烧着她的嘴唇。房间里弥漫着她的呼吸。她用袖子将积雪重新铺平整，然后转身离开。

然而她摔倒时把球掉了。她能看到球在地上闪闪发光，但是远远够不着它。

她保持冷静，不敢再往下看，这位曾希望宫殿里有更多新娘做伴的人，此时双腿颤抖着，蹒跚地穿过冰面，弯腰捡起球，然后像个梦游者一样走出来，爬上圆顶，她已经亲眼看到了真相，却无法相信自己的眼睛。

一天晚上，她在睡梦中看到，一只精美的红宝石水晶酒杯裂成六块碎片，就像一片雪花一样，但仍有脉络相连，依然立在杯茎之上，只是有些松散、抖动、模糊不清。另一个晚上，她看到穿着琥珀皮的活人聚集在她脚下的水里，张大嘴巴往上看，嘴巴是方形的，像门一样。不止一次，她看到一个长长的身影从雪地里升起，挥舞着手臂，和她自己一样高，然后抖动着振翅飞走，那跳动的声音像呼吸、像心跳。夜复一夜，一个崭新的世界向她敞开，但在白天又会关闭。

在每一层都有一股晶莹剔透的水流从深处涌出，沿着通道蜿蜒流淌，穿过一个又一个浅水池，然后再返回，直到流向远方。她第一次产生了好奇，想要知道水是怎么流出来的，又是从哪里来的。有一次她本可以问问他关于这些水的事。这些水从他们唇边流过，滋润着他们躺着的身体，期待得到一个美好的回答，哪怕不是启示也好。但不知为何，他的回答只会加深每一个谜团。到目前为止，她知道最好不要相信自己提出的问题会得到很好的回应，所以她克制住了自己。他也没有什么更多的话要说。至少在沉默这一点上，他们是一致的。这样更好吗？当她不再在床上向他伸出手，以免遭到拒绝；当他离开时，他也不再恋恋不舍地与她告别。

穹顶的物质，其每一个表面，都像水一样透明，只是触感厚实，在日光和灯笼的照射下，也充满了各种图案，有细丝和鬃毛，有气泡、球体，一个由各种形式组成的宇宙。

当仆人再次出现时，他鞠躬并递给她一面黄金手镜，说这是主人带着他的爱送给她的，并告诉她他很快就会回来。她难以置信地凝视着那闪烁的椭圆形镜子。

"这是个游戏吗？这是什么？这不是我！"

"这面镜子一定会告诉你真相的，夫人。"

她目不转睛地盯着镜子，就连质问他的时候也是如此。

"你呢，我的傻瓜？你也一定会说真话吗？"

"来吧，夫人！您难道还在怀疑吗？"

"难道我没有一次又一次在我主人的眼中看到自己的倒影吗？"

顷刻间，她在自己的内心世界中，她在他的眼睛里看到了自己的圆脸，就像蜜蜂在琥珀里一样。完全像那只蜜蜂一样,被困在自己的永恒之中。她感到眩晕,脑子里突然一片空白,一种无以名状的新感觉涌上心头。难道她主人清澈的眼睛没有说实话吗?

她从未想过在愚人的眼中寻找她真正的自我。

无论是否,当她再次像往常一样独自坐在火炉边时,她和镜子里的自己,她苍白的皮肤、头发和长袍在摇曳的火光中闪烁。然而,镜子依然清楚地告诉她,她就像穹顶本身一样透明,她的脸、身体和长袍,她的整个存在都像水一样稀薄而清澈,无形无质。然而,她的体内已经形成了一种越来越厚的形状,这形状像时钟一样复杂,而且密度更大。

原来这就是真相!要么是这样,要么是她自己的眼睛在捉弄她。抑或是这一切都只是一场游戏,是婚礼之舞的更进一步?如果真是这样,那就太远了,远得她无法跟上,她迷失了。可他甚至都不在这里,所以怎么可能是这样呢?她浑身颤抖着,又看了一眼——虚无缥缈!——把镜子扔进了壁炉里,连球也一起扔了进去,因为是它把她带入了歧途。

球越发闪亮,每一根丝线都在发光,在她的脑海中依然刺眼。镜子掉进壁炉里,发出一声巨响,化为一摊热浪。而现在,在她自己觉醒的双眼中,她看到自己一如既往的真实,她获救了。甚至球也回到了她身边的壁龛里，仿佛这一次它也跟着她一起回家了。她自己学会了宽恕和遗忘，这更让人感到遗憾。

她所喜欢的是小火苗的扑动，它微弱模糊的图像随着火苗扑动的声音像水一样及时地变换着形状，出现在房间周围，在他和她的身上。当她告诉他她所看到的一切时，影子在他们的背后若隐若现。

"这就是睡眠的本质，夫人。"

"我睡着了吗？我是睡着了吗？"

他摊开双手。"也许是，也许不是。"

"但你是知道的！"

"在您的睡眠中有什么，只有您知道。除了您还有谁能知道呢？"

"可当我迷失在睡梦中时，我什么也不知道。"

他回避着，"睡眠是日常之事。"

"我一无所知的一切，都是日常琐事。"她说道。

他打了个哈欠，被火光包围着。"那只是一场梦，"他说，"是海市蜃楼，谁知道呢？"

"是两者皆有——是我所看到的和我所梦见的——还是三者兼而有之？海市蜃楼？它与镜子有关吗？"

"确实如此。"但他已经起身,她沮丧地皱起了眉头。她又要孤身一人待在这座宫殿里了。

"你要走了吗?"

"我必须离开,但火焰将继续燃烧。晚安,夫人。"

还有一次,他告诉她,将来会有各种形状、颜色各异的树木,高大的树会密密麻麻地长出来。冰雪将消融,但不会永远消融,它们会离去,然后再次归来,就像太阳一样。

"去哪里?"

"太阳去哪里了,夫人?"

"这不是回答!"

"进入空气和流动的水。"

"然后呢?"她激动地尖声喊叫。

"树木将披上绿装,有些是终身的,有些则是每年换新装,年复一年。"

有那么一瞬间,她如梦初醒,明白了他的意思,也不需要问他树是什么了,她要用她的心灵之眼找到它们的身影。没有,什么都没有。它们不见了,回到了它们来的地方。这一次她决定不再去问。

"那些树从哪里来?"

"在雪的深处。"

"树木来了!"

"这一切以前都发生过。在它们的阴影下,将不再有雪和冰,取而代之的是,毛皮会生长。"

"毛皮!"

"当整个世界都被绿色的毛皮覆盖时,树就来了!"她听到这些话时,激动不已地问道,"什么时候呢?"

"很快。"

"那么水的到来呢?"

"先是水,接着是树。"

"之后呢?"

"之后的某天,将会有海洋。"

"从哪里来?"她喃喃低语。

"从冰下,带着所有属于这里的野生动物。"

"野生的吗?生物吗?有很多吗?"在她梦中睁开的心灵之眼中,她已经看到了成群结队的它们,它们涌动着、俯冲着、旋转着、飞行着,就像这世界上的雪花一样多,"那么有多少海洋呢?"

"它们既是一个整体,也是无数个体,就如雪和冰一样。"

"所以在我们的脚下有海洋存在?"

"谁知道呢?"

"你什么都知道!"

"不是所有的。"他说。然后她放弃了,没有追问下去。这并不是说她相信他。他确实知道，他什么都知道，只是不说而已。

"哦，你在胡言乱语！"她说。

"夫人，您不相信树和绿毛皮的到来吗？"

"我说过不相信吗？它们什么时候来？"

"先是火。"

"但是火已经来了！"

"这只是火的影子。但它的时间快到了。"

"那些被封印在石头中的生命，它们会复活吗？这里有一个房间——"

他仰头长笑。

"我现在明白了，"她说，"我才是真正的傻瓜——"

"耐心点，夫人——"

"——你只是说说而已，这一切都是一场游戏，"她说着，愤怒地冲出房间。

她知道，她不再谈论它们是明智之举。那天夜里，它们在睡梦中主动向她走来，高大的树木被阳光照耀，在阴影下倾斜。她以前就看到了它们，也认识了它们；她知道这景象源自过去，而不是源自萦绕在她脑海中的他的话语，因为她看到这些树没有一片活叶，只有破破烂烂的残叶，还有的在灯光的映照下燃烧着。有些树上的阴影形成了精美的镂空图案。这里到处都是网状的树冠，或是一根黑色的小树枝，或是一排结满种子的树茎，又或是一根茂密的树杈。与火影一样，树影也在随着树木移动，移动是它们的本质，不亚于空气。树木看起来更像石头，但在冰雪消融之前，它们只是悬浮着，与此同时，它们在积雪覆盖的树林中燃烧着小火，宛如手中保护着一个生命的圆锥体。我明白了！这就是他所说的火！她惊奇地想着，醒了过来。在我的睡梦里以前就存在着的，我就在那里，是吗？但是，在她睁开眼睛之前，树木已经消失了。

至少现在我知道它们要来了，她断言。

"你是谁？我的傻瓜？"
"我是冰的裂缝，致命缺陷……"
"致命的冰面！我去过那里！我看见了！"
"不可能，夫人。您一定是在做梦。"
"不！我当时在场！什么是致命的？"
"这要靠您自己去发现。"
"告诉我！你肯定知道！"
"哦，不，夫人。您必须自己去寻找答案。"他们陷入了沉默。"火与冰,"他终于开口说道,并跳起了舞,在空中敲击着,戳刺着,变换着方向,"火与冰在交战。生与死的搏斗。"

"生与死是不是就像致命一样?"

"非常相似。"他说。

"谁会赢呢?"

"谁?啊哈!一会儿这个,一会儿另一个。"

"永远这样——?"

"——永远,据我所知,夫人。"

"所以这是一场游戏?"

"是的,这是一场游戏。现在我要给野兽套上缰绳,立刻去见我的主人。"

"带我一起去!"

"不可能,夫人。"

"为什么不可能?"

"您属于这里。"

"我的主人不属于这里吗?"

"他很快就会回到这里。如果您愿意,我可以给他捎个口信。"

"我愿意!"她往后一靠,"你还说'快一点',你根本没有时间概念,还能说出这种话。"

他等待着,扬起浓密的眉毛看着她。

"就说我希望——我希望我能拥有他,再次将他拥入怀中。"

"那就这样吧。"他跳了起来,"就这些吗?"

"就这样。我会站在窗前看着你越过那条线。"

"什么线,夫人?"

"你知道的。在这里和天空之间。"

"天际线!"

"通往另一个世界的天际线。"

"继续。"

"云彩、太阳、月亮和星星。你说过——"

"——是吗?"

"为什么我不能去?他可以自由地去。你也可以去,你和那个野兽都可以去!"

"夫人,在这件事上如果我没有比野兽更多的发言权,该有多自由啊!但是,天际线是无法跨越的,它跑得和我们一样快,而且更快。它与我们保持着距离,天际线就是这样。"

"它在跳婚礼之舞吗?"

"一直如此,夫人。"

"就像你一样,"她说,"一直在说话。"

"夫人!"

"走开。让我一个人待着。你听命吧。"

一轮琥珀色珠子那么大的小太阳照耀着白色的天空，直到有一天清晨，阳光落在她身上，她被晒得发白，这灼伤了她。她退缩到阴影处，但毫发无伤，只是以某种前所未有的方式焕发出光彩。很快太阳又照射过来，用炙热的手握住了她，而她却无力抵抗。有一天，她仰起头，仿佛太阳是美酒，张开的嘴捕捉到了落日的最后一缕光辉。洒下来的阳光像是一个红宝石酒杯，她第一次被它赤裸裸的热量所包裹。她从自己一侧肩膀上看过去，又从另一个肩膀上看，试图弄清楚发生了什么事，但眼前只有她丝绸上一如既往的炽热。

　　又有一天，当她走近一扇玻璃窗时，太阳再次照射到她身上，她的身体燃烧起来，浑身通红，她的身体似乎化作一团水淋淋的肉编织在骨头上，变了形。她的影子犹如一条长长的丝绸裙摆，以至于她被其绊倒。等她转过身来，却双目失明，什么也看不见了。然而，当她睁开双眼，一切都恢复了原样。水与酒，婚礼之舞与欢爱时光早已远去，被人遗忘。唯有此地此处，此时此刻。

　　仆人回来了，告诉她他们的主人即将到来，并要求他在此期间向她展示三个奇迹,每次一个。

"这是第一个,夫人。闭上您的眼睛,"他说着,"伸出您的手。"有个又轻又小的东西轻轻地挠了挠她的手掌,她惊恐地叫喊着甩掉了它。

"你怎么这样做呢?"他在地板上摸索着,寻找着,"啊!在这里。这是一只蜜蜂。"

"我知道。"她说。

"摸摸它。"

她用手指抚摸着蜜蜂的绒毛。它轻轻地挠了挠,在她的皮肤上留下了一层灰尘。她凝视着自己的指尖。

"卵。"

"它们是什么?"

"生命创造了它们。但这些是花卵。"

"卵?它们是什么?"

"它们各不相同。"他坚持说,"拿着它。"这次她照做了。

"你是不是睡着了?醒醒,小家伙。"她轻声说。他对着她哈哈大笑起来。

"夫人想要一只蜜蜂,"他低下头,"但她似乎不太满意这只蜜蜂。"

"不是这样的。但我的主人也有一只在琥珀珠里的一样的蜜蜂。"

"一模一样，是吗？你能摸到它吗？看那漂亮的翅膀！"他用食指和拇指提起一只翅膀的顶端，展开它光洁的翼片，用他的呼吸轻轻吹动着翅膀。

"原来那就是一只翅膀！我现在明白了。这只蜜蜂可以自由飞翔，"她说，"而琥珀里的那只永远被困住了。"

"现在它已经熟睡了，正如您所说的，夫人，因为它被困在生与死两个世界之间的一张网里。现在它必须回到它该去的地方——"说完，他把闪着微光的蜜蜂扔进了火中。

"不！"新娘尖叫着。

"夫人，没有其他办法了。火是它的归宿。"他说。

她还没来得及从震惊中恢复过来，问他生与死在哪里，是什么，他已经离开了。火轻轻地摇曳着。蜜蜂已经不复存在。后来新娘躺在床上，睡梦中她听到蜜蜂薄纱般的翅膀在飞翔时发出的声音与低沉的火声如出一辙，不知何故，它在半空中的上升和飞行线，以及在阳光下发出的由近而远的嗞嗞声，都没有让她感到惊讶。

"那天你说的蜜蜂卵是什么意思？"

"我忘了，夫人。请原谅您可怜的傻瓜吧。"

"你说那是花朵的卵。"

"我知道。卵也是有生命的，就像蜜蜂一样在以自己的方式活着，也像火一样，夫人。它们是生命之火的种子。"

她摇摇头，双手按在耳朵上。

"为什么你说的话毫无意义？"

"我是您的傻瓜，"他说，"傻瓜帮不了自己。"

"什么是花？"

他深深鞠躬，说道，"比如您，夫人。"

"不，是有卵的花。你能带一朵来吗？"

"随时听您的吩咐。这是第二个奇迹。"

她叹了一口气。"宇宙是什么，我的傻瓜？和永恒一样吗？"

"是，也不是。"

"好吧，继续说。"

"所有的一切。所有的世界合而为一就是宇宙，世界中还有世界。"

"这一切都可以被毁灭。"

"现在可以吗？"

"主人说，一件小事就可以毁掉它。除非我小心行事。"

"他说过吗？那最好还是小心点！"她说，"当我知道该注意什么的时候，我也会的。"

"等主人回来的时候问问他。"他咧嘴笑了，她没有回应，因为她不愿承认她从来不敢问他。她什么时候学会的呢？

"你来了！"她喊道，他低低地鞠了一躬，送给她一条镶着小褶边的红丝绸裙，裙底是闪亮的红色。

"这是什么？"

"一朵花，来自蜜蜂的世界的花，夫人，还能是什么呢？"

"一朵花！穿着火焰的袍子的花！我可以拥有它吗？"

她把它举到火光下，半透明的。但他摇了摇头。"夫人，这是违规的。我只是负责给您展示奇迹。"

"奇迹就是毁灭宇宙吗？"

"可以这么说。这是它的躯体，卵就是在它下面的果实内部形成的。"

"果实？这也是个秘密吗？"

"所有东西或多或少都是，您现在已经知道了，夫人。"他耸耸肩，叹了一口气，将花扔进火里，火焰呼啸而起，发出咝咝的响声，但这一次她咬牙忍住了自己的抗议。

"第三个奇迹将是一个完整的水果，我将与夫人共同分享。"

"看看我今天给夫人带来了什么奇迹。"他说着,双手背在身后,"夫人,您想先看哪只手呢?"

她指了一下,他伸出一只皱巴巴的棕色手掌。她又指了指另一只手,结果还是空无一物。当她不耐烦,噘起嘴转过身去的时候,他才把一个半开着的红色球交到她手里,圆球张开着,就像一张嘴,却是火红色的,就连嵌在里面的一排排牙齿也是火红色的。他把它一分为二,递给她一半。

她低头看着它。

"原来这些也是卵。每个撕裂的表面上都有布满水滴的裂片,在雪白的果肉上闪闪发光,像红宝石一样。"他抬起头来,用牙齿咬住其中一颗红宝石,看着她惊愕的脸庞,他突然大笑起来,她也随之大笑着。接着他仰面躺在地板上,扭动着,向上踢着腿。他突然的情绪变化让她感到不安,她也大笑起来,头向后仰着,她的嘴在火光的映照下闪闪发光。

"你在笑什么?"当她再次开口说话时,他还在捂着肚子,哽咽着说不出话来。她的问题让他扭动得更厉害了。她不禁颤抖起来。现在火势很小,房间里充满了阴凉。等他终于平静下来，擦了擦眼睛，她确信他没事了，便转身要走。但她整个人在颤抖。

"请原谅我，夫人。"

"你刚才在笑什么?"

"您呢，您在笑什么，夫人?"

"我?"

"您!"他大叫着。

"我刚才在笑吗?"

他又踢又抱，笑得前仰后合。"现在你太过分了。"

他仰面躺在地板上，在仅存的微弱光线下显得黯淡无光。她惊愕地瞪大眼睛，看着他融化，直到看不到他的任何痕迹，只有黑暗的空气在颤抖，一股微弱的红色脉动在流动，就像一根木头溶解在炉排中，或者一座宫殿融化在稀薄的空气中，只剩下冰层。

"里面的这些石头是什么? 红宝石吗?"

"卵。"

"但它们是石头!"

"如果石头活着。摸摸它们。"

她的指尖触到光滑的表面，突然缩回，好像被烫伤了一样，这足以让他微笑。但这并没有说服她。她摇了摇头。

"活着吗?"

"夫人,它们就像火一样活着。我一直告诉您,它们是生命的种子,一次又一次地从生命世界中诞生。而这就是火的世界。"

她满脸困惑地用双手捂住耳朵。"为什么你说的都没道理?"她哭了起来。

"我很荣幸成为您的傻瓜,夫人,但我不是别人的。我告诉您,这其中的每一个都蕴藏着生命的秘密。"

"它们太小了。"她抗议道,她只想知道她自己的生命的秘密是什么,在什么地方,她一时想不起来。

"拿一颗看看。"

她伸出手。

"不,不是您的手,夫人,放进您的嘴里。"

她摇摇头,不知说什么好。

"秘密,"他坚持说,"是口口相传的。"

说到这儿,他从球里挑出一粒闪着红光的种子,用牙齿把它塞进嘴里。"就这样。"他说,然后咬了一口,舔了舔他的红牙齿,又拿起另一粒种子。

但当她再次伸手想要自己挑选一颗时,他却把手缩了回去,转而把脸贴到了她的脸上。他用舌头将爆开的种子戳进她张开着的嘴里,她呐喊着。他的胡须如毛丝,他的舌头如探针,她疯狂地推开他,在刺痛、撕裂、狂喜中紧咬着牙，种子在她的牙齿间爆开，血红的汁液灌满了她的喉咙。种子在她身体里燃烧，它没有味道，只有一种她从未体验过的刺痛，她呼出一股灰烬的气息。她的脸痛苦地扭曲着，吐出一口红色的黏液，沾满了她丝绸般柔软的大腿。她惊恐地抬头看着他。这难道是来自火之地的果实吗？一块细小的果壳卡在她的牙缝里，她用舌头摸索着，抬头看着他的轮廓融化，在一阵风中摇摆不定，他的肩膀和头发蓬乱的头颅像被黑暗的边缘撕裂开来，在火光的照耀下，像影子一样巨大，遮住了她。

她的主人果然信守诺言，正在返回的路上。不过这次他并非坐在由野兽牵拉的雪橇上，而是乘着一艘白色的小船，从天际线准确无误地驶向这片融水地球上最接近地标建筑的地方，这个地标映照出宇宙星空：那是穹顶根部的冰面，现在已经裸露出来，上面飘浮着最新的新娘，她的红色长袍已经凝固成坚硬的石头。然而在他的脚边，小船上还躺着一个蜷缩在厚毛皮里的新生命，尚未苏醒。新的冰壳正在水面的镜子上形成，使其变得暗淡无光，而一座新的圆顶宫殿正在升起，像半空中的微弱的呼吸一样慢慢勾勒出自己的轮廓，这是一个新的创造物。

他从船上走下来,捡起最后一位新娘掉落的果实,卷着嘴唇,将果实的开口掰开,就像她张大的嘴一样,对着半明半暗的光线,直到红色凹陷处和嵌在其中的种子清晰可见。他暗自思忖,这其中究竟藏着怎样的秘密?是什么力量,让那些视红宝石如草芥的人,为了这枚果家中小小的种子而甘愿放弃永恒?他们每个人最终都被证明是善变的。他对她寄予了厚望。她比他们所有的人都耀眼,从一开始就是最可爱、最温顺的——她的爱是那么柔顺、那么慷慨,那么渴望理解和被理解。更令人伤心的是,连她最终也未能通过考验。

不过无妨,他在新冰微弱的爆裂声中叹息道,"我不会放弃希望的。每一位新娘的到来,都让我离渴望的完美巅峰更近一步。时间是站在我这边的。最终,我将拥有我,并留住一位真正的新娘。"

译后记

贝弗利·法默（1941-2018）是澳大利亚一位著名的多产女作家，先后出版了《蛇》（1982）、《牛奶》（1983）、《家庭时光》（1985）、《出生地》（1990）、《小说选集》（1996）和《水及其他四则》（2017）等六部短篇小说集，《孤独一生》（1980）、《光中之屋》（1992）、《海豹女人》（1995）等三部长篇小说，此外还出版了笔记集《一泓水》（1990）和散文集《骨屋》（2005）等。她曾获得和入围新南威尔士州州长文学奖（1984）、帕特里克·怀特奖（2009）、迈尔斯·富兰克林奖（1996）和斯特拉奖（2018）等奖项。

作为澳大利亚二十世纪晚期崛起的女性文学先驱的代表之一，法默故事里的主人公几乎均为女性。她以独特的女性主体视角和对细节的敏锐把握，辅以娴熟的后现代主义叙事方法和独特的哲学写作风格，为读者展现了女性的内心世界及其处境，引起人们对女性的社会地位及其受到的种种限制的思考。但是，法默是否属于女权主义作家，学界尚有争论。一方面，由于法默创作的旺盛期正是西方女权主义思潮的高涨期，法默的作品或多或少地反映了那个时代的女性对平等、独立和自由的渴望，揭露了受到父权制压迫、处于社会底层的女性的生活状态；另一方面，她的小说中女性角色面对危机时往往采取一种认命或在沉默中渐渐颓废的态度，因而倍受女权主义评论家的非议。译者认为，从故事发生的社会背景来看，法默作品中的女性形象是当时时代的真实写照，而她能够跳出观察女性的传统角度，从女性主体视角来审视社会、男性及女性自身的性别身份，这无疑是澳大利亚女性文学中的一面崭新旗帜。

  法默曾随身为希腊移民的丈夫在希腊居住了三年，还曾在北爱尔兰乡村一个名叫泰隆·古思里的文艺创作中心待过一段时间，亲身体验了传统欧洲文化与现代澳大利亚文化之间的差异。正是因为这样的经历，她的多部作品取材于希腊及爱尔兰传统文化，通过鲜明的形象刻画和生动的画面描述，清晰地展现了多元文化的碰撞与融合。此外，法默的作品充满了哲学思考，是对经验的沉思，而不是简单的叙事再现。她不仅是一位反思性的作家，而且是一位充满诗意的作家。她的小说语言生动，笔触细腻，擅于准确捕捉女性在特定情境下的心理变化，从而展现其内心世界，使读者能够深入理解角色的情感和动机。她的叙事风格韵味独特，清新脱俗，故事情节引人入胜。

《水及其他四则》是法默的最后一部小说集，由基于民间传说或童话故事并结合现实创作而成的彼此独立又相互交织的五部小说组成，其中《金戒指》《血色丝裙》和《冰雪新娘》为中篇小说，《水》和《血舌》为短篇小说。每个故事聚焦一位女性，通过主人公的语言、行动和思考来表达她们的内心情感和对令人压抑的权威的抗议。这些故事试图打破生与死、空气与海洋、人类与动物生命之间的界限，将梦想和神话同我们的生活体验联系在一起。源于自然界的水与石、冰与火、光明与黑暗等意象，同源于神话及童话的国王与新娘、天鹅与印章、金戒指和红丝绸等人物和意象交织在五个故事当中，相互呼应，引起共鸣，辅以作者时而缥缈、时而细腻的独特写作风格，在给读者带来不一样的阅读体验的同时，也引发人们对人生、自然和社会进行哲理性的思考。

第一个故事《金戒指》以作者的居住地——澳大利亚维多利亚州菲利普港湾入口处的一个海边小镇——为背景，并将广泛流传于苏格兰和爱尔兰地区的海豹传说的元素融入其中。这个传说是关于海豹可以变成人的故事，主人公是一只名叫罗恩的大型海豹，故事暗示了人与自然的联系以及大海的奥秘。法默在小说中以第二和第三人称视角，讲述了一位孤独的老妇人在生命中最后一个夏天与大海相伴的故事，在聚焦主人公内心世界的同时，将更多的笔墨用来关注自然世界。小说围绕多个普通事件展开，其中一只海豹在一次超级海潮后出现在海滩上引起人们的围观和老妇人在海滩上发现了一枚结婚戒指这两个事件最为重要。这些事件的呈现让读者对超凡脱俗的大海及其生物的神秘感油然而生。通过描写老妇人的梦境及其对自己的海边生活和丈夫死亡的反思，让故事充满了一种悲伤、忧郁和失落的氛围，也引发了读者对生命、人生、自然的哲学性思考。

短篇小说《水》取材于一个可以追溯到十世纪的爱尔兰神话。神话的主角是一位年轻而美丽的公主，当被安排同一位与其父王同龄的首领订婚时，她带着爱人过上了逃亡的生活。在法默的笔下，故事以第一人称叙事方式展开，女主人公回顾了自己从一个对男女之间真正的权力关系一无所知的被宠坏的公主，到她同意以被追求者的身份与老首领见面，然后又突然任性地选择了老首领的一位年轻武士，迫使其过上逃亡生活的过程。这是一个关于浪漫和悲剧的爱情故事，同时也引起人们对非理性冲动和身体欲望等问题的哲学性思考，包括情欲、嗜血、复仇和对权力的渴望等。作为生命源泉的水是故事的主题，女主角说她的爱人因为缺水而死，而在以后的生活中，她说自己有时闭上眼睛，"眼前就会出现两只捧着水的手，水不断地从手中涌出，然后又从指间流走，"当她"将嘴凑到手中正要喝水时……生命之水，消失了。"

中篇小说《血色丝裙》取材于爱尔兰一个流传了至少上千年的传说，名为"李尔的孩子们之死"。传说中，国王李尔的一女三子遭继母嫉恨迫害，被施魔法变为四只天鹅，并被迫在三个不同地方各自待了三百年，直至九百年后一位僧侣解开诅咒才让他们恢复人身，但不堪岁月和风霜折磨的四姐弟在接受了皈依的洗礼后便倒地而亡，身体不翼而飞，只剩下皮骨。《血色丝裙》的情节与这个民间传说大致相同，故事追溯了四姐弟数百年来不断变化的生活，描述了他们辗转迁徙和历经各种磨难与痛苦的过程。尽管周围的世界发生了巨大变化，他们曾经的城堡也变成了废墟，但他们依然没有放弃恢复人身的梦想。法默在故事中充分运用连衣裙、天鹅皮、大海、湖水、光明和黑暗等意象，给读者带来了宏大的想象空间。她试图将基督教与天鹅故事联系起来：基督教终结了神话，而天鹅的消失代表着属于他们的那个虚幻世界的终结，故事又回到了现实之中。

《血舌》源于古希腊神话。在这个神话里，斯巴达国王的女儿克吕泰涅斯特拉与阿伽门农结婚并助其夺回了迈锡尼的王位。后来，阿伽门农在前往参加特洛伊战争过程中献祭了他们的女儿伊菲革涅亚。为了给女儿报仇，克吕泰涅斯特拉设计杀死了她的丈夫，而她最后又被自己的儿子所杀。法默把这个经典的希腊神话悲剧演变为女主人公克吕泰涅斯特拉对死去女儿的戏剧性哀叹。故事以死去的克吕泰涅斯特拉从冥府里发出的呼喊开幕。她的呼喊是一个"滚烫的声音"，是一种痛苦的嚎叫，谴责了男人凶残的本性。然而，身处冥府的她并没有什么力量，她在与神的交流中也找不到任何安慰。血、水、石等意象与故事中无处不在的悲伤交织在一起，它们同样构成了冥府中生命的本质。《血舌》亦可视为一部戏剧诗，作者将散文、诗歌和散文诗等文学形式有机组合，甚至会故意省略一些传统的标点符号，使得这个故事的叙事方式比其他几个更加松散和丰富。

最后一部小说《冰雪新娘》以第三人称视角讲述了一位冰雪大师的冰雪新娘对冰宫外面世界逐渐认识和觉醒的过程，为读者呈现了一个充满美感的童话世界。起初，冰雪新娘毫无记忆，必须从冰宫的展品和主人带给她的物品（其中一个是时钟）中学习一切。随着时间的推移，她渐渐开始注意到太阳和月亮的运动以及季节的更迭，这意味着世界万物在不可避免地发生着变化。她还在主人收集的石块中发现了化石，并看到了被困在琥珀中的蜜蜂，开始明白冰宫之外可能还有别的生物存在。在这个故事中，读者似乎看到了希腊神话中塞浦路斯国王皮格马利翁或者法国诗人夏尔·佩罗笔下的童话故事"蓝胡子"的影子。法默运用引人入胜且娴熟的技巧，制造了一个又一个动感和悬念的瞬间。尤其在描写水、石、光和时间等方面，更是文笔细腻，充满美感。

这部小说集随处可见充满诗意的表达，很多描写细腻入微，并时常在虚幻与现实之间无缝切换，扣人心弦，体现了法默独特的写作风格，但这也给译者带来了一定的挑战。非常感谢资深翻译家李尧教授和澳大利亚西悉尼大学韩静教授给我提供了这个宝贵的翻译机会，并把我介绍给中国工人出版社。感谢宋杨、李骁两位编辑在我翻译过程中给予我的理解、鼓励和支持，让我最终顺利完成了译稿。

由于译者水平有限，相关文史知识欠缺，书中难免有不足之处，敬请专家、学者和广大读者朋友们批评指正，不尽感谢。

武海燕

2024年8月

"澳大利亚当代文学译丛"是澳大利亚西悉尼大学澳华艺术文化研究院与中国工人出版社·尺寸联合推出的文学翻译系列。该系列由中方主编李尧教授和澳方主编韩静教授主持,中方顾问胡文仲先生和澳方顾问周思先生(Nicholas Jose)指导,中国工人出版社宋杨负责出版运作。该翻译项目旨在将更多的当代澳大利亚重要文学作品介绍给中国读者,推进两国之间的文学文化交流。《水及其他四则》即是该系列的译本之一。